N

Johan Heliot

La Lune seule le sait

Édition révisée par l'auteur

Gallimard

Né en 1970, Johan Heliot partage son temps entre sa profession d'enseignant et sa passion pour l'écriture. Il est l'auteur de cinq romans — parmi lesquels *Pandémonium* ou *Faerie Hackers* — et d'un recueil de nouvelles fantastiques, *Obsidio*, paru dans la collection « Lunes d'encre » aux Éditions Denoël.

Comme Thomas Day, Ugo Bellagamba ou Xavier Mauméjan, qui partagent avec lui un goût certain pour l'éclectisme et l'inventivité littéraire, Johan Heliot est considéré comme l'un des nouveaux chefs de file de l'imaginaire francophone.

Prologue

Ceci est l'histoire d'un siècle fou. L'histoire de la plus belle rencontre qui se puisse rêver entre des espèces que tout sépare. Également, l'histoire d'une grande catastrophe.

Ceci est l'histoire d'une poignée d'hommes — et de femmes ! — qui ont lutté pour soumettre le principe de réalité à leur volonté. Et qui ont réussi. L'histoire de rêveurs éveillés, de fous, d'utopistes, sans qui l'univers ne serait pas l'endroit merveilleux qu'il peut être parfois.

Cette histoire, j'en ai été le témoin privilégié. J'ai recueilli les souvenirs des acteurs de cette tragi-comédie, de ce spectacle de Grand-Guignol donné pour les étoiles. J'en connais les moindres détails et je suis sans aucun doute le seul à pouvoir rapporter les événements, fidèlement.

Mon nom ? Je n'en ai pas, à proprement parler, et puis qu'importe... Vous découvrirez bien assez tôt qui je suis. Une personnalité complexe, à coup sûr, mais chut ! Le moment de me dévoiler n'est pas encore venu.

À cette histoire, il faut un début, des fondations

solides, sur lesquelles je vais m'attarder ici. Je vais vous raconter comment tout a commencé. Quand je dis tout, il ne s'agit pas d'une simple figure de style. TOUT *a véritablement commencé avec mon histoire : le futur des humains plonge ses racines à cet instant précis de leur évolution. Les quelques centaines de milliers d'années qui ont précédé ne constituaient qu'un modeste préambule. Une entrée en matière. L'Histoire (avec une majuscule, cette fois) d'une espèce ne signifie rien tant qu'elle reste confinée à sa planète originelle. J'en sais quelque chose...*

Mais pour s'arracher à l'inertie du sol, il faut la conjonction de plusieurs éléments décisifs, dont le moindre n'est pas la faculté de RÊVER.

Alors, si vous le voulez bien, stoppons là nos tergiversations et partageons le rêve de ceux qui ont voulu décrocher la Lune, et l'ont fait.

Et si ce rêve revêt plus souvent qu'à son tour des allures de cauchemar, souvenez-vous que l'éveil attend au bout de la nuit.

CHAPITRE I

Les brumes de l'Occident

Un ciel jaloux de la mer accueillit le *Saint-Michel* en rade de Brest, ce matin-là. À l'horizon, le gris des flots se mêlait au lavis de la toile tendue entre l'océan et les étoiles mourantes. Un jour terne pointait, accordé au diapason de l'humeur des hommes d'équipage. Sur le pont du navire, les marins s'activaient en silence, le geste lourd de la fatigue accumulée ces dernières semaines. Ils avaient quitté les langueurs tropicales dans la précipitation, un mois plus tôt, après que leur capitaine eut reçu par câble sous-marin un message l'enjoignant de regagner la métropole dans les plus brefs délais. Depuis, le vieux baroudeur était resté reclus dans sa cabine, penché sur sa table de travail, sa silhouette massive ployée sous le feu de la lanterne qui avait brûlé presque sans interruption.

Le *Saint-Michel*, troisième du nom, rejoignit l'appontement poussé par un vent tiède, où flottaient les effluves d'épices imaginaires. C'était un fin trois-mâts, racé et effilé, dont la coque avait mouillé dans les ports des cinq continents. À ses côtés, les puissants vapeurs caparaçonnés d'acier alignés dans la rade semblaient des monstres sortis des entrailles du Léviathan. Le siècle finissant s'habillait de métal. Le vieux capitaine du voilier regrettait les parfums du goudron qui calfeutrait jadis les robes de bois précieux parant les coursiers des sept mers. Mais il ne cédait pas à la nostalgie ; son esprit demeurait résolument tourné vers les promesses du futur. L'avenir, il l'avait rêvé, il l'avait décrit à longueur de milliers de pages noircies nuit après nuit, il l'avait annoncé avec la clairvoyance d'un prophète de la science, même si la réalité avait fini par dépasser ses plus folles espérances. Aujourd'hui encore, à soixante-dix ans passés, il œuvrait pour façonner l'avenir de l'humanité à l'image de ses espoirs.

Brest s'éveillait à peine, encore hantée par les fantômes des flibustiers dont les descendants entretenaient la mémoire. Ceux qui fuyaient les rigueurs de l'Empire et la tyrannie de Napoléon le Petit, le cacochyme despote régnant sur les vestiges de l'Europe, ceux-là se retrouvaient à Brest pour embarquer à destination du continent neuf. Inversement, ceux qui luttaient encore débarquaient tôt ou tard sur les côtes sauvages des environs de Brest. Ils arrivaient le plus souvent des îles anglo-saxonnes, insoumises au tyran, et transitaient parfois par les Anglo-Normandes, où s'étaient réfugiés quelques fameux rebelles.

Le vieux capitaine était de ces derniers. Il abandonna sa table de travail au moment où les marins jetaient les cordages par-dessus bord. Il rangea soigneusement les feuillets qu'il venait d'annoter dans sa serviette de maroquin et souffla la flammèche de la lanterne. Il passa une redingote, coiffa un melon, ajusta le nœud de sa cravate et sortit.

Sur le pont briqué de frais, il faisait plutôt doux. Néanmoins, le vieil homme frissonna. La chaleur des Caraïbes n'avait pas encore quitté son esprit, sa peau réclamait toujours la caresse du soleil des Antilles. Là-bas il avait laissé une famille, une épouse, un fils et deux belles-filles. Il était de retour en Europe depuis deux jours déjà. Mais Guernesey n'était pas tout à fait le continent. À peine une escale, un avant-goût de la folie du maître de l'Ancien Monde.

« Vous avez quartier libre, lança-t-il au maître d'équipage en passant à sa hauteur.

— Quand devrons-nous rappareiller ? demanda le marin, un solide Bordelais que le climat du nord de Loire rendait particulièrement triste.

— La Lune seule le sait », répondit son capitaine, sibyllin.

Il emprunta la passerelle et s'éloigna sur le quai sans se retourner. Il eut une pensée pour sa fidèle Honorine, à présent sous la protection de Michel, son aîné. Il ne savait pas quand il les retrouverait, si jamais cela lui était permis. De la même manière, il ignorait s'il devait jamais revoir son cher navire. Il préférait conserver le souvenir de son étrave fendant les flots azuréens des lagons, plutôt que de le voir amarré à la pierre noire de Brest, pareil à un chien tenu en laisse par un maître négligé. Le *Saint-Michel*, ainsi que ses prédécesseurs, avait été l'instrument de sa liberté ; ensemble, ils avaient sillonné la planète. Désormais, alors qu'il se trouvait sur le point de l'abandonner, il comprenait ce qu'avait ressenti Nemo quand le *Nautilus* avait sombré. Certes, lui avait abandonné son navire à temps, mais cette séparation lui coûtait tout autant qu'à son double de fiction. Sacré Nemo ! On croit coucher de simples mots faits d'encre et de passion sur le papier, puis on s'aperçoit un jour que c'est de chair et de sang qu'il s'agit...

Arrivé au bout du quai, il releva le col de sa redingote sur la broussaille neigeuse de sa barbe. Son allure générale était celle d'une sorte de plantigrade au poil blanc, un vieil ours polaire émigré sous les tropiques. Une curieuse combinaison, pour un singulier bonhomme.

Deux gardes battaient le pavé devant un cabanon peint aux couleurs de l'Empire. On pouvait reconnaître l'Aigle impériale empruntée à l'illustre tonton, celui d'Arcole et de l'Égypte, de Waterloo aussi. S'y étaient ajoutés depuis la locomotive des usines Cail, le ballon dirigeable du Graaf von Zeppelin, la tour de M. Eiffel et, dernière estampille en date, la nef cosmique des alliés inattendus de l'Empereur. Le tout formait une peinture des plus pittoresques, à l'image de l'Europe.

L'un des gardes lui fit signe d'approcher. C'était un petit homme, engoncé dans un uniforme terni par le crachin. Il portait une moustache triomphante, qui dissimulait mal cependant la longue cicatrice courant sur sa lèvre supérieure. Sans doute un vétéran des campagnes de pacification orientales, songea le vieux capitaine en lui présentant le laissez-passer remis par Babiroussa.

Le soldat examina le document d'un œil méfiant. Le voyageur ne s'inquiéta pas. Babiroussa s'avérait un faussaire hors pair, en sus de l'homme le plus habile et le plus formidablement intelligent qu'il lui avait été donné de rencontrer. Autant de qualités qui lui avaient valu de devenir la tête pensante du réseau de résistance organisé dès les premiers temps de la dictature. Babiroussa avait le premier hurlé son horreur et son dégoût à la face du tyran. Pour cela, il avait été banni, définitivement, et avait trouvé refuge à Guernesey un demi-siècle plus tôt. Cinquante années ! « Mon Dieu, que de temps perdu, à la recherche duquel j'ai vainement couru », songea encore le vieillard.

« C'est entendu, vous pouvez circuler », trancha finalement le garde, en lui rendant la contrefaçon parfaite du sésame impérial.

Le vieillard contourna les chevaux de frise dressés entre la rade et la ville, avant de disparaître dans l'embouchure d'une venelle. Ingambe, il avançait d'un pas décidé, presque à petites foulées, sans s'essouffler. Pour un homme de son âge, il faisait preuve d'une étonnante vitalité ; il aurait pu en remontrer à plus d'un jeune coq. Sa forme physique était le fruit d'un entraînement rigoureux et d'un régime draconien. Mais il puisait l'essentiel de son énergie dans la colère qui enflammait sa conscience, un foyer de rage inextinguible attisé par les manifestations de l'injustice. Partout, les hommes souffraient, soumis à l'avidité de leurs contemporains. Partout, des hommes, des femmes et des enfants mouraient par milliers pour qu'une poignée de nantis profitent éhontément du fruit de leur labeur. Partout, des hommes et des femmes étaient asservis, déportés au bagne, exécutés, parce qu'ils osaient se lever et brandir le poing à la figure des seigneurs de l'industrie. Partout, le fer qui entravait jadis les chevilles de l'esclave s'était fait machine, et les machines asservissaient les hommes plus sûrement encore que les chaînes. Saint-Simon avait rêvé une redistribution équitable des profits de l'industrie, mais il était mort et oublié depuis longtemps. Ses disciples avaient repris le flambeau et le vieux capitaine les avait rejoints, dans sa jeunesse. Le coup d'État de 1851 avait mis un terme brutal à leurs aspirations.

Aujourd'hui, ils demeuraient encore quelques-uns à refuser la fatalité du siècle de métal, et Babiroussa était leur chef. Il avait rallié à sa cause les rêveurs, les utopistes, les poètes et les révolutionnaires. Il avait patiemment tissé sa toile sur l'Empire, de Brest à Brest-Litovsk, selon la formule du jeune tsar inféodé au tyran. Une toile aux fils secrets, invisibles et fragiles, qui reliaient entre eux les esprits les plus forts et brillants de l'Ancien Monde. Mais Babiroussa — son véritable nom, tous l'avaient oublié, bien qu'il eût jadis brillé au firmament des gloires littéraires — était fatigué. Né peu après le siècle, il le verrait s'achever. Il avait investi toutes ses forces dans la bataille contre les ténèbres. Et l'obscurité gagnait, subitement tombée du ciel.

Deux jours plus tôt, ils s'étaient retrouvés à Guernesey, après une longue séparation. Babiroussa avait accueilli le vieux capitaine sur le seuil de sa maison aux murs blanchis à la chaux. Il se tenait légèrement voûté, enveloppé d'une pèlerine rapiécée. La barbe qui lui mangeait les joues était un crin d'albâtre. Sous le front haut, plissé de mille rides, couvait le feu d'un regard capable d'embraser une armée. La carrure était celle d'un charretier, d'un homme de peine rompu à la rudesse du travail physique. Un géant magnifique, que la vie s'était acharnée à réduire à la taille d'un simple mortel.

Il avait fait un pas en direction de son ami. Ses bras s'étaient écartés, avec l'envergure des ailes déployées d'un albatros. L'étreinte avait été chaleureuse et longue. Néanmoins, la voix n'était plus celle d'un Titan, caverneuse et grondante.

« Te voici, enfin... Entre, Juliette a mis une bûche à brûler. »

Ils avaient gagné le cabinet de travail, où s'entassaient les volumes par milliers, en piles branlantes posées à même le sol. Juliette, la fidèle et aimante Juliette, remuait le tisonnier dans l'âtre. Quand elle avait aperçu le voyageur, un sourire avait étiré ses lèvres fripées. Elle n'y voyait plus guère, mais elle aurait reconnu son pas et sa silhouette entre mille autres.

« Jules... Quelle joie ! »

Il avait déposé un baiser sur son front. Elle s'était tenue un moment entre les deux hommes, sur le point de parler, mais s'était ravisée, puis avait quitté le cabinet en direction de la cuisine d'un pas traînant.

« Que se passe-t-il, grands dieux ? avait demandé Jules. Ton message était plutôt laconique : "retour urgence, Babiroussa". Les camarades du Nouveau Monde m'ont laissé partir à regret. Edison, surtout. Il t'adresse ses amitiés et ne désespère pas de revenir un jour à Guernesey.

— Peu importe pour l'instant. J'enverrai un autre compagnon te relayer. Le jeune Jarry est un chien fou qui ne demande qu'à parcourir les espaces sauvages. Il fera l'affaire. J'ai besoin de ton aide, ici. Enfin, pour être exact, pas tout à fait ici.

— Où ça, alors ? »

Babiroussa avait eu un sourire. Il avait désigné de

l'index la fenêtre, et, au-delà, la nuit qui s'était abattue sur Guernesey.

*

Les feux follets des lanternes à gaz éclairaient chichement les ruelles brestoises. Jules s'orientait cependant sans difficulté, guidé par une mémoire infaillible. Le plan dessiné par Babiroussa était d'une précision extrême. Après avoir effectué plusieurs tours et détours, à l'affût d'éventuels poursuivants, Jules s'engagea dans le labyrinthe formé par le quartier médiéval. Déjà les chiffonniers et les marchands des quatre-saisons encombraient les chaussées, poussant devant eux leurs charrettes débordant de primeurs à peine arrachées à la terre ingrate de l'arrière-pays. La misère avait fait son œuvre sur le corps des pauvres bougres pressurés par l'Empire. Visages émaciés, traits creusés par la faim, le petit peuple de Brest valait bien celui de Brest-Litovsk. Jules ne put s'empêcher d'évoquer les silhouettes opulentes des Caribéens, les chairs souples et chaudes des enfants des îles, la corpulence des citoyens du Nouveau-Monde, bâtis en force, comblés par une nature généreuse. Badinguet, ce César de pacotille, avait volé jusqu'à la vitalité de ses compatriotes !

Jules cracha. La boue qui recouvrait le pavage absorba immédiatement la salive du vieux capitaine. Il parcourut encore quelques rues, certain à présent de n'être pas suivi. Le froid et l'humidité faisaient comme une seconde peau aux visiteurs qui s'aventuraient dans le dédale de la vieille ville. Jules eut une pensée émue pour les miséreux qui se mouraient loin du soleil des tropiques, privés même de la chaleur du ciel. Enfin, il repéra l'enseigne décrite par Babiroussa. Elle se balançait doucement à sa potence de fer rouillé. Sur un panneau de facture récente on pouvait lire, en gothiques écarlates, la singulière raison sociale de l'établissement : *La Nef Hallucinée.*

Derrière la vitre de la devanture s'étalaient des rayonnages chargés d'ouvrages reliés plein cuir. À hauteur du regard, plusieurs gazettes ouvraient leurs pages richement illustrées. On pouvait ainsi découvrir à peu de frais les fastes des palais indiens, la luxuriance des forêts de l'Afrique, ou encore la beauté aride et nue des déserts lunaires. Le dernier numéro de *L'Assiette au Beurre* consacrait sa couverture à une caricature des habitants de la cité impériale sélénite, en cours de construction. Un forçat, reconnaissable aux boulets qu'il traînait derrière lui, était apostrophé par un personnage vêtu en bourgeois, dont le tarin démesuré laissait deviner qu'il s'agissait de Cyrano de Bergerac, tel qu'immortalisé par M. Rostand dans sa pièce. Le phylactère indiquait les paroles du premier Terrien à avoir effectué, du moins en imagination, la visite de la Lune : « Mon pauvre ami, vous devez regretter Cayenne ! — Dame non, rétorquait le bagnard, ici les fers sont de plume. »

Jules poussa la porte de la boutique après avoir jeté un dernier coup d'œil par-dessus son épaule. Mais personne ne portait la moindre attention à ce barbon bibliophile séduit par la verve des caricaturistes. S'il souriait pour donner le change, Jules ne trouvait pas amusant l'humour des émules de Caran d'Ache. Même si la moindre pesanteur qui régnait sur la Lune facilitait le transport des charges lourdes, la vie des bagnards condamnés aux travaux forcés sur la Base Cyrano n'avait rien d'une sinécure. Ils y succombaient en aussi grand nombre qu'en Guyane ou en Nouvelle-Calédonie, tant on les y accablait d'un labeur surhumain. Et puis, leurs gardes-chiourme étaient associés aux inquiétants alliés de l'Empereur...

La librairie était déserte, à une heure aussi matinale. Jules s'éclaircit la gorge et un curieux bonhomme fit aussitôt son apparition, surgi comme par enchantement d'un amoncellement de revues montant jusqu'au nombril. Derrière les verres de ses besicles, en équilibre instable au bout de son nez, pétillait un regard vif. C'était une espèce d'échalas, revêtu d'une tunique à la mode des marins, rayée de blanc et de bleu.

« Bien le bonjour, Monsieur. Que puis-je pour vous ?

— Je suis à la recherche d'anciens numéros du *Magasin d'éducation et de récréation* », répondit Jules, citant la formule convenue. Le libraire émit un couinement de surprise. Il s'extirpa de son amas de papier jauni, se précipita vers la porte et donna deux tours de clé. Il se retourna vers Jules, une lueur d'émerveillement faisant miroiter ses binocles.

« C'est Lui qui vous envoie, n'est-ce pas ? En conséquence vous êtes... Oh, c'est trop beau pour être vrai !

— Je vous en prie, calmez-vous, tempéra Jules, à la fois agacé et enchanté que sa notoriété suscitât un tel émoi.

— C'est la première fois qu'Il fait appel à mes services. Jamais je n'aurais espéré, même dans mes rêves les plus fous, que je vous rencontrerais. Pensez, vos écrits ont bercé ma jeunesse. Avec vous j'ai tant appris !

— Vous m'en voyez ravi. Mais...

— J'ai là (le libraire enthousiaste s'était tourné vers les strates supérieures de ses étagères, où trônait le fleuron de ses collections) les éditions complètes de MM. Hetzel, père et fils. Près de quarante années de *Voyages extraordinaires dans les mondes connus et inconnus*. La série entière du *Magasin...* »

Jules considéra un instant l'alignement de reliures, perplexe. Cela faisait longtemps... Il se souvenait des heures interminables passées à étudier les cartes de l'Afrique, de la Russie ou des Amériques, des centaines d'études et de monographies ingérées pour donner corps à ses récits, de l'excitation produite par ses extravagantes extrapolations scientifiques, quand il avait imaginé tirer un obus habité vers la Lune... Des fadaises, aujourd'hui, rien que des fadaises, quand on considérait la puissance des moyens mis en œuvre par l'Empire et ses alliés d'outre-espace. Il eut une grimace et reporta son attention sur le propriétaire des lieux.

« Jadis, il y a une éternité, j'ai longuement contemplé la mer, depuis la lucarne du grenier de la maison familiale. Elle a excité mon imagination plus que de raison. À présent, la réalité a dépassé les frontières du possible et je me rends compte à quel point mes inventions sont ridicules. »

Jules secoua sa grosse tête. Tout de même, cela faisait quelque chose de voir combien Lidenbrock, Robur, Hatteras, Strogoff et les autres étaient demeurés fidèles au poste, prêts à reprendre du service si, d'aventure, un gamin curieux venait ouvrir les pages des revues entassées là. Mais l'heure n'était pas à la nostalgie. Jules chassa les fantômes du passé et reprit :

« Monsieur, je suis venu vous trouver sur les conseils de notre ami commun pour que vous me donniez les renseignements nécessaires à la réussite de mon entreprise. Vous êtes, selon lui, l'homme de la situation, un érudit pour ce qui concerne les êtres venus des limbes cosmiques. »

Le libraire s'empourpra, touché par la flatterie. Son érudition n'en était pas moins réelle, comme il le démontra :

« Je pense en effet avoir réuni à leur sujet plus d'informations que quiconque. Hélas, mes connaissances demeurent lacunaires. Vous n'êtes pas sans savoir que depuis leur apparition, au printemps de l'année 1889, les curieux amis de Badinguet se montrent d'une discrétion absolue. L'effroi tout naturel suscité par leur découverte s'en est d'ailleurs vite émoussé.

— À quoi ressemblent-ils ?

— C'est là toute la question. La complexion originale de ces créatures leur interdit des séjours prolongés sous quelque climat que ce soit de notre Terre. Et encore, ils sont obligés de paraître harnachés de telle sorte que, bardés d'un appareillage destiné à filtrer les particules de gaz nocives, rien ne permet d'en distinguer les traits. Cependant... »

Il marqua une pause, fier de son effet.

« Oui, cependant ? le pressa Jules.

— Cependant, certains prétendent, je dis bien prétendent, avoir entr'aperçu quelques-uns de nos lascars au moment où, pour une raison que j'ignore, ils avaient dû quitter leur armure. Las, les témoignages divergent, ce qui prouve le peu de foi qu'il nous faut leur accorder. Malgré tout, un détail revient à plusieurs reprises. Et, surtout, ce détail si troublant est corroboré par la correspondance de quelques forçats, dont j'ai pu me procurer copie.

— Et de quoi s'agit-il ? »

L'attitude du libraire commençait d'exaspérer Jules, mais Babiroussa l'avait prévenu des excès dont il se montrait coutumier. Le banni l'avait assuré de la valeur du bonhomme et sa parole était de meilleur aloi que la plus pure des monnaies d'or.

« Le nom qu'on leur donne, Monsieur, le nom qu'on leur donne. Le connaissez-vous ? »

Jules dut avouer son ignorance. Il se trouvait aux Amériques quand la nef cosmique avait fait irruption dans le ciel de Paris, ce mois de mai 1889, clôturant à sa drôle de manière l'Exposition universelle et volant la vedette à la première-née des tours de M. Eiffel. Jules avait suivi l'événement de loin, n'en percevant que des bribes, tant les communications avec l'Europe étaient rares et soumises à la censure.

« Ishkiss, Monsieur, Ishkiss... On le chuchote, ce nom, Ishkiss, il chuinte de la bouche, pareil à l'air qui s'échappe du ballon que l'on perce. C'est un murmure, un mot que l'on prononce du bout de la langue, presque une pensée que l'on habille de son. Un fragment de songe qui s'enfuirait de notre esprit pour glisser de lèvres en lèvres. »

Voilà qu'il poétisait, à présent ! Jules interrompit la faconde du libraire d'un geste de la main. Mais celui-ci reprit :

« Ishkiss, comprenez-vous, Monsieur ? Leur nom

leur ressemble : des êtres évanescents, des spectres, guère plus tangibles que les images animées des frères Lumière.

— Vous voulez dire qu'ils sont invisibles ?

— Non pas, mais leur nature semble indécise. Moins que la chair, mais plus que le vide. Les ouvrières des usines Lumière existent bel et bien quand on les voit franchir les grilles de la manufacture. Pourtant, si vous cessez de tourner la manivelle du projecteur d'images, elles disparaissent. Les Ishkiss sont de cette espèce : réels, mais insaisissables. Comprenez-vous ?

— Je crois, oui. Parlez-moi à présent de ce qui se passe sur la Lune. »

Le libraire prit une profonde inspiration, remonta ses besicles au sommet de l'arête de son nez, frotta sa joue imberbe et se lança. Il était, une fois encore, intarissable.

*

Babiroussa avait attendu que Juliette eût refermé la porte de la cuisine derrière elle. Il avait rempli le verre de Jules d'une liqueur ambrée, qui exhalait des parfums de marécage.

« Les contrebandiers anglais alimentent mes péchés », avait-il commenté, sans que sa tentative d'humour atteignît son but. Jules n'avait pas souri. Debout près de la cheminée, il avait contemplé la surface miroitante du liquide dans son verre, en attendant que son ami lui ouvrît son cœur. Ce qu'il avait fait, après un grommellement de résignation.

« Tu sais que j'ai toujours entretenu un vaste correspondance avec nombre d'imbéciles et de fous, avec tout ce que l'Europe a compté de visionnaires, de génies d'un instant, de rimailleurs débutants, j'en passe et des bien pires. Tu le sais. Tu ne sais peut-être pas, en revanche, que dans cette masse incroyable de lettres, se trouvent celles d'une jeune institutrice, éminemment chères à mon cœur. »

Jules avait eu un sourire narquois. Il avait même lancé un clin d'œil. Babiroussa s'était gentiment offusqué :

« Non, ce n'est pas ce que tu crois ! Pas de méprise grivoise ! »

Jules avait levé son verre dans la direction de son ami.

« Ta verdeur d'esprit n'a d'égale que la pureté de tes sentiments. »

Babiroussa avait ignoré la remarque et continué :

« Ces lettres chères, je les ai conservées. Elles sont là, sur cette table. »

Effectivement, parmi l'accumulation de papiers, cahiers et autres ouvrages étalés sur le plateau de la grande table occupant un coin de la pièce, Jules avait aperçu un paquet d'enveloppes nouées par une corde grossière, posé en évidence. Il avait estimé que le tout devait peser ses trois ou quatre livres. Le poids d'une indéfectible amitié épistolière, entretenue depuis près de cinquante années.

« Outre les confidences d'une belle âme, révoltée comme il sied, il y a dans ces lettres plus de mauvaise poésie et d'opéras enflammés qu'il n'en faut pour rassasier les bourgeois de Paris jusqu'à la fin des temps. Très chère Louise...

— Faut-il qu'elle soit jolie, ta petite institutrice ! Allons, elle doit à présent être une sage grand-mère.

— Là où elle se trouve désormais, l'âge ne compte pas. On y est près de sa fin, qu'on soit tout juste sorti de l'œuf ou bien déjà gâteux.

— Fichtre ! Quel ton lugubre... Dis-m'en plus, je te prie.

— Louise a connu la déportation, en Nouvelle-Calédonie, après ses sulfureux exploits du temps où Paris s'était insurgé contre Badinguet. Te souviens-tu du rêve merveilleux qui avait gagné la population, alors que le trône vacillait ? Ce n'était hélas que le prélude à plus d'injustice et de souffrance encore. La répression a été terrible.

— Oui, je me souviens de l'éphémère Commune. Ainsi, ta Louise n'est autre que la "Grande Citoyenne" elle-même, l'"Amante du Devoir" comme on l'appelait alors. Louise Michel...

— Elle-même.

— Je la croyais morte, ou disparue. La Tenciaire n'est pas tendre pour les déportés.

— Elle n'a jamais cessé de m'écrire, du fond de son exil. D'une réprouvée à un banni, les mots ont trouvé naturellement leur chemin. Bien entendu, l'administration a toujours dépouillé nos courriers, censurant ce qui lui semblait devoir l'être. Nous avons donc usé de divers stratagèmes et constitué un langage codé fait d'allusions à la poésie et de poèmes conçus pour la circonstance. Plus d'une fois un simple acrostiche révéla la véritable teneur de nos échanges, sans que les brutes chargées de nous lire en décèlent le secret. C'est dire s'ils sont bornés, ces esprits fonctionnaires !

— Elle a donc survécu aux mauvais traitements, à la maladie, au travail forcé. »

Jules avait eu un sifflement admiratif. L'exploit était de taille.

« À davantage encore : la séparation d'avec les êtres chers, les condamnations à mort de ses frères en rébellion, la haine anonyme et veule des chantres de l'Ordre qui l'ont accablée d'injures, alors même qu'elle était au plus bas. Mais elle a tenu bon, parce qu'elle n'a jamais cessé de lutter. J'ai écrit moi-même, en d'autres occasions, que ceux qui vivent sont ceux qui luttent. J'étais loin de me douter de la douloureuse vérité contenue dans ces quelques mots.

— Tu l'as donc enrôlée ?

— Oui, si l'on veut. Quand nous avons mis sur pied notre réseau, je n'ai d'abord pas pensé à Louise autrement qu'à une sœur privée de liberté. Puis, comme sa détermination ne faiblissait pas malgré les épreuves, j'ai commencé de l'informer de notre action et très vite elle m'a proposé ses services.

— Ses services ? Depuis le bagne ?

— Oui. Seulement, notre correspondance est interrompue depuis plusieurs mois. Je suis extrêmement inquiet. C'est pourquoi je souhaite que tu partes à sa recherche, mon cher Jules.

— Diantre ! Tu veux m'envoyer au bagne ? En Nouvelle-Calédonie !

— Pas exactement. Louise purge maintenant sa peine sur la Base Cyrano. »

Jules avait failli laisser échapper son verre.

« La Base Cyrano... Elle se trouve donc sur la Lune ! »

Babiroussa avait acquiescé. La Lune ! Le satellite

terrestre semblait avoir scellé son destin à celui de l'écrivain, depuis que ce dernier en avait fait le décor de ses romans. C'était comme s'il lui adressait un clin d'œil, se rappelant à son bon souvenir après des années de séparation, par-delà les années et les kilomètres qui les séparaient. Après que la subite apparition des Ishkiss eut rendu possible le voyage vers le petit satellite, l'œuvre sélénolâtre de Jules avait connu un incroyable regain de popularité. On s'était arraché les exemplaires restants de *De la Terre à la Lune* et de *Autour de la Lune*. Hetzel, fils de Jules Hetzel, l'éditeur du *Magasin*, digne successeur de son père, avait fait réimprimer les deux ouvrages, en dépit de la mise à l'index des autres titres de Verne.

La mode s'était emparée de l'astre et ne semblait pas près de le lâcher.

*

En quittant *La Nef Hallucinée*, Jules en savait autant que possible au sujet des Ishkiss et de la communauté sélénite de la Base Cyrano. Toutefois, cela ne l'avançait guère. Le libraire avait rassemblé les informations officielles et officieuses, les articles élogieux des journaux dévoués à l'Empereur et les libelles qui circulaient sous le manteau, les témoignages des visiteurs autorisés à poser le pied sur la Lune et les courriers des bagnards, édulcorés par la censure. Il avait ainsi appris que les travaux d'aménagement de la Base étaient en voie d'achèvement et que, bientôt, l'Empereur en personne inaugurerait « sa » cité lunaire. Humains et Ishkiss se partageraient donc la

Lune en bonne intelligence, une face pour chaque espèce.

Mais il paraissait peu probable que Badinguet n'eût pas derrière la tête un projet plus ambitieux. La concorde entre les peuples n'était pas son affaire, l'histoire récente l'avait prouvé. Aussi Louise Michel avait-elle été chargée de découvrir ce qui se tramait dans les souterrains de la cité impériale. Son inquiétant silence épistolaire pouvait laisser penser qu'elle avait réussi.

Jules prit le chemin de la gare. La pointe effilée de la tour de transit Eiffel émergeait par-dessus la marée d'ardoise des toits. De taille modeste en regard de son modèle parisien, elle n'en constituait pas moins un repère visible plusieurs lieues à la ronde. La grappe de ballons dirigeables accrochée au niveau du deuxième étage ressemblait à un troupeau de moutons aériens sous la houlette de leur bergère. Le vers de Guillaume Apollinaire semblait avoir été écrit pour la circonstance : « Bergère ô tour Eiffel... »

Le chemin de fer en provenance de la capitale venait achever sa course occidentale sous les jambes grandes ouvertes de la belle. Jules négligea le confort des wagons pullman au profit de celui, spartiate, d'une cabine de dirigeable. Le Zeppelin le conduirait à Paris en un peu plus de trois heures, à la vitesse moyenne de cent vingt-cinq kilomètres par heure, tandis que la bête humaine en mettrait le double, sauf incident.

Jules emprunta l'ascenseur jusqu'au second étage de la tour. Une poignée de voyageurs étaient rangés en file indienne devant la passerelle d'embarquement, pour la plupart des marchands et des industriels, pressés de rejoindre la capitale où leurs affaires les appelaient. Un employé de la Compagnie impériale de navigation aérienne vérifiait les titres de transport. Jules lui remit son billet et pénétra dans la cabine du dirigeable, sous le regard faussement inquisiteur du gendarme affecté au contrôle des usagers. Il n'avait rien à craindre. Le billet était on ne peut plus vrai, à l'inverse de son laissez-passer. Il avait d'ailleurs coûté une petite fortune à Babiroussa. Conçu par un aristocrate pure souche, le comte Ferdinand von Zeppelin, le ballon dirigeable modèle LZ-131 ne s'était pas démocratisé avec l'intensification des vols réguliers.

Jules s'installa à côté d'un hublot, à l'écart des autres passagers, réunis par affinités autour des tables entre lesquelles évoluait un steward. Il aimait contempler la marqueterie précieuse des bocages et des villes qui défilaient sous le ventre du ballon. Il n'était pas encore rassasié du spectacle offert par la grande variété des paysages de sa planète. Il les avait décrits dans leurs moindres détails, n'en oubliant aucun, depuis les déserts de glace jusques aux extravagances florales des jungles, sans jamais se lasser. Il les avait tous visités, par la suite, quand le succès de ses livres l'avait enrichi au point qu'il pût acquérir le premier *Saint-Michel* et s'offrir d'interminables croisières. Il avait littéralement marché dans les pas de ses personnages, incarnation placide d'un Philéas Phogg soumis quant à lui aux aléas de l'horloge. Mais il lui restait encore un voyage à faire, encore une destination à atteindre, encore un territoire à explorer. Un territoire que ses personnages n'avaient fait qu'entr'apercevoir.

Bientôt, Jules ferait mieux encore que Michel

Ardan. Le créateur accomplirait un geste dont ses héros les plus aventureux avaient été privés par les limites de son imagination et de sa documentation. Il allait marcher sur la Lune et, par la même occasion, faire un pas impossible pour les hommes d'encre et de papier qu'il avait envoyés sur orbite une génération plus tôt.

Un pas de géant pour lui, un petit pas pour l'humanité privée du plaisir de repousser les bornes de sa fantaisie.

Intermède

OÙ L'ENNEMI FOURBIT SES ARMES

« Monsieur le préfet va vous recevoir. Si vous voulez vous donner la peine d'entrer. »

L'huissier s'effaça devant l'inspecteur principal Jaume au moment où le policier franchissait le seuil du bureau préfectoral. Carré dans son fauteuil, Andrieux le laissa s'avancer sans rien dire. L'imposante moustache du préfet avait viré au gris depuis peu, mais l'éclaircissement de sa pilosité n'avait pas adouci l'expression de son visage.

Andrieux avait acquis une solide réputation depuis qu'il avait occupé une première fois le poste de préfet de Police à Paris, en 1879. *Le Figaro* l'avait dépeint comme un homme très intelligent et très ambitieux, déterminé et ne manquant ni de courage ni d'audace, ami du plaisir, passionné et dangereux. Avec l'âge, chacune de ces inquiétantes vertus s'était aiguisée et, à présent, Andrieux faisait figure d'éminence grise de Badinguet. Comment aurait-il pu en être autrement ? Les attributions de son préfet dépassaient largement les limites de la capitale. Non content d'assurer la direction de la police municipale, il contrôlait également la puissante police politique mise au service du pouvoir depuis les événements révolutionnaires des dernières décennies. Mieux, il s'était attribué la gestion des mouchards et policiers opérant sous couverture, les rétribuant directement à l'aide des fonds secrets alloués par le Trésor impérial. L'inspecteur principal Jaume profitait ainsi des largesses d'Andrieux sans que quiconque s'avisât d'interférer dans leur relation.

« Asseyez-vous, Jaume, commanda le préfet. Je suis à vous dans un instant. »

Dans le dos d'Andrieux, un portrait du pauvre Lépine attestait de son bref passage à la préfecture de Police. Créateur des brigades cyclistes et fluviales, Lépine n'avait pas eu le temps de moderniser davantage les services de police. Après un début de carrière prometteur, l'infortuné successeur de l'Andrieux première période avait succombé des suites de ses blessures, après un attentat fomenté par un groupuscule anarchiste contre le Palais Bourbon. C'était du moins la thèse officielle. En guise de machine infernale, une boîte à sardines remplie de fulmicoton avait explosé dans le hall, au beau milieu d'une foule de dignitaires de l'Empire. On avait arrêté un trio d'apprentis terroristes, jeunes ouvriers typographes tous abonnés à *La Révolution sociale*, l'hebdomadaire socialiste publié par un groupe d'anciens Communards affranchis de leur condamnation. Jaume savait que le journal avait vu le jour à la faveur d'une manœuvre machiavélique d'Andrieux : en subventionnant l'organe de presse des ennemis du régime, le préfet leur passait la laisse autour du cou. Certaines rumeurs couraient, selon lesquelles la main invisible d'Andrieux avait tiré les ficelles dans cette triste affaire.

Quoi qu'il en fût, à peine Lépine en terre, l'Empereur avait rappelé Andrieux à ses fonctions de 1879. Depuis, personne ne s'était plus avisé de mettre des bâtons dans les roues de l'attelage conduit par le deuxième plus puissant personnage de l'État.

« Les trublions semblent s'agiter, Jaume, dit soudain Andrieux, sans lever la tête des paperasses qu'il paraphait les unes après les autres, d'un geste mécanique.

— Le comité de rédaction de *La Révolution sociale* est plutôt calme en ce moment, fit remarquer l'inspecteur.

— Je ne parle pas de ces pantins. J'ai reçu ce matin confirmation de ce que le *Saint-Michel* avait accosté la rade de Brest. Cela faisait longtemps que M. Verne ne nous avait pas fait l'honneur d'une visite. Il paraît plus que probable que l'éminent écrivain a au préalable fait escale à Guernesey.

— Je vois », fit simplement Jaume, qui commençait d'entrevoir où son supérieur voulait en venir.

Andrieux se leva subitement, abandonnant sa plume et son buvard.

« Assez de fadaises... Ces foutus maréchaux me tannent avec leur manie de vouloir tout justifier par écrit. Que voulez-vous, Jaume, l'époque est à l'administration. On signe des traités, on appose son nom au bas de milliers de documents destinés à pourrir au fond de caves humides pour la postérité de leurs auteurs. Mais s'il n'existait pas des hommes comme vous et moi, tout cela serait bien inutile. Suivez-moi, je vous prie. »

Tout en parlant, il s'était approché du portrait de Lépine. La peinture de piètre qualité tranchait sur le décor de tapisserie pourpre et de moulures dorées qui habillait la cloison. Andrieux n'adressa pas même un regard à la malheureuse victime des « terroristes ». Il passa un doigt sous la bordure inférieure du cadre et, dans la seconde qui suivit, un pan de mur s'entrebâilla avec un déclic. Jaume n'eut pas l'air étonné. Il était coutumier des mises en scène du préfet, dont le penchant pour l'occulte et le mystère faisait les délices des caricaturistes.

Les deux hommes se glissèrent dans le passage secret, en fait un ancien corridor masqué à la faveur de récents travaux. Andrieux s'empara d'une lanterne accrochée à une paterne, alluma la bougie et s'enfonça dans le boyau, Jaume à ses basques. Ils parcoururent ainsi une courte distance, avant d'emprunter un escalier en colimaçon qui s'enfonçait en spirale dans les profondeurs du sous-sol. Jaume remarqua la patine de la pierre, sur les dernières marches. Ici, le temps avait fait son œuvre.

L'escalier débouchait sur une sorte de cave voûtée, plongée dans l'obscurité. La température était basse, et Jaume frissonna en songeant que l'endroit avait tout d'un sépulcre : glacial et ténébreux.

« Encore un peu de patience, mon cher Jaume », fit Andrieux, qui s'activait dans un recoin de la salle.

La flamme de la bougie n'était pas assez vaillante pour éclairer sa silhouette en entier, si bien que le policier ne pouvait pas distinguer son manège.

« Ha, nous y sommes ! »

Sur ces mots, un grésillement s'éleva, accompagné d'un sifflement aigu qui allait en s'intensifiant, jusqu'à n'être plus audible par des oreilles humaines. Peu à peu, la lumière se fit dans la cave et dans l'esprit de Jaume. Une douce lueur violette dispersa l'ombre ambiante, dévoilant au policier, ébahi, un spectacle peu commun.

« C'est un peu théâtral, j'en conviens, avoua Andrieux, mais l'installation de nos amis supporte difficilement la clarté et la chaleur ; tout comme eux, d'ailleurs. Approchez, ne craignez rien. Ils sont inoffensifs, tels que vous les voyez. »

Fasciné, Jaume fit un pas en avant. La cloche de verre bleuâtre qui emplissait tout l'espace laissé libre sous la voûte atteignait les dimensions d'une coque de navire honnête. C'était comme un immense lumignon, à la mesure d'un Titan. La lueur émanait de l'intérieur, diffusée de manière égale en tous points du périmètre par elle délimité. Bien que faible, elle suffisait à révéler les contours des prisonniers de la cloche.

Derrière la façade de verre courbe, un monde différent apparaissait en filigrane. Dans un décor de roches déchiquetées et de poussière grise évoluaient de graciles silhouettes, dotées de longs membres élastiques. Jaume ne parvenait pas à accommoder parfaitement sa vision, comme embuée par un brusque accès de larmes. Il comprit cependant, sans l'ombre d'un doute, qu'il contemplait là ses premiers extrahumains dans leur environnement lunaire.

La danse des Ishkiss avait le charme envoûtant des contorsions sensuelles des femmes de l'Inde. Il en émanait également quelque impression de gravité, voire la sensation d'une menace imminente. Du moins Jaume percevait-il ainsi les déambulations aériennes des créatures exposées à sa curiosité

« L'effet est saisissant, n'est-ce pas ? » interrogea Andrieux.

Comme Jaume demeurait coi, le préfet enchaîna :

« Débarrassés de leur attirail de scaphandrier, les Ishkiss ne sont plus que fumée. Mais je ne vous ai pas amené ici pour un cours d'histoire naturelle. J'ai une mission à vous confier, une fois encore. Plus exactement, nous avons une mission à vous confier, mon très cher Jaume.

— Nous ?

— Les Ishkiss et moi. Certains événements récemment survenus inquiètent nos amis.

— Des événements liés au retour de M. Verne en Europe ?

— Tout semble l'indiquer. Le délégué ishkiss désire vous faire part des appréhensions de son peuple. Veuillez prendre place dans l'alvéole de communication. »

Andrieux désignait l'imposante machinerie occupant un angle de la pièce. Un pupitre chargé de manettes et autres manomètres côtoyait une cabine de métal, percée d'un hublot. Le préfet manœuvra le volant qui ouvrait la porte coulissante de l'habitacle. À l'intérieur, Jaume aperçut un fauteuil adapté à la morphologie humaine. Le haut du dossier était coiffé d'une espèce de heaume hérissé de filaments.

« C'est épatant, n'est-ce pas ? » fit Andrieux, en s'effaçant devant le policier qui se tenait, penaud, à distance respectable de la moderne vierge de fer.

« Allons, pas d'hésitation, Jaume ! Nos ingénieurs ont construit cette machine sur les instructions des Ishkiss, il n'y a rien à craindre. Elle relie son utilisateur à un correspondant extra-humain cantonné sur la Lune. J'en ai moi-même fait l'expérience à plusieurs reprises.

— De quelle manière s'expriment les Ishkiss ?

— La machine se charge de transformer leurs pensées en paroles audibles. Allons, pressez-vous, le délégué s'impatiente. »

Effectivement, dans la cloche de verre, la valse chaotique des extra-humains devenait frénétique. Jaume demanda encore :

« Et ces images troublées ? Par quel prodige...

— Nulle magie là-dessous, rien que de la science. Ce gros bocal contient un ensemble de gaz dont les particules s'assemblent de manière à reproduire la scène jouée sur la Lune par nos amis, dans un bocal analogue. Chaque particule est couplée à une autre et réagit instantanément aux modifications que subit sa jumelle, quelques centaines de milliers de lieues plus loin. Voilà pour la théorie. À présent, entrez dans l'alvéole et cessez de discutailler. C'est un ordre, Jaume ! »

Peu rassuré par les explications sommaires de son patron, le policier obéit. Son sens du devoir l'emportait sur la méfiance, son zèle sur la prudence la plus élémentaire. Il prit place dans la cabine, calant ses membres replets dans l'espace exigu avec une souplesse surprenante pour son gabarit. Andrieux vint se planter devant le pupitre de commande, actionnant leviers et volant. La porte coulissa dans un chuintement, isolant Jaume.

L'obscurité était totale à l'intérieur de l'alvéole, la liberté de mouvement du policier presque nulle. Il laissa échapper un petit cri quand le casque s'abaissa brutalement sur son crâne, dérangeant le bel ordonnancement de ses cheveux gominés. Il eut la sensation, fugitive, de centaines de piqûres sur son cuir chevelu. Un zonzonnement ténu se fit entendre, qui lui sembla provenir de sa gauche puis se déplacer, effectuant une rotation complète autour de sa tête. Il ressentit une légère migraine, vite dissipée. Une impression de légèreté incroyable s'ensuivit et Jaume se détendit enfin.

S'il avait pu se douter qu'on venait de le débarrasser proprement de sa boîte crânienne, nul doute que le policier, tout soumis qu'il fût aux impératifs de la raison d'État, aurait manifesté sa réprobation avec véhémence. Et s'il avait vu l'horreur visqueuse qui se glissa dans son cerveau pour s'y lover avec délice, pareille à une couleuvre sur une pierre brûlante, Jaume serait devenu fou.

Mais il ne se rendit compte de rien. Le Ishkiss avait commencé de parler et chacun de ses mots s'imprimait dans l'esprit de l'inspecteur principal avec l'évidence d'une image.

CHAPITRE II

Paris sera toujours Paris

Après de courtes haltes à Rennes, Laval, Le Mans et Chartres, le Zeppelin arriva en vue de Paris. Jules sentit une joie enfantine l'envahir, un sentiment monté du tréfonds de la mémoire, poussé par les vents de la nostalgie. Le visage collé à la vitre du hublot, il emplissait ses yeux des charmes de la capitale. Paris lui manquait plus qu'il ne voulait se l'avouer.

À Paris, il avait connu le succès, il avait couru les salons littéraires et les dîners donnés par la gent artistique, avant que Badinguet n'affermît sa dictature et que l'odieuse Anastasie ne brandît ses ciseaux partout où l'on s'occupait d'écrire, de peindre, de dessiner. La plupart des gens de lettres avaient fini par accepter le diktat intellectuel imposé par l'Empire. Leur prose s'en était affadie, assagie, apprivoisée par le pouvoir. Les autres, une minorité, avaient rejoint le banni de Guernesey, principale et plus fameuse victime des foudres impériales, après qu'il eut affublé l'Empereur du sobriquet de Napoléon le Petit. Jules avait été de ceux-là et ne l'avait jamais regretté, s'arrangeant pour exporter son œuvre vers de moins tristes tropiques, avec l'aide d'admirateurs et de traducteurs enthousiastes.

Mais Paris demeurait la ville de ses premières amours avec le public et, cela, il ne l'oublierait jamais. Une poignée d'éditeurs continuaient d'y travailler, bravant ouvertement la censure, sans cesse condamnés, emprisonnés, saisis, mais soutenus par des lecteurs fidèles, qui avaient appris à lire entre les lignes, à deviner le sens caché des mots. Pour ne pas perdre l'agrément préfectoral indispensable à l'exercice de leur profession, délivré au compte-gouttes par un Andrieux ennemi déclaré de la littérature, ils avaient été obligés de diluer leur venin dans une prose innocente, en apparence seulement. Car très vite un langage codé s'était créé, évoluant au gré des modes et des progrès en décryptage réalisés par l'ennemi. Ce subterfuge avait permis de ne pas briser le lien établi entre les résistances intérieure et extérieure.

Hetzel, le jeune Hetzel, était de ces éditeurs engagés. Jules eut un pincement au cœur à l'idée de bientôt serrer dans ses bras celui qu'il considérait comme un fils adoptif et aimait tout autant que Michel.

Mille pieds au-dessus du sol, les monuments de la capitale semblaient des jouets dérisoires. Au loin, perché sur sa butte, l'injurieux Sacré-Cœur, pâtisserie indigeste, narguait les survivants de la Commune. Louise Michel n'avait pas assisté à son érection. La pétroleuse aurait sinon rêvé d'y mettre le feu... Plus près, s'étirait la flèche de la tour Eiffel, le drapeau impérial flottant à son sommet. Derrière elle s'étendait la perspective du Champ-de-Mars, toujours occupé par les bâtiments de l'Exposition universelle qui s'était tenue dix années plus tôt. La Galerie des

Machines avait été transformée en antichambre de départ pour la Lune, sa verrière désormais ouverte sur le ciel de Paris. La nef des Ishkiss s'y était posée en 1889, déversant une pluie d'éclats de verre sur les visiteurs affolés, heureusement sans provoquer plus de dégâts qu'une impressionnante série de blessures superficielles. Depuis, Badinguet avait ordonné à ses architectes d'adapter le bâtiment à la configuration du navire cosmique. Le Palais du Trocadéro, quant à lui, veillait sur la perspective du Champ, croulant sous les ornements d'une esthétique révolue.

Depuis son poste d'observation, Jules pouvait juger des effets de la révolution haussmannienne. Les interminables boulevards, percées ouvertes dans le ventre de la vieille ville à coups de sabres rageurs, quadrillaient Paris à la manière des avenues qui découpaient les villes américaines. Les chaussées mécaniques représentaient un progrès certain, puisqu'elles autorisaient un transport rapide et sûr des marchandises et des troupeaux humains d'une banlieue à une autre. Mais, en même temps, elles facilitaient les interventions de la troupe et interdisaient tout rassemblement trop tapageur. Le retour en vigueur des lois Le Chapelier[1], passablement durcies, complétait au niveau législatif l'arsenal répressif.

Jules avait abandonné une ville en plein travaux ; il redécouvrait un vaste camp de rétention où plusieurs millions d'hommes et de femmes vaquaient à leurs occupations sous la surveillance des sbires du

1. Du nom du député du tiers état qui rapporta en 1791 la loi interdisant toute association entre gens de même métier et toute coalition.

régime. Badinguet, calfeutré dans ses appartements du Louvre, vivait lui-même sous la surveillance d'une cohorte de médecins, et ne se montrait plus qu'à de rares occasions.

En y regardant de plus près, Jules constata que le baron Haussmann n'était pas seul responsable de la défiguration de Paris. Les extra-humains avaient également apposé leur marque sur la capitale de l'Empire. Jules fut d'abord intrigué par la prolifération des attelages automobiles sillonnant les rues non mécanisées. Vus du ciel, ils ressemblaient à des insectes chargés du fruit de leur rapine dans la colonie voisine. Quand le dirigeable perdit de l'altitude, à l'approche du débarcadère de la tour Eiffel, le voyageur réalisa que la comparaison s'avérait fondée. Entre les pieds de la grande dame d'acier, une douzaine de véhicules dansaient un ballet chorégraphié avec minutie. Au lieu de roues, chacun était doté de quatre paires de pattes effilées qui se mouvaient en cadence, avec une précision digne des meilleurs rouages d'horlogerie. Perché sur un renflement annelé, un conducteur — un cornac, plutôt — tenait entre ses mains des manières d'antennes, fichées dans une minuscule tête. À l'arrière, un monstrueux abdomen faisait office de malle à marchandise. À la fois fascinant et peu ragoûtant, le spectacle ne semblait pas choquer les Parisiens, habitués aux pires extravagances.

La cabine du ballon fut bientôt arrimée à la passerelle qui s'étirait jusqu'à la plate-forme du deuxième étage de la tour Eiffel. Le steward agita une clochette, signalant aux voyageurs qu'ils pouvaient s'apprêter à quitter l'appareil. Les passagers rassemblèrent leurs bagages à main et se dirigèrent vers la sortie. Jules gagna avec eux l'ascenseur hydraulique qui faisait la navette entre chaque niveau. Trois minutes plus tard, il foulait le sol de la capitale — en fait le gravier dur de l'esplanade qui ceinturait la tour. Autour de lui, la foule s'égailla, sans lui accorder plus d'attention qu'il n'en méritait. Au moins, songea-t-il, l'indifférence des Parisiens pour leur prochain était restée la même. Certains impondérables demeuraient, en dépit des changements survenus.

« Écarte-toi, papa ! » tonna une voix gouailleuse.

Jules eut à peine le temps de faire un pas sur le côté, manquant d'être embroché par une gigantesque mandibule. Le cornac, en uniforme des services de distribution du courrier, lui lança un regard noir. La bête qu'il manœuvrait tenait autant de la fourmi que du cafard, aberrant compromis insectoïde dévoué à la cause logistique. La créature était soutenue par l'armature métallique d'une espèce de corset, et des pistons renforçaient les articulations de ses pattes. À l'évidence, la nature et la technique s'étaient alliées pour donner naissance à pareille monstruosité.

Jules prit conscience du retard qu'il avait accumulé sur l'évolution des sciences depuis qu'il s'était lui-même condamné à l'ostracisme. Cette révélation constituait un véritable camouflet pour celui que la critique, unanime, avait jadis sacré roi de l'anticipation scientifique. Néanmoins, Jules en prit son parti avec philosophie. Il n'était plus désormais l'auteur de fictions dévorées par une jeunesse en mal d'aventure et de rêve, mais un agent de la résistance. Plus encore qu'il n'en pouvait espérer à son âge, se rassura-t-il.

Il se dirigea vers la Galerie des Machines d'un pas nonchalant. Les soldats arpentaient les allées du

Champ-de-Mars par couples, jetant de brefs coups d'œil sur les badauds qui se pressaient à leurs rendez-vous ou flânaient sans but à l'ombre de la tour Eiffel. On ne pouvait pas faire cent mètres sans croiser un uniforme. Chaque citoyen semblait soupçonné d'un quelconque forfait.

Néanmoins, certains chalands ne se laissaient pas impressionner par le déploiement des forces de l'ordre. La casquette vissée en travers du crâne, un foulard noué autour du cou, les mains profondément enfoncées dans leurs poches, ils paradaient devant les jeunes filles au pair qui accompagnaient les bambins jouant sur les pelouses. C'étaient de jeunes gars des faubourgs, avec leurs belles petites gueules de gouapes, leurs fines moustaches cirées et leurs rouflaquettes, des « apaches » descendus des fortifications où ils traînaient d'ordinaire leurs guêtres et réglaient leurs comptes à coups de couteaux.

Jules assista alors à une scène inoubliable. Un des gaillards taillait un brin de causette avec une nurse, sur un banc. Il ne vit pas les soldats approcher. Un de ses camarades lança un sifflement en guise d'alerte, mais trop tard. Les gardes lui avaient coupé toute retraite. Ils lui demandèrent de présenter ses papiers et l'autre, bravache devant sa belle, renâcla. La discussion s'envenima et les gardes portèrent la main à leur ceinture, où pendaient leurs pistolets. Vif comme l'éclair, le baratineur fit jaillir un cran d'arrêt de sa manche. Dans le même mouvement, il planta sa lame dans la cuisse du plus proche soldat. La nurse poussa un cri et son galant bondit, bousculant sa victime. Il courut à travers la pelouse, en direction du pont d'Iéna. Le garde valide porta un sifflet à sa bouche et se mit à souffler comme un beau diable.

Curieusement, aucun son ne sortit de l'instrument. Pourtant, les autres témoins de l'algarade s'étaient aussitôt figés sur place, comme autant de statues de cire. Prudent, Jules les imita. Il comprit rapidement que son choix était le bon. Le fuyard avait à peine parcouru une cinquantaine de mètres qu'une silhouette massive débouchait d'un bosquet, sur sa droite, et fonçait droit sur lui. Lancé de toute la vitesse de ses quatre paires de pattes, l'insectoïde avait répondu aux injonctions muettes des ultrasons émis par le sifflet. Il stoppa sa course une seconde à peine, le temps de repérer sa cible, unique humain en mouvement dans un périmètre de plus de deux cents mètres. Alors, claquant des mandibules, il partit en chasse.

Il rattrapa sa proie au milieu du pont. Le gars se retourna et lâcha un juron, suivi d'une plainte déchirante quand les pinces buccales se refermèrent autour de sa taille. Il eut beau ruer, se débattre et assener une série de coups de poing sur les yeux à facette de la bestiole, rien n'y fit.

L'insectoïde rapporta son prisonnier aux soldats. Jules, pétrifié, croisa un instant le regard du mauvais garçon. Il y lut un mélange d'appréhension et de douleur d'une rare intensité. Les extrémités recourbées des mandibules étaient enfoncées dans la toile de son pantalon, découpée net. Un filet de sang s'écoulait de chaque entaille. La terrible étreinte se relâcha et le corps du malheureux roula sur le gravier. Une minute plus tard, il disparaissait, menottes aux poignets, entre deux gendarmes, tandis qu'on évacuait le soldat blessé sur une civière. Les promeneurs s'étaient remis en marche. Comme si rien ne s'était produit. En un sens, c'était la vérité. Écœuré par l'attitude des Parisiens plus encore que par la manifestation de brutalité gratuite des soldats, Jules en fit de même.

Il parvint à se calmer en parcourant à grandes foulées vengeresses la distance qui le séparait de la Galerie des Machines. Arrivé au guichet, il présenta le titre de transport falsifié par Babiroussa au préposé de l'accueil. L'employé y apposa le cachet de la Compagnie impériale de liaison Terre-Lune sans sourciller. Jules pénétra ensuite dans le hall où voyageurs et curieux, nantis d'un billet de simples visiteurs, tuaient le temps avant l'arrivée de la nef ishkiss.

Comme convenu, Jules alla s'installer à une table du café qui faisait face au terminal d'embarquement. Il commanda au garçon une absinthe, curieux de renouer avec le goût de la « fée verte » après une longue période d'abstinence, abreuvée de rhum et de mauvais whisky. Alors qu'il déversait le précieux breuvage sur le sucre prisonnier de la petite cuiller, concentré sur la délicate opération, un mouvement sur sa gauche attira son attention. Quand il releva la tête, interrompant l'alchimie délétère, il faillit lâcher un cri de joie. Hetzel était assis à ses côtés, à demi masqué par le journal qu'il tenait à hauteur de son visage

« Bien le bonjour, mon très cher Jules. Si vous saviez le plaisir que j'éprouve à ces retrouvailles... Il n'est cependant pas aussi vif que ma frustration de ne pouvoir vous manifester pleinement mon enthousiasme. Évitez, s'il vous plaît, de vous tourner vers moi. Je ne puis être certain d'avoir semé mes poursuivants. La police secrète de l'Empire ne me lâche pas d'une semelle. Ces bougres de cognes connaissent leur affaire, croyez-moi. Si je vous parlais de cet animal de Jaume... Enfin, vous êtes là. Avez-vous fait bon voyage ? »

Avant de répondre, Jules prit soin de dissimuler sa bouche devant sa main.

« Assurément, oui. Croyez-moi, j'étais aussi excité qu'un interne de retour dans sa famille après un semestre d'études. Quand votre compagnon brestois, ce singulier libraire, m'a appris que vous seriez mon contact à Paris, je l'aurais embrassé ! N'est-ce pas sot ? »

Hetzel éluda la question d'un sourire. Il tourna une page de son journal, pour donner le change aux autres consommateurs, et reprit :

« Nous n'avons hélas que peu de temps avant votre départ. Babiroussa est prudent. Il n'a pas souhaité que vous demeuriez longtemps en transit à Paris. Inutile, en effet, d'attirer sur vous l'attention de la police. La nef ishkiss effectue des trajets Terre-Lune avec régularité, trois fois dans la semaine. Elle sera là d'ici une heure. Vos bagages sont déjà enregistrés, j'y ai personnellement veillé.

— Mes bagages ? Ma malle m'a suivie dans le dirigeable. Les employés de la Compagnie s'en sont chargés. »

Hetzel expliqua :

« Babiroussa s'est démené comme un beau diable pour que le réseau vous fournisse son meilleur matériel dans les délais les plus brefs. Les joujoux mis au point par nos ingénieurs sont fantastiques. Je vous envie vraiment.

— Des joujoux ?

— Vous en saurez plus en lisant mon journal. J'ai imprimé ce document pour l'occasion. Je ferai semblant de l'oublier en partant. Tout y est décrit en détail dans les articles des pages *Visions du Futur*. Babiroussa fonde sur vous de grands espoirs, Jules.

— Je ne le sais que trop. Cela m'effraie même un peu. La situation est si complexe, là-haut.

— Louise vous aidera à y voir plus clair. Si tant est que vous la retrouviez... Je veux dire, j'espère qu'elle n'est pas, enfin...

— Oui, je comprends, trancha Jules, qui ne désirait pas évoquer une trop pénible hypothèse.

— Autre chose, encore, fit Hetzel. Officiellement, vous disposez d'une accréditation préfectorale pour réaliser une enquête sur les conditions de vie des détenus. Badinguet est très sensible à la manière dont les gazettes rendent compte des largesses déployées envers la main-d'œuvre forcée qui bâtit sa cité. Comme la construction de la Base Cyrano est maintenant bien avancée, il a autorisé la presse à investir la place. D'autres journalistes ont déjà effectué le déplacement, depuis quelques semaines. Inutile de vous préciser que vous aurez sans doute droit à une mise en scène, destinée aux reporters pas trop regardants. La rédaction du *Temps* compte sur votre reportage. Il faudra vous forcer à renouer avec l'écriture, afin de parfaire votre couverture.

— Me voici donc apprenti journaliste, à mon âge ! Il n'est jamais trop tard, je suppose. Puisqu'il le faut, je commettrai donc quelques pages à mon retour.

— *Le Temps* exige un compte rendu quotidien de vos explorations. C'était la condition *sine qua non* de leur soutien à notre cause. À vrai dire, votre nom seul aurait pu suffire, mais les risques encourus sont grands.

— Et comment le leur ferai-je parvenir, puisque je serai bloqué là-bas plusieurs semaines peut-être ?

— La nef n'est pas la seule à faire la navette. Plusieurs fois par jour, les lucioles relient Paris à la Base Cyrano.

— Les lucioles ? Une nouvelle invention semblable aux sortes d'insectes géants que j'ai aperçus en arrivant jusqu'ici ?

— Exactement. Ce sont, au départ, des créatures extra-humaines dont les Ishkiss font sensiblement le même usage que nous de nos animaux de compagnie. Nos scientifiques ont procédé sur elles à de nombreuses adaptations mécaniques, afin de leur permettre d'évoluer à leur aise sous notre gravité et de respirer notre air. Les lucioles, comme leur surnom l'indique, évoquent nos coléoptères lumineux par leur aspect général. De taille plus conséquente cependant, elles ont la capacité de voyager dans l'espace, sur de courtes distances. On leur confie les messages urgents.

— C'est fantastique ! s'enthousiasma Jules.

— Et ce n'est là qu'un moindre aspect des choses que vous allez découvrir. La décennie qui vient de s'écouler a été plus fertile en inventions que les mille siècles qui l'ont précédée. À cet égard, la rencontre avec les Ishkiss aura été bénéfique. Pour le reste, je vous laisse juge, mon cher. À présent, je dois vous quitter. Mais je compte bien que nous n'en resterons pas là. Au revoir, donc, et bonne chance ! »

Hetzel se leva et partit comme il était venu, avec discrétion. Jules le vit s'éloigner, vite avalé par la foule qui se pressait dans le hall de la Galerie. Il attendit encore quelques secondes avant de s'emparer du journal abandonné sur la table. Personne ne s'avisa de l'en empêcher. Il le plia et le glissa dans la poche de son veston, réservant sa lecture à plus tard. Puis il dégusta son verre d'absinthe à petites gorgées. La liqueur lui laissa dans la bouche un goût amer. Il régla la consommation et quitta à son tour la terrasse du café.

Il erra d'un pas lent dans le vaste espace laissé vacant par le démontage des machines exposées en 1889. Par son envergure, l'endroit évoquait quelque païenne cathédrale de l'industrie. L'analogie ne s'arrêtait d'ailleurs pas là : une succession d'arceaux métalliques supportaient la colossale verrière, aujourd'hui diminuée. Ils formaient au contact du ciel infini des vitres une exorbitante ogive, qui n'avait rien à envier à ses pieux modèles de pierre.

Les candidats au voyage vers la Lune, accompagnés de leurs amis et parents, arpentaient ce désert d'acier en échangeant force éclats de rire et exclamations de surprise. Au milieu de cette marée humaine, les employés de la Compagnie impériale maniaient des chariots débordant de bagages. Jules se demandait ce qui pouvait motiver chacun de ses futurs compagnons de voyage. La Base Cyrano n'offrait pas encore toutes les commodités requises, et on pouvait penser que la vie sur la Lune — ou plutôt dans ses sous-sols — n'était pas une sinécure. Sans doute y avait-il parmi eux de nombreux fonctionnaires de l'Empire en mission officielle, des militaires chargés de la sécurité des installations, des marchands et des industriels appâtés par la perspective de développer de nouveaux marchés hors la Terre, des savants intéressés par les possibilités d'étude en apesanteur... Mais aussi combien d'espions à la solde de puissances étrangères, combien d'agents secrets de l'Empire ? Il préféra ne pas y songer.

Soudain, une clameur monta du fond de la Galerie, vite répercutée en écho d'un point à l'autre du bâtiment. La foule s'écartait sur le passage d'une sinistre légion de réprouvés, conduits par un sombre individu en tenue de maton. Le silence se fit, lourd de sous-entendus. Il ne dura guère. Bientôt, on entendit le cliquetis cadencé qui rythmait la marche des damnés en partance, jadis, pour Toulon ou l'île de Ré, embarquant ensuite pour des destinations sans espoir de retour. C'était la chaîne des forçats, immuable humiliation, comme Vidocq l'avait connue puis dénoncée un siècle plus tôt.

Jules se figea en retrait des spectateurs qui assistaient, amusés et curieux, au défilé. Les bagnards étaient revêtus de grossières tuniques de toile. Ils portaient un calot sur leurs crânes rasés, et une paire de sabots qui déclenchaient une véritable déflagration chaque fois que la semelle retombait sur le dallage en claquant. Certains étaient presque aussi âgés que l'écrivain promu journaliste, d'autres à peine sortis du berceau. Mais la peine étirait les traits de chacun, jusqu'à former d'odieuses caricatures de visages, dont même les couvertures de *L'Assiette au Beurre* n'auraient pas voulu. Ils étaient encadrés par la troupe. Des vétérans de la campagne d'Orient, à en juger par les fières bacchantes poivre et sel et les lourds favoris qui envahissaient les joues creuses des soldats. Badinguet récompensait les survivants de ses guerres coloniales de façon sibylline, en les promouvant gardiens du bétail humain qui crevait à la tâche pour sa gloire.

Les forçats furent parqués dans un angle de la salle, séparé du public par un cordon de soldats. Des enfants enhardis, en tenue de marin, venaient se frotter aux bottes des vétérans, pour mieux voir les curieux animaux qu'ils menaient à leur cage. Les mères, épouvantées par tant d'audace, les arrachaient brutalement à leur contemplation, sous les quolibets flatteurs des militaires. Si un bagnard tentait parfois de s'approcher trop près des frous-frous d'une robe, un solide coup de pied le remettait à sa place. Le bougre rejoignait alors ses compagnons en maugréant, et l'incident était clos.

Jules ne put s'empêcher de songer à Louise Michel. La « Grande Citoyenne » avait-elle dû endurer pareil traitement ? Le convoi ne comptait aucune femme, mais rien ne permettait d'imaginer qu'un sort meilleur fût réservé aux prisonnières. Pis, on pouvait aisément concevoir qu'elles faisaient l'objet de la concupiscence des hommes composant leur escorte. Jules rejeta avec un frisson les pensées sordides qui lui venaient à l'esprit. Il fit quelques pas pour s'éloigner de l'endroit où s'amassaient les malheureux.

Au moment où il atteignait l'extrémité de la Galerie, une ombre gigantesque s'abattit sur la halle, coulée de nuit si prompte qu'il lui fallut cligner des paupières pour accommoder sa vision.

Une salve de hourras fusa des gorges les plus patriotes, tandis que les employés de la Compagnie se pressaient pour allumer des lampes à gaz. Jules leva le nez au ciel, imitant les hommes, femmes et enfants qui l'entouraient. On aurait dit qu'un pan d'espace avait chu sur la Galerie, un morceau de ténèbres arraché à l'infini. La lueur des réverbères nimbait la scène d'un halo bleuâtre, achevant de lui donner un aspect fantastique. Des applaudissements spontanés accueillirent la nef ishkiss. Jules se joignit à l'allégresse générale, cédant à l'enthousiasme de la foule. Pour avoir parcouru la planète d'un pôle à l'autre, il avait vu bien des choses extraordinaires, qui avaient satisfait son âme d'enfant, toujours prompte à s'émerveiller. Rien n'égalait cependant la machine vivante ventousée à la verrière, il devait en convenir. On pouvait avoir vécu cent ans et bourlingué sur l'ensemble du globe, on ne pouvait pas rester insensible à ce spectacle.

La description faite par le libraire brestois rendait difficilement compte de la réalité. Le jeune bibliophile avait évoqué l'imposante masse de chair qui composait le corps du vaisseau serti d'excroissances métalliques. Il avait insisté sur la nature animale de la nef, mais les mots qu'il avait employés n'auraient pu préparer Jules à sa rencontre avec l'engin ishkiss. Même les créatures survivantes de l'ère préhistorique auraient paru ridicules en comparaison de l'être exceptionnel qui couvrait la Galerie des Machines.

Plusieurs bras articulés, munis de pinces actionnées par des pistons, avaient jailli des replis de la peau du navire, pour venir s'arrimer aux poutrelles d'acier qui supportaient la verrière. Ainsi stabilisée, la nef s'offrait aux regards des curieux. Son abdomen était constitué de larges plaques d'une squame chitineuse, soudées entre elles par les boursouflures d'une chair rosée. Çà et là, des rivets gros comme le poing fermaient les lèvres d'une plaie encore suppurante. Le libraire avait expliqué qu'à son apparition, le vaisseau vivant était plutôt mal en point, couturé d'estafilades à sa mesure, longues de plusieurs brasses chacune. Les chirurgiens appelés à son chevet avaient travaillé en collaboration avec les ouvriers des ateliers Eiffel pour parvenir à suturer convenablement les plaies de l'incroyable patient. Au final, les greffons d'acier avaient bien pris. Les Ishkiss avaient par la suite autorisé de plus audacieuses manipulations. Aujourd'hui, leur navire était doté d'appendices mécaniques parfaitement contrôlés par sa machinerie interne, douée d'une souplesse d'adaptation remarquable. La fusion réussie du métal et du vivant laissait augurer de fructueux échanges entre les deux civilisations.

Une sirène se mit à mugir, avertissant les voyageurs de se tenir prêts à embarquer. Ils s'étaient rassemblés sur le pourtour de la Galerie, laissant un vaste espace libre au centre du bâtiment. Jules comprit la raison de cette précaution en voyant se déchirer le ventre de la nef. Les unes après les autres, les plaques de chitine se désolidarisaient, s'écartant pour révéler les entrailles du navire. Jules eut la vision d'un assemblage d'organes palpitants, traversés par de fugitifs éclairs électriques.

Une brutale contraction de la nef fit soudain trembler l'édifice. Jules crut un instant qu'une avalanche de chair allait l'ensevelir. Mais la Galerie tint bon et, au lieu de muscles et de nerfs, le vaisseau expulsa de ses entrailles une espèce de cage de fer, toute gluante de lymphe, d'environ vingt pieds de côté et haute comme un homme. Un câble couleur sang, zébré de grosses veines, était relié à un anneau sur le toit de la cage. Quand elle eut rejoint le sol, les gardes-chiourme s'avancèrent, entraînant les forçats avec eux. Le chef des matons brandissait une clé, qu'il introduisit dans la serrure de l'unique porte visible. Puis les bagnards furent poussés sans ménagement dans cette geôle incongrue. Près de trente hommes furent entassés dans le cube exigu. Une fois la porte close, fermée à double tour, le câble se tendit, s'amincissant à se rompre, et la cage décolla. Une minute plus tard, elle avait réintégré l'abdomen du monstre tombé du ciel.

Jules était sidéré. La prouesse constituée par l'alliance du vivant et de la métallurgie semblait échapper à l'entendement des Parisiens. Quoi, dix années plus tôt seulement, les mêmes riaient encore des modestes merveilles dont il avait jalonné les pages de ses livres ! Ville flottante, canon géant tirant des obus habités jusqu'à la Lune, exploration des terres creuses, sous-marin, rayon mortel, et combien d'autres billevesées, en regard du présent ? Le public, qui avait crié au fou face à de simples mots, trouvait aujourd'hui ordinaire d'être avalé par un Léviathan de l'espace... Décidément, l'Europe avait changé, et le futur prenait des proportions inouïes. Ce qu'il en sortirait, rien ne permettait de le prévoir, mais il fallait souhaiter que le sens commun et la raison ne se perdissent pas dans cette aventure.

Une fois la cage des bagnards disparue, de nouvelles contractions secouèrent le navire. La charpente de la Galerie vibrait, émettant une sourde plainte qui frappait droit au plexus. Finalement, comme Jules s'y attendait, la nef vomit un nouvel artefact, sorte de cylindre chromé de la taille d'un wagon pullman. Dès qu'il se fut posé, les employés de la Compagnie le prirent d'assaut, chiffons en main, et entreprirent de l'astiquer, jusqu'à ce qu'il parût étincelant et propre comme un sou neuf. Alors, tandis que l'on entreposait les bagages dans un compartiment ouvert à une extrémité, les premiers passagers prirent place à l'intérieur.

Jules assista encore aux traditionnelles effusions de départ avant de se décider à embarquer. Il approchait de l'ouverture pratiquée dans le flanc du cylindre, certain d'être le dernier, quand une silhouette massive s'interposa entre lui et le garçon qui contrôlait les billets.

« J'ai bien cru arriver trop tard, mon Dieu ! Pardonnez mon empressement, Monsieur, mais je suis tout émoustillée à l'idée de ce vol. C'est la première fois que je me rends sur la Lune. »

Galant, Jules s'effaça devant l'apparition. C'était une solide matrone, décorée de dentelles, rubans et autres atours, empesée de bijoux et de breloques qui s'entrechoquaient en tintinnabulant. Elle minaudait devant le contrôleur, imperturbable.

« C'est une idée de mon mari, ce séjour sur la Lune. Pensez si je l'ai d'abord cru fou ! Tu n'es pas sérieux, lui ai-je dit, les places sont comptées et le prix du billet exorbitant. Tout Paris se presse aux guichets de la Galerie, certains intriguent en haut lieu pour tâcher d'obtenir des passe-droits, et toi tu prétends m'expédier là-bas. Mais le pauvre chéri avait déjà tout prévu. Cela faisait des mois qu'il préparait son coup. Nous ne sommes pas très riches, pas complètement dépourvus non plus. Il a économisé sur ses rentes pour m'offrir un aller-retour, et savez-vous pourquoi ? Pour fêter nos trente ans de mariage. N'est-ce pas chou ? Il m'a dit, comme ça : "Je t'offre la Lune pour nos trente ans." Ha, il a bien regretté de ne pouvoir m'accompagner, mais son organisme est trop fragile, déjà qu'il ne supporte pas les trottoirs mécaniques. Enfin, je ne pouvais pas lui refuser cette folie... C'est que j'ai fait des jalouses autour de moi ! La Lune, Monsieur, la Lune... »

Jules l'écoutait en souriant, hochant parfois le menton. Il eut une pensée amusée pour le « pauvre chéri » qui avait su habilement expédier son embarrassante épouse plus de trois cent quatre-vingt mille kilomètres en orbite autour de la Terre. Nul doute que le mari, ainsi soulagé, allait profiter de son absence pour courir la gueuse et retrouver une deuxième jeunesse. Finalement, les Parisiens n'avaient pas tant changé.

Jules tendit son billet à son tour, puis pénétra dans le cylindre. À l'intérieur, des lanternes diffusaient une douce clarté qui mettait en valeur les tons chaleureux des tapisseries. Jules découvrit un salon aménagé avec goût, agrémenté d'un bar. Des tables flanquées de banquettes moelleuses étaient disposées de part et d'autre de la travée centrale, parcourue par un steward en livrée. La plupart des places disponibles étaient déjà occupées. Jules repéra une banquette encore libre à l'opposé du compartiment. Il remonta la travée, adressant un bref salut aux passagers qui le regardaient s'avancer. Autant tisser dès à présent des liens d'apparente cordialité, estima-t-il.

Il mit cette besogne sociale à profit pour détailler ses compagnons de voyage. Des hommes, en majorité. Des bourgeois prospères, à la panse rebondie sous le gilet, qui devisaient ensemble d'affaires commerciales ; des officiers impériaux, le port altier, bardés de décorations ; des petits messieurs à la mise sévère, effectuant une tournée d'inspection pour le compte d'un service administratif ; ici et là, quelques coquettes, jeunesse oisive à la recherche d'ailleurs en vogue ; de rares femmes mûres, le plus souvent accompagnées, hormis la matrone qui avait tenté d'engager la conversation avec lui ; enfin, assis à la dernière tablée, un trio insolite composé de deux jeunots en costume de sport, pantalons de golf et vestons à martingale aux motifs éclatants, et d'un individu plus âgé, à la mine joviale et au teint rubicond, qui interrompit son laïus quand Jules se présenta.

« Bien le bonjour, messieurs. Je vous prie d'excuser mon irruption dans votre conversation. Puis-je vous demander l'autorisation de me joindre à votre table ? Je crois n'avoir plus le choix des places.

— Bonjour à vous, répondit l'un des gamins (il avait tout de même ses vingt ans bien sonnés, ironisa Jules intérieurement), tout le plaisir est pour nous, Monsieur... ?

— Verne. Jules Verne. »

Il avait à peine fermé la bouche que l'autre avait bondi, une flamme d'excitation dans le regard.

« Ah çà, Monsieur... Ha, c'est trop fort, je ne puis y croire. Pourtant, c'est bien vous ! Je connais votre portrait par cœur. Permettez-moi de me présenter : Isidore Bautrelet, fervent admirateur de votre œuvre, reporter pour le compte du *Petit Parisien*. Ces messieurs sont des confrères : Ernest (il désignait l'autre jeunot) est photographe ; notre ami si enjoué qui transporte avec lui le chant des cigales est le correspondant du *Sémaphore de Marseille*, monté tout exprès de la capitale du Sud pour découvrir la Lune.

— Marius Giboulet, enchanté. Vé, Monsieur, c'est un honneur de vous rencontrer », fit le Méridional, avec un accent à couper au couteau.

Jules s'inclina puis se glissa sur la banquette, aux côtés de Giboulet.

« Je suis moi-même mandaté par *Le Temps* pour rédiger mes impressions de voyage. Voyez, messieurs, comme le hasard fait bien les choses, puisqu'il a réuni à la même table les représentants d'une même et honorable profession. »

Dix minutes plus tard, alors que le steward annonçait le départ imminent de la nef, les quatre journalistes donnaient l'impression de s'entendre comme larrons en foire.

Intermède

OÙ L'ENNEMI SE RÉJOUIT DE SON HABILETÉ

Jaume jubilait. Son plan se déroulait sans accrocs. Une fois encore, il avait réussi à berner l'adversaire. Andrieux ne l'avait pas désigné au hasard pour cette délicate mission. Le préfet connaissait le goût de l'inspecteur pour les travestissements. Il avait déjà eu maintes occasions d'être satisfait de sa manière d'opérer.

Après son entrevue avec l'ambassadeur ishkiss, le policier avait ressenti un léger malaise. « Les effets de la communication avec la Lune, l'avait rassuré Andrieux. L'effort de concentration exigé épuise les forces des plus robustes ».

Ils avaient dégusté un ballon de cognac, une fois de retour dans le bureau du préfet. Les paroles de l'ambassadeur s'étaient envolées avec l'euphorie procurée par l'alcool. Il avait été question d'une menace pesant sur la communauté ishkiss depuis que circulaient sur la Lune des idées pernicieuses d'émancipation et de liberté, mais Jaume ne conservait qu'un souvenir assez flou des images suscitées dans son esprit par le discours du délégué extra-humain.

Depuis son départ de la préfecture, il n'était pas

parvenu à se débarrasser de la migraine qui le taraudait. Il devait fournir des efforts démesurés pour former des idées cohérentes, même si la gêne se dissipait peu à peu. Tout entier concentré sur sa tâche, il avait remisé à l'arrière-plan de ses préoccupations les signaux d'alerte émis par son cerveau.

Il avait peaufiné son déguisement, fidèle en cela à ses habitudes. Le stratagème donnait à plein : Verne ne se doutait de rien. Il avait pris contact avec l'écrivain sans que celui-ci soupçonnât avoir affaire à un policier. Sa mission s'annonçait donc sous les meilleurs auspices. Jaume décida en conséquence de profiter pleinement des agréments du voyage. C'était la première fois qu'il se rendait sur la Lune. Il s'impatientait de parcourir les déserts infinis de poussière, d'assister aux levers et couchers de la Terre, de voir évoluer les Ishkiss en toute liberté. Il se sentait redevenu un petit enfant, à la veille de Noël.

Mais il n'oubliait pas qu'il se trouvait en service commandé pour l'Empire. Il avait contribué à mater la sédition et rétablir l'ordre en Europe, aussi ne laisserait-il pas la gangrène socialiste pourrir la colonie sélénite. Fort heureusement, les extra-humains avaient la tête solidement plantée sur les épaules, du point de vue métaphorique. On ne franchissait pas des distances fabuleuses d'un bout à l'autre de l'univers avec des idées d'égalité et d'émancipation de la racaille, tout de même ! Ç'aurait été fort de café : se laisser séduire par les sirènes perverses du marxisme quand on ignorait jusqu'à l'existence de l'histrion ami des pauvres, lâchement réfugié en Grande-Bretagne...

Non, jamais Jaume, tant qu'il lui resterait un souffle de vie, n'autoriserait pareille aberration ! L'avenir, non plus du monde, mais de la galaxie entière était en jeu. Le lumpenprolétariat ne ternirait pas la clarté des étoiles à conquérir, Badinguet et les Ishkiss pouvaient en être certains.

La jubilation de l'inspecteur principal semblait n'avoir pas de bornes. Il se sentait remonté à bloc, débordant d'une énergie inépuisable, comme rajeuni de vingt ans. Vrai, son passage dans la cave de la préfecture avait fait de lui un homme nouveau !

Jaume était loin de se douter à quel point il avait raison.

CHAPITRE III

De la Terre à la Lune en 1re classe

Quand le navire vivant s'était désolidarisé de la Galerie, les voyageurs avaient à peine ressenti une légère secousse. Protégés par les entrailles de la nef, les passagers en partance pour la Lune avaient moins à redouter que dans le ventre de leur mère. Les tonnes de chair qui enveloppaient le cylindre amortissaient les moindres vibrations, garantissant un confort maximum.

Seuls les curieux qui avaient assisté à l'envol depuis l'esplanade du Trocadéro avaient frémi au moment où le vaisseau animal, suspendu en l'air au-dessus de la verrière, avait semblé hésiter à s'élancer vers le ciel. Il avait agité furieusement la couronne de ses appendices de stabilisation, pareils à des tentacules, lâchant de grands jets d'huile chaude sur le toit de la Galerie. Puis, d'un gigantesque saut de puce, il avait bondi par-dessus la tour Eiffel. Quelques secondes plus tard, il avait disparu dans les nuages qui s'effilochaient sur Paris, comme si un monstrueux élastique relié entre lui et la Lune s'était soudain détendu pour le ramener au bercail.

Les Parisiens assistaient depuis plusieurs années au

décollage de la nef ishkiss, sans jamais se lasser. C'était chaque fois le même émerveillement, toujours le même bonheur, car aucun envol ne ressemblait à un autre. Une salve d'applaudissements saluait le départ des chanceux pour leur villégiature sélénite — et des moins chanceux, qui n'en reviendraient pas et y mourraient les fers au pied. Les spectateurs s'égaillaient ensuite en échangeant force commentaires sur la manière dont le navire avait choisi de tirer sa révérence à la Terre, chacun apportant sa remarque à l'avis général, selon qu'il avait ou non été séduit par l'élégance de la manœuvre ou, au contraire, surpris par sa brusquerie. Les demi-mondains en mal de sensations, qui dépérissaient d'ennui dans leurs hôtels particuliers, tenaient salon sur ce thème, chaque jour de décollage. C'était Paris, folle et futile, quoi qu'il s'y produisît.

Les liqueurs avaient tangué un peu au fond des verres quand on avait franchi les limites de l'atmosphère et crevé l'ultime strate de gaz enveloppant la planète, pour se libérer de la pression des particules en suspension. La nef filait à présent sur son erre, tel un projectile fou, à une vitesse démentielle. Néanmoins, la Lune ne serait pas atteinte avant une bonne demi-journée. Avant d'être en mesure d'effectuer le trajet inverse, le vaisseau devrait se reposer un jour entier. Il paraissait étonnant, dans ces conditions, qu'il eût parcouru la distance vertigineuse qui séparait la Terre du monde des Ishkiss.

Jules en fit la remarque à Isidore Bautrelet, qui expliquait aux journalistes les particularités physiologiques de l'entité mécanisée.

« J'ai moi-même soulevé cette objection à l'occasion de ma première visite sur la Lune. Voici ce qui me fut répondu par le délégué ishkiss que j'ai pu interviewer : “L'exode a été long, même pour nous, et l'épreuve a affaibli nos unités de transport. Beaucoup sont mortes dans le vide de l'espace et leurs carcasses dérivent entre les étoiles, portées par les vents stellaires. Celles qui ont survécu en payent le prix. Leur convalescence peut durer longtemps. Cela dépend de vous.”

— De nous ? s'étonna Marius Giboulet.

— Vous avez vu, Messieurs, de quelle manière nos ingénieurs sont intervenus sur notre navire, reprit Bautrelet. Les organes malades, irrémédiablement endommagés car soumis à un effort intense, ont été remplacés par leurs homologues mécaniques. Un travail considérable, réalisé par les équipes d'ouvriers de M. Eiffel dans leurs ateliers de Levallois-Perret, sur la seule nef suffisamment valide pour résister aux attaques de notre atmosphère. Car n'oubliez pas, Messieurs, qu'elle est un corps étranger plongé dans le bouillon de culture que nous respirons avec la force de l'habitude. Quant à ses consœurs, elles effectuent leur convalescence sur la face cachée de la Lune. Depuis, nos ingénieurs se sont transportés sur la Base Cyrano, où ils œuvrent à la métamorphose de chaque vaisseau. Un travail considérable, s'il en est. C'est aussi le but de ma visite, cette fois. Nos vaillants métallurgistes, chimistes, physiciens et autres architectes, sont en passe d'achever leur premier-né. J'aimerais faire découvrir cette merveille à mes lecteurs. Je compte sur Ernest pour réaliser quelques clichés inédits.

— En quelque sorte, nous avons davantage à

apporter aux Ishkiss qu'ils n'ont à nous donner », fit Jules Verne.

La remarque jeta un froid. Giboulet fut le premier à réagir.

« Les alliés de l'Empereur ont contribué au prestige de notre nation dans le monde. Ils ont choisi d'offrir à Napoléon le meilleur de leurs connaissances. Les alvéoles de communication instantanée permettent d'envoyer des messages d'un bout à l'autre de l'Empire sans gaspillage de temps ou d'énergie, les insectoïdes constituent une force de travail docile et infatigable, les vers médicinaux qui viennent traquer le mal jusque dans les poumons des tuberculeux guérissent des condamnés, les carapaces blindées de nos soldats détournent les balles ennemies... Tout cela n'est pas rien, Monsieur !

— Peut-être, répondit Jules. Peut-être. Mais cela reste bien peu en comparaison du cadeau fait par nos ingénieurs aux Ishkiss. »

Bautrelet, qui avait écouté le Marseillais énumérer les bienfaits tombés du ciel avec une certaine impatience, eut un hochement de menton. Il avait deviné où Jules voulait en venir. Il se permit de devancer la péroraison de sa courte démonstration.

« En effet, nous leur avons en retour apporté bien plus encore : rien moins que la survie, garantie par l'efficacité de notre technique. Prolonger l'existence d'une race mourante, ça n'est pas rien. »

Le silence se fit. Puis Bautrelet leva son verre et proposa de lever un toast à Gustave Eiffel. Les journalistes trinquèrent et l'accès de morosité du Méridional fut vite balayé.

Ernest, le petit photographe qui collait aux basques de Bautrelet, prit à son tour la parole :

« Tout de même, je me demande... Tout ça est si soudain ! Songez que je n'avais pas sept ans quand les Ishkiss ont fait leur apparition. J'ai l'impression qu'ils ont toujours été là. Depuis, le monde s'est emballé, comme pris d'un coup de folie. Ma pauvre mère, qui n'est pourtant pas vieille, ne le reconnaît plus. Comment cela va-t-il finir, hein ? Monsieur Verne, vous devez avoir une idée, n'est-ce pas ? Vous avez beaucoup réfléchi à ce que sera notre futur. »

Jules adressa un regard chargé de tendresse au garçon, qui aurait pu être son petit-fils.

« Si j'avais pu seulement imaginer qu'il existât, quelque part dans l'immensité de notre univers, des êtres pareils... »

D'un geste de la main, il désignait ce qui les entourait, et par extension la nef. Il réfléchit, puis continua :

« Qui sait ce que demain nous réserve... Quand on considère ce que nous avons accompli ces dix dernières années, comment ne pas songer que le futur a déjà eu lieu ? Car quoi, personne, pas même moi, n'aurait osé dépeindre Paris telle qu'on la connaît aujourd'hui. Personne n'aurait imaginé que l'on allait peupler la Lune. L'Empereur (emporté par l'habitude et l'exaltation, il avait failli dire "le tyran") a fait ce rêve impossible pour nous.

— Vé, c'est juste, Monsieur, ponctua Giboulet. C'est pourquoi nous devons lui en être reconnaissants. »

Jules voulut répliquer, mais les premières notes d'une mélodie en vogue l'en empêchèrent. Des acclamations fusèrent des différentes tablées, saluant l'heureuse initiative du steward, qui avait mis en marche le phonographe du bord. Jules eut une pensée pour l'inventeur du procédé de restitution des sons, Charles Cros, disparu quelques mois avant l'arrivée des Ishkiss. De quelle manière l'ingénieux poète, savant à ses heures, aurait-il célébré ces frères surgis d'outre-espace ? Par quelque ténébreux sonnet, sans doute.

Déjà, des couples s'étaient formés devant le bar, là où la travée centrale du compartiment s'évasait pour laisser libres quelques mètres de parquet, qui faisaient office de piste de danse. L'air diffusé par le cornet du phonographe empruntait son allégresse aux cancans d'Offenbach, comme les artistes du Moulin-Rouge les avaient remis au goût du jour, encore plus encanaillés qu'à l'origine.

Jules n'était pas insensible aux mélodies enjouées du compositeur de *La Belle Hélène*. Il avait toujours été féru de musique légère, depuis sa plus tendre enfance. Il ressentait même des fourmillements dans les jarrets, mais il n'osait pas entrer dans la danse.

Les représentants de commerce furent les premiers à investir la piste, après avoir lancé leurs invitations aux rares femmes en âge de se trémousser. Ceux-là ont l'habitude du voyage vers la Lune, constata Jules, un brin jaloux. Puis ce fut au tour des bourgeois et des officiers de se dévergonder. Rapidement, la marée des danseurs se mit à fluer et refluer entre les tables, au rythme des violons déchaînés.

Marius Giboulet se leva, rajustant le nœud de sa cravate.

« Excusez-moi, Messieurs, de vous fausser compagnie, mais je ne saurais résister à cette fantaisie guillerette. »

Il se dirigea vers l'autre extrémité du compartiment, où quelques dames faisaient tapisserie.

« Bon débarras, souffla Bautrelet. Vrai, cet homme-là et ses convictions commençaient de me raser. Qu'il déclame donc son amour de l'Empire aux rombières sensibles à pareilles galanteries ! »

Ernest et Jules rirent de bon cœur. Ils virent le Marseillais s'incliner devant un parterre de bourgeoises qui agitaient leurs fanfreluches, avant de gagner la piste de danse, avec à son bras l'imposante matrone qui avait apostrophé Verne à l'embarquement. Giboulet paraissait aussi ému et emprunté qu'un collégien à son premier bal, et cela fit redoubler les rires des autres journalistes.

« Peut-être pouvons-nous continuer notre conversation sans tant de précautions oratoires, si vous le voulez bien », proposa un Bautrelet redevenu sérieux.

Jules acquiesça, légèrement sur la défensive. Le changement de ton du jeune homme lui rappela les impératifs de sa mission. Les espoirs que Babiroussa avait placés en sa réussite paraissaient fondre à mesure que la Lune approchait, comme dissous dans le bain acide des délices de la fête parisienne. Jules se rendit compte qu'il était resté trop longtemps absent. La figure austère de Louise Michel, sèche et droitement campée dans ses convictions, pouvait-elle rivaliser avec la réjouissante folie de l'époque ? Lui-même, produit de la culture d'un autre temps, épris du mystère des grandes découvertes du siècle précédent, résisterait-il au chant des sirènes extra-humaines ? Il n'en était pas sûr.

Toutefois, la vigueur et l'angélisme d'un Isidore Bautrelet, gamin brillant monté en graine sur les vestiges de l'ancien monde, étaient de nature à apaiser les craintes du vieil écrivain. Il se reconnaissait dans la fougue du reporter, son irrépressible envie de découvrir ce que celait l'horizon et de l'apprivoiser mot après mot pour l'offrir, maté par l'encre, assagi par le papier, à la curiosité de milliers d'enfants rêveurs. Le journaliste ressemblait trop à celui qu'il avait été pour que Jules ne sentît pas vibrer un semblant de fibre paternelle à son égard. Néanmoins, une élémentaire prudence s'imposait à ce stade de leur relation. Jules choisit de rester campé sur ses positions, d'afficher toujours une certaine distance.

« Je n'ai pas comme vous connu l'expérience de la République, certes éphémère, qui a précédé le coup d'État de Napoléon, commença Bautrelet. Mais je sais que les idées colportées par ses plus ardents défenseurs demeurent vivaces dans bien des esprits. L'épisode sanglant de la Commune suffit à le prouver.

— C'était il y a presque trente ans, fit remarquer Verne.

— L'Empire n'a pas su réduire l'utopie socialiste à néant, malgré tout. Des livres prohibés circulent, des réunions secrètes se tiennent dans les arrière-salles de certains cafés, des pamphlets assassins paraissent çà et là, sans que la police parvienne à complètement faire taire leurs auteurs.

— C'est possible. Pourquoi me racontez-vous cela ? Je ne m'intéresse plus à la chose politique, désormais.

— Vous avez choisi de vous exiler volontairement, pour vivre aux Amériques et dans les îles Caraïbes. Votre amitié pour le grand exilé de Guernesey n'est un mystère pour personne. Monsieur Verne, permettez-moi la franchise la plus absolue. Quand vous vous êtes présenté, tantôt, je me suis dit que votre présence ici et aujourd'hui ne pouvait pas relever du simple hasard. J'en suis plus que jamais persuadé, après votre échange, laconique mais pertinent, avec ce bougre de Giboulet. J'aimerais vous convaincre de me faire confiance, même si je comprends les raisons de votre réticence. Qu'allez-vous faire sur la Lune, Monsieur Verne ?

— Grands dieux, Monsieur Bautrelet, vous n'y allez pas par quatre chemins. Malheureusement, je crains que vous ne deviez vous contenter de la réponse suivante, pour le moment : je ne suis plus un jeune homme, ni même ce qu'on appelle un homme mûr, et je m'en voudrais de devoir finir mes jours, fût-ce sous le soleil des tropiques, sans avoir posé le pied là où, en imagination, j'ai emmené des générations de lecteurs. Considérez cela comme le caprice d'un vieillard fatigué. Mon ancien éditeur a profité de l'occasion pour me faire renouer avec mes premières amours, et j'ai promis de livrer au *Temps* la primeur de mes impressions de voyage, en échange de l'entregent de son directeur auprès de la Compagnie impériale de transport pour m'obtenir dans les meilleurs délais un billet. Comme vous le voyez, il n'y a pas là matière à de furieuses cogitations. »

Jules s'amusait à jouer la comédie au reporter. La moue de déception du gamin était impayable ! Il s'apprêtait à rétorquer, mais le retour de Giboulet, suant et soufflant comme un phoque, l'en dissuada. Le Marseillais était accompagné de sa récente conquête, fraîche et pimpante. Quand elle avisa Jules, la corpulente bourgeoise lui adressa un fugace clin d'œil. Tandis que son cavalier se laissait tomber sur la banquette et hélait le garçon pour passer commande d'une nouvelle tournée, elle se soumit en minaudant au rituel des présentations. On apprit ainsi qu'elle se nommait Emma, épouse d'un docteur Stolz. « Aucune comparaison possible avec Charles Bovary », ajouta-t-elle dans un franc éclat de rire. Elle se glissa ensuite sur la banquette occupée par Isidore et Ernest, comprimant les infortunés jeunes gens à une extrémité du banc couvert de velours épais.

« Belle nature, non ? souffla Giboulet à l'oreille de Jules, qui ne put réprimer un sourire.

— Je suis si heureuse de faire la connaissance d'authentiques hommes de lettres, fit l'opulente voyageuse, à qui le rouge montait aux joues.

— J'ai un peu forcé la note, admit à mi-voix l'enfant de la cité phocéenne. Peuchère, journaliste, écrivain, c'est un peu la même chose, tout ça n'est qu'affaire de mots, non ? »

Jules ne désirait pas se lancer dans une discussion à bâtons rompus sur les mérites comparés de la littérature et du reportage. Il admit donc l'énormité d'un geste évasif. Il restait songeur, après la tirade de Bautrelet. Il se demandait dans quelle mesure il pouvait lui accorder sa confiance. Le jeune homme ne semblait pas assez âgé pour appartenir à la police secrète de Badinguet. Sa spontanéité plaidait en sa faveur, ainsi que sa candide honnêteté.

Cependant, Babiroussa avait mis Jules en garde contre la rouerie de l'ennemi et ses manigances. Le tyran s'entourait d'habiles praticiens formés à la manipulation des esprits. Ainsi le professeur Charcot, qui explorait les arcanes de la conscience par la pratique de l'hypnose. Il n'était pas difficile d'enrôler d'innocentes recrues dans les rangs de la police politique. Celles-ci infiltraient les groupuscules socialistes, persuadées de partager les mêmes convictions. Elles finissaient immanquablement par trahir, sans même s'en rendre compte, obéissant aux injonctions muettes de leur maître véritable.

Bref, Jules ne pouvait faire l'économie d'un peu de méfiance. À regret, il décida de considérer Bautrelet comme un ennemi potentiel, du moins jusqu'à ce qu'un événement probant vînt jamais infirmer cette thèse.

Le steward apporta les consommations. Il déposa devant chaque homme une pinte de bière mousseuse et devant la matrone un verre de vin apéritif au quinquina. On trinqua derechef, tandis que les cancans succédaient aux cancans sur le plateau du phonographe. L'ambiance était à la décontraction dans le compartiment 1re classe du direct pour la Lune. Jules donnait le change, incapable de partager la joie indécente des autres passagers. À la table des officiers, on riait fort à l'évocation des souvenirs de campagne. Ces dames se pâmaient devant la rudesse grivoise des scènes enjolivées pour l'occasion. À celle des commerçants, les cols s'étaient déboutonnés, les bretelles étaient apparues, tendues sur les bedaines, une fois les vestes tombées. Même les petits fonctionnaires falots semblaient avoir jeté leur gourme pendant cette étrange traversée. La quinzaine d'heures passées entre Terre et Lune n'appartenaient plus à l'écoulement ordinaire du temps, suspendu par l'extraordinaire expérience que tous vivaient, confinés dans le cylindre. Un temps momentanément perdu pour l'apparat des conventions sociales.

« Vous semblez troublé, Monsieur Verne, dit Giboulet. Sans doute le mal de l'espace. C'est votre premier voyage. Moi, en bon Méditerranéen, je ne crains ni le roulis ni le tangage. »

Jules fut pris d'une brutale envie de rabattre le caquet à cette espèce de Tartarin. Il profita d'un moment de calme pour lancer à la cantonade, certain d'être entendu par les tables voisines :

« Je me demande si les autres passagers s'amusent tout autant que nous.

— Boudiou, je crois bien, oui. Il suffit de les voir pour s'en rendre compte, fit Giboulet, interloqué.

— M. Verne ne parle pas de ces passagers-là », précisa Bautrelet.

Il y eut un silence, lourd de sous-entendus. Puis le Marseillais reprit, en tapant du poing sur la table :

« Il ne manquerait plus que la racaille profite des agréments réservés aux honnêtes gens ! J'espère bien qu'ils ne s'amusent pas. Heureusement que le bagne n'est pas une partie de plaisir. Ce sont des criminels, le pire ramassis de canailles qui se puisse imaginer. L'enfer est même trop doux pour ces saligauds. »

Giboulet s'empourprait. De grosses veines bleues saillaient sur son front et ses bajoues étaient gonflées par la colère.

« Tout de même, Marius, temporisa Emma Stolz. Ne plaignez-vous pas ces miséreux ? Moi, il me semble que leur sort n'est guère enviable.

— Vé, je pense bien qu'il ne l'est pas ! C'est ce qui

en fait l'intérêt. Chaque instant passé au bagne doit être voué à l'expiation de leur crime. »

Jules se contenait difficilement. Il bouillait d'une rage intérieure qui échauffait ses sens et son esprit. Il pensait à Babiroussa, à Louise, à tous les Communards qui périssaient à petit feu dans les geôles de l'Empire, aux compagnons qui payaient de leur liberté et de leur dignité d'homme la revendication d'un idéal. S'il n'avait été en mission commandée, il eût volontiers enfoncé son vieux poing massif de marin dans la face de cet abruti rubicond. Après tout, se morigéna-t-il, il ne fallait pas le provoquer. N'empêche, l'occasion était trop belle. Il allait rétorquer, quand Bautrelet fit diversion :

« Peut-être aimeriez-vous en apprendre davantage sur les conditions de transport des bagnards ? Allons converser un moment avec le serveur. Il nous donnera les renseignements désirés. C'est assez instructif, vous verrez. »

Ayant parlé, il se leva, posant une main ferme sur l'épaule de Jules. Cette main amicale était-elle le signe attendu ? Verne jugea qu'en tout cas cela y ressemblait. Il passa son bras sous celui d'Isidore et ils prirent congé de la tablée, où Giboulet fulminait toujours, pérorant à l'adresse de Mme Stolz et du malheureux Ernest, qui subissaient la harangue sans broncher.

« Le cuistre, murmura Jules dans sa barbe, l'immonde crétin. Si vous n'étiez pas intervenu, je lui aurais demandé raison de sa sottise.

— Vous êtes resté longtemps absent, dit simplement Bautrelet. Quoi que vous en pensiez, Marius Giboulet est le porte-parole de l'opinion publique.

Sans doute est-il plus fat, une grande gueule du Sud, mais il ne fait que clamer haut et fort ce que tous pensent.

— Vous-même, Isidore, que pensez-vous ? risqua Jules.

— Que toute vérité n'est pas bonne à dire. Et que *Le Sémaphore de Marseille* choisit fort mal ses correspondants. »

Ils étaient parvenus à se frayer un chemin jusqu'au bar, fendant la masse compacte des danseurs. Ils s'installèrent sur des tabourets à l'écart, là où le plateau marbré rehaussé de cuivre faisait un coude. Le serveur s'approcha, impeccable dans sa livrée rayée d'or.

« Deux cognacs, je te prie, Raymond, fit Bautrelet.

— Tout de suite, Monsieur Isidore, répondit le loufiat chic, avec un sourire qui en disait long sur la relation tissée entre lui et le journaliste.

— Combien de voyages avez-vous déjà effectués ? demanda Jules, calmé.

— J'en suis à mon sixième rien que cette année. Raymond me considère presque comme un employé de la Compagnie ! J'ai un jour conclu un article par un véritable dithyrambe au sujet du service à bord, et depuis je bois gratis. Mais ne le répétez pas, cela ferait des jaloux ! »

Jules rit de bon cœur, détendu. Le serveur fut vite de retour, avec les verres ballons contenant l'eau-de-vie distillée dans le Sud-Ouest. Bautrelet amorça la conversation :

« Permets-moi de te présenter un authentique auteur, Raymond, pas un vulgaire scribouillard dans mon genre. Tu as certainement dévoré ses œuvres dans ta jeunesse. Souviens-toi d'un fabuleux périple autour du monde en quatre-vingts jours, du survol de l'Atlantique en ballon, de l'odyssée sous-marine du *Nautilus*... »

Le visage du garçon s'éclaira d'un sourire radieux, qui combla Jules d'aise. Quoique ayant atteint l'âge de raison, il n'en demeurait pas moins un brin cabot. L'éclat de passion allumé par ses récits dans le regard des lecteurs le touchait toujours droit au cœur. Raymond s'inclina par-dessus le bar.

« Je suis vraiment enchanté de faire votre connaissance. Dans un sens, si je me trouve aujourd'hui ici, c'est un peu votre faute ! Vous m'avez donné une furieuse envie de parcourir le monde, à moi aussi. Et me voici, pareil à Michel Ardan, en éternel transit entre la Terre et la Lune. »

Il parlait sans quitter le salon des yeux, attentif aux sollicitations des passagers. Sa fine moustache exécutait des rotations rapides entre ses interlocuteurs et les fêtards. Ses yeux vifs, à l'affût derrière les culs-de-bouteille qui lui tenaient lieu de binocles, pétillaient sans répit.

« Peux-tu dévoiler à M. Verne quelques-uns des secrets de la nef ? Cela restera entre nous, bien entendu », fit Bautrelet, avec une caricature de clin d'œil.

Raymond acquiesça.

« Ma parole, j'en sais autant que les ingénieurs qui ont travaillé sur cet engin, tant il est vrai que la curiosité des voyageurs est sans limite. À force de questions, je me suis renseigné auprès des ouvriers d'Eiffel, et j'en connais maintenant un rayon. Je vous écoute.

— Eh bien, je m'inquiétais du sort des prisonniers

convoyés jusqu'au bagne, se lança Jules, en guettant les réactions de l'homme de la Compagnie impériale.

— Je vous comprends. Je peux vous rassurer sur un point, l'air qu'ils respirent est aussi pur que le nôtre. Vous voyez ces sortes de clapets, dans le plafond ? »

Il désignait une série d'ouvertures pratiquées à intervalles réguliers, semblables à de fins tuyaux d'orgue fermés par de petites valves. Parfois, une valve s'entrouvrait, puis une autre, au hasard.

« Chaque tube est relié à la réserve d'oxygène de la nef, ses poumons si vous préférez. Elle diffuse constamment un air pur et aspire le carbone que nous recrachons, faute de quoi nous nous empoisonnerions. Elle-même est en apnée dans l'espace. Elle se délestera de l'air vicié sur la Lune, et refera le plein d'oxygène sur Terre, dans quelques semaines. Elle fonctionne sur un mode des plus économiques, il est vrai. Sinon, elle ne pourrait pas rester des mois, des années, sans faire escale sur une planète possédant une atmosphère composée pour une part d'oxygène.

— Je vois, acquiesça Jules. J'ai souvent navigué au milieu des baleines. Ces mastodontes marins remontent régulièrement à la surface pour respirer. C'est un peu la même chose. Mais je suppose que la nef est d'une intelligence supérieure aux cétacés, tout du moins qu'elle dispose d'un instinct incroyablement plus développé pour la guider entre les étoiles.

— La nef elle-même n'est guère qu'un vulgaire animal de bât. Sans conducteur, elle ne saurait se diriger », dit Raymond, pas peu fier de l'effet produit par sa révélation sur le célèbre écrivain.

Jules allait de découvertes en découvertes. Il avait

l'impression d'être retombé en enfance et de se confronter au monde pour la première fois. Il se souvint de l'excitation qu'il avait éprouvée quand, à peine âgé d'une douzaine d'années, il avait fugué du domicile parental pour tenter de s'embarquer comme mousse sur un trois-mâts mouillant dans le port de Nantes. Tout lui avait semblé neuf : les rues, les passants, les maisons, même l'air chargé d'embruns dont il emplissait pourtant ses poumons depuis toujours. Il avait foulé chaque continent, visité toutes les capitales de l'Orient et de l'Occident, mais c'était comme s'il n'avait rien appris. À présent, le premier loufiat venu lui en remontrait. Il acceptait cet état de fait sans amertume. Il avait vécu volontairement reclus dans la cabine du *Saint-Michel*, indifférent aux affaires de la planète. En conséquence, il paraissait logique de devoir se soumettre à l'apprentissage de la nouvelle règle du jeu. À l'âge où d'autres pratiquent l'art d'être grand-père, il redécouvrait les plaisirs de l'ingénuité. Cette fausse candeur le comblait d'aise. Il reprit :

« Un conducteur ? Dites-m'en plus, mon cher Raymond. »

Le serveur était aux anges. Il interrogea Bautrelet, qui sirotait son cognac à petites gorgées.

« Croyez-vous que nous puissions dévoiler notre secret, Monsieur Isidore ? »

Il était évident qu'il en mourait d'envie et qu'il attendait que l'on voulût bien l'en prier. Bautrelet eut un hochement de menton approbateur.

« En ce cas, si vous voulez bien me rejoindre de ce côté du bar, Monsieur Verne... »

Jules s'exécuta. Il contourna le comptoir, sous le

regard étréci par l'alcool des joyeux drilles occupés à se pavaner sur la piste de danse. Emma Stolz et Marius Giboulet avaient regagné la sarabande des fêtards. Ils ne semblaient pas s'intéresser à lui, mais Jules se méfiait de l'homme du *Sémaphore de Marseille*. Rien de plus facile que d'usurper l'identité d'un correspondant de presse. Il était bien placé pour le savoir ! À l'avenir, se promit-il, il faudrait garder un œil sur le bonhomme.

Raymond trépignait derrière le bar. Il s'assura qu'aucun voyageur ne requérait ses services, puis il s'agenouilla et invita Jules à en faire autant. Du bout du doigt, il indiqua le sol. Dans le plancher admirablement ciré se découpait le rectangle parfait d'une trappe, presque invisible dans la géométrie de la marqueterie. Raymond la fit coulisser sur une trentaine de centimètres, sans cesser de sourire. On distinguait la brillance de l'acier poli qui constituait le corps du cylindre. Une ouverture circulaire, assez large pour y passer la main, avait été pratiquée dans l'épaisseur de la coque.

« De quoi s'agit-il ? interrogea Verne.

— Un faisceau de nerfs, ou ce qui en tient lieu chez les vaisseaux ishkiss, circule sous nos pieds. Il est directement relié au module de contrôle de la nef, là où officie le pilote. Ce qu'on appelle plus communément une intelligence ishkiss.

— Le pilote ?

— Oui, encore que l'image ne corresponde pas à la réalité. Il serait plus juste de parler de dompteur, même si la nef n'a pas l'agressivité d'un fauve. Il s'agit d'éviter qu'elle ne rue dans les brancards, ou ne décide de folâtrer du côté de Mars.

— C'est étonnant, admit Jules, conquis.

— Vous n'avez encore rien vu. Ou plutôt rien senti. Un instant... »

Raymond se mit à farfouiller dans le placard du bar, parmi la réserve de bouteilles. Il retira d'une étagère un étrange appareil. L'ensemble avait la taille et l'aspect général d'un petit phonographe. Deux cornets acoustiques jumeaux s'épanouissaient de part et d'autre du boîtier contenant le mécanisme. À la place du plateau rotatif qui accueillait les disques, un singulier dispositif évoquait un de ces instruments de torture prisés de l'Inquisition. Une forêt miniature de pointes effilées se dressait sur une hauteur variant de un à une dizaine de centimètres, dessinant un ovale évasé à sa base. Les différences de niveau entre les aiguilles formaient une succession de bosses et de creux, dont la configuration originale ne semblait pas laissée au hasard. Jules fut saisi d'un frisson quand il reconnut le motif moulé sous ses yeux : c'était la représentation d'un visage humain.

Raymond devança ses interrogations :

« Cette machine est absolument inoffensive. Elle a été conçue en collaboration avec les Ishkiss, pour permettre aux ingénieurs humains d'entrer en contact avec l'intelligence qui contrôle la nef. Elle sert actuellement aux examens de routine pratiqués après chaque aller-retour, afin de déterminer s'il est ou non nécessaire de renforcer telle structure, ou de changer telle pièce. M. Bautrelet l'a déjà expérimentée. Il peut vous assurer que ses effets sont indolores. Cependant, je comprends que vous hésitiez. Peut-être êtes-vous de santé fragile... »

Jules se sentit piqué au vif par l'insinuation du serveur. Qu'il le traite de gâteux, tant qu'il y était ! Par bravade, il lança :

« Eh bien, qu'attendez-vous ? Connectez-moi donc à cette fameuse intelligence ! »

Raymond obéit. Il déroula le câble relié aux fiches électriques qui saillaient à l'arrière de l'appareil, et en laissa glisser l'extrémité par l'orifice pratiqué dans le plancher.

« La connexion s'opère automatiquement », précisa-t-il.

Un instant plus tard, un zonzonnement s'éleva de l'appareil, indiquant qu'il était prêt à l'usage. Raymond procéda à une ultime mise au point :

« Une fois en place, les pointes prendront l'exacte mesure de vos traits. Elles viendront au contact de vos centres nerveux, mais vous ne ressentirez qu'une légère démangeaison, comme quand une mouche se promène sur votre joue. Les informations échangées avec la nef circuleront sous la forme d'infimes flux électriques, sans dommage aucun. Je placerai les cornets contre vos oreilles, afin que vous puissiez entendre le message du conducteur. Êtes-vous prêt ? »

Jules l'était. Une fois la machine calée sur le comptoir, il se pencha sur elle et enfouit son visage dans la pelote d'épingles. Il ne ressentit rien de particulier, hormis l'irritation du métal fouillant les poils de sa barbe. Raymond ajusta les cornets. Jules se trouva isolé du brouhaha ambiant. Peu à peu, une rumeur lancinante, pareille au grondement du sang battant les tempes sous l'effet de la colère, monta des entrailles du navire et s'insinua dans ses tympans. Des pattes d'insecte invisible coururent sur son front, provoquant une furieuse envie de se gratter.

Soudain, Jules ne fut plus seul. Derrière ses paupières closes, une image se forma, qui n'était pas captée par des yeux humains. Un dais de velours noir sans fin, piqueté de mille paillettes d'or étincelantes. La toile démesurée de l'espace, comme personne ne l'avait jamais vue. Jules perdit alors le contact avec la réalité confortable du compartiment de 1re classe pour se projeter dans le flot de sensations qui parcouraient l'immense réseau nerveux de la nef. C'était une expérience à la fois sublime et terrifiante.

Jules se laissa porter par la turbulence des influx vers l'autorité qui canalisait leur débit. L'intelligence ishkiss l'accueillit comme un visiteur inattendu mais bienvenu. L'appareil traduisit en pensées cohérentes l'émission de sensations propagées par celui qui dirigeait la nef. Il se présenta. Il était le maître incontesté de la machine vivante, mais ne pouvait pas exister sans elle. Jules manifesta son incompréhension. Comment régner sans être ? La réponse apparut évidente : un corps, un esprit, l'un domine l'autre, mais lequel ? L'un peut-il vivre sans l'autre ?

La démonstration ne convainquit pas Jules. Il fallait bien qu'à un moment ou un autre un rapport de force s'établisse et détermine les positions précises de chacun. À nouveau, l'intelligence ishkiss biaisa. Elle émit le concept d'une multitude, où chaque individu œuvrait pour le bien commun, les uns au sommet de la hiérarchie, les autres à la base, mais où la dissolution du lien qui unissait chacun était synonyme d'anéantissement de toute la communauté. C'est ainsi, disait-elle, que fonctionnent les Ishkiss. Une part seigneur, une part esclave, mais un tout unique. Perplexe, Jules évoqua l'image d'une locomotive et de son chauffeur. La comparaison fut rejetée, parce que la machine de métal n'était pas vivante et que son mécanicien pouvait mener une vie indépendante sans risquer de disparaître. Jules questionna alors l'intelligence au sujet de la notion de pouvoir : qui dictait les règles, qui amassait le profit généré par cette association ?

Il y eut un blanc dans la transmission, perçu comme l'équivalent en langage ishkiss d'une moue dubitative. Le concept de profit troublait l'intelligence. Certes, il existait des règles, faute de quoi l'équilibre instauré dans la société ishkiss n'aurait pas passé avec succès l'épreuve du temps comme il l'avait fait depuis... une éternité ! Ce qui s'avérait bénéfique pour l'un l'était pour tous, ni plus ni moins. Aucun individu n'avait jamais retiré un supplément de pouvoir de l'association générale.

Jules voulut soulever une objection : l'alliance conclue avec l'Empire napoléonien était source de profit pour les deux parties. Avant qu'il eût formulé sa remarque en entier, une secousse brutale ébranla le compartiment des voyageurs et le contact avec l'intelligence ishkiss se rompit instantanément. Les danseurs de cancan furent précipités à terre, en un enchevêtrement de membres des deux sexes d'aspect plutôt comique. Des cris s'élevèrent de la masse confuse, tandis que le steward de la Compagnie appelait les voyageurs au calme. Raymond déconnecta en vitesse l'appareil de transmission, le visage blême.

Bautrelet avait rejoint Verne derrière le bar. Il avait l'air excité et inquiet à la fois.

« Bon Dieu, qu'avez-vous pu lui raconter pour qu'elle se mette dans un pareil état ? »

Jules mit un moment à comprendre ce que voulait dire le journaliste.

« Ma foi, rien d'extraordinaire. Nous avons eu un échange de points de vue sur l'organisation de leur société. C'est ma première conversation avec un extra-humain. Peut-être ai-je commis un impair ?

— Je vais me faire taper sur les doigts si on découvre que je vous ai branché au contrôle, intervint Raymond. C'était pour vous rendre service, Monsieur Isidore.

— Ne t'en fais pas, va, je m'arrangerai avec ton patron s'il te cherche des noises, le rassura Bautrelet. Venez, Jules, je crois qu'il est temps de regagner nos sièges. J'espère que vous ne déclencherez pas une nouvelle catastrophe avant que nous n'arrivions à destination ! Quelle idée, aussi, d'entretenir les Ishkiss de politique... »

Il jouait les réprobateurs, mais son sourire démentait le ton employé.

Intermède

DANS L'ANTRE DE LA BÊTE

Le préfet Andrieux pénétra dans la cour du Louvre après avoir montré patte blanche. La sécurité de l'Empereur ne souffrait aucun relâchement. Les plus hauts personnages de l'État acceptaient de se soumettre aux vérifications tatillonnes des gardes sans oser élever de protestation. S'indigner de l'assiduité outrancière avec laquelle certains factionnaires s'acquittaient de leur tâche eût pu être assimilé à un acte de trahison, passible du peloton d'exécution. Il y avait eu des précédents, de plus en plus nombreux à mesure que l'âge et la paranoïa du tyran avançaient. À présent que tous deux avaient dépassé les limites du naturel, la circonspection s'imposait.

Un huissier compassé accueillit le préfet sur le perron du Palais. Une rangée de gardes impériaux, sabre au clair, faisait une haie d'honneur à l'illustre visiteur, de part et d'autre des marches conduisant au vestibule. Ils appartenaient à la garde prétorienne de Charles Louis Napoléon Bonaparte et étaient prêts à sacrifier leur vie pour lui, d'autant plus aisément qu'un conditionnement adapté les avait dénués de tout instinct de conservation. En un sens, ils n'étaient plus guère que des automates. Des pantins articulés qui maniaient le pistolet et le couteau à la perfection.

Andrieux suivit l'huissier dans le grand escalier à double révolution qui conduisait à l'étage. Sur les murs tendus d'étoffe écarlate s'alignaient les portraits des ancêtres de l'Empereur, à commencer par ses parents, Louis, roi de Hollande, et Hortense de Beauharnais, fille d'un premier mariage de Joséphine. Venaient ensuite les deux autres oncles paternels et, enfin, dominant la volée de marches tapissée comme une poule veillant sur sa couvée, le glorieux tonton, premier Napoléon du nom, petit par la taille mais immense par le prestige. L'autre versant de l'escalier était dévolu aux frères du tyran, Napoléon Charles, mort à l'âge de cinq ans, et Napoléon Louis, emporté par la rougeole en Italie après y avoir combattu auprès des *carbonari* en lutte contre le pape, en 1831. Même le demi-frère de Badinguet, l'énigmatique duc de Morny, lui aussi décédé depuis belle lurette, figurait dans la galerie des portraits familiaux.

Quant au prince impérial et à l'impératrice, l'Espagnole Eugénie de Montijo, seul Badinguet en connaissait encore les traits et l'apparence. Il avait rassemblé les peintures à leur effigie dans sa chambre, à l'accès strictement privé. Seul Andrieux était admis dans le saint des saints, pour son entrevue quotidienne avec le souverain.

La victoire de Sedan, qui avait vu l'Empire conforter son hégémonie sur la vieille Europe des autocraties dans le sang des Prussiens, avait eu un goût amer pour Louis Napoléon. Eugénie et le Dauphin avaient été victimes d'un odieux attentat à leur retour de Corse, où on les avait exilés pour d'évidentes raisons de sécurité. Même la capitulation sans condition arrachée au chancelier Bismarck n'avait pas amoindri le chagrin de Louis Napoléon. Ses prétentions dynastiques anéanties — un éclat d'obus sur le champ de bataille de Metz ayant compromis sa virilité —, Badinguet avait sombré dans la mélancolie et raffermi sa poigne sur les rênes du pouvoir.

L'attentat meurtrier avait été revendiqué par un groupuscule anarchiste proche des organisations socialistes. Le tyran avait alors ordonné que l'on ne ménageât plus les défenseurs des thèses marxistes. Il avait confié aux différents préfets de Police de Paris la tâche, ardue s'il en était, d'éradiquer le virus de la sédition qui avait contaminé une partie de la population après le durcissement du régime. Andrieux s'était à ce jour acquitté à merveille de l'ingrate besogne. En conséquence de quoi il s'était attiré les bonnes grâces de l'Empereur, et avec elles la jalousie des membres du Conseil. Il était reçu au Louvre à l'égal des ministres et des maréchaux ; ses prérogatives dépassaient de loin celles de la plupart des hauts fonctionnaires en charge de la gestion de l'Empire.

Andrieux était un homme haï autant qu'admiré. Ses ennemis avaient pignon sur rue et fréquentaient assidûment les hauts lieux du pouvoir. Toutefois, le préfet n'avait cure des inimitiés provoquées par la confiance que lui accordait l'Empereur. Il n'oubliait pas que celle-ci ne tenait qu'à un fil, ténu ; la santé du tyran déclinait de jour en jour, en dépit des efforts déployés par la cohorte de médecins dont il s'entourait.

Louis Napoléon était un cadavre en sursis. Il devait aux Ishkiss chaque jour volé à la convoitise de la Camarde. La situation privilégiée d'Andrieux se trouvait également subordonnée à la pérennité de l'alliance avec les extra-humains. Voilà pourquoi le préfet se préoccupait tant de ce qui se passait sur la Lune. Voilà pourquoi il avait agi avec célérité à la nouvelle du retour de Verne et mis Jaume dans la course. Voilà pourquoi, enfin, il venait chaque matin rendre compte directement à l'Empereur de l'évolution de la situation.

L'huissier s'effaça pour le laisser pénétrer dans les appartements impériaux. Une fois franchie la porte où l'Aigle prestigieuse déployait ses ailes dorées à l'or fin, Andrieux fut assailli par l'odeur particulière qui imprégnait les lieux. Aux subtils parfums du luxe se mêlaient les lourdes fragrances de l'éther. Andrieux ne s'y était jamais habitué. Ses narines frémirent alors qu'il traversait la première pièce, une vaste antichambre qui servait de salle d'attente. Une demi-douzaine de personnages officiels, engoncés dans des uniformes raides, tuaient le temps en contemplant une fresque commémorant la campagne mexicaine des années 1860. Andrieux les ignora et passa directement dans le petit salon qui jouxtait l'antichambre.

Un jeune officier, frais émoulu de l'École militaire, était assis derrière un bureau massif et compulsait un cahier couvert d'une fine écriture. Andrieux connaissait la carrière du secrétaire sur le bout des doigts. Il aurait pu réciter son cursus et ses maigres états de service sans la moindre hésitation. C'est lui qui l'avait désigné à ce poste honorifique, avec l'assurance, en retour, de son entière dévotion.

« Qui recevons-nous ce matin ? » demanda le préfet.

Le secrétaire, surpris par la brutale apparition de

son protecteur, s'empêtra dans une tentative maladroite de garde-à-vous par-dessus son bureau.

« Laissons tomber le protocole. Alors, qui sont ces barbons qui s'ennuient à côté ?

— Eh bien, tout d'abord, il y a... (il consulta son cahier) un professeur de l'École militaire venu défendre un projet de réorganisation des troupes basé sur l'utilisation des feux d'artillerie. Un certain colonel Pétain.

— Ridicule. Vous le ferez éconduire rapidement. Ensuite ?

— Un sénateur venu quémander un poste de diplomate pour un de ses rejetons.

— Bah, j'en glisserai un mot à l'Empereur. Le Mexique use nos ambassadeurs plus vite encore que l'Afrique. Nous y enverrons le fiston et le vieux papa en sera éperdu de reconnaissance. Une voix facilement acquise au Sénat. En ces temps de réforme politique, ce n'est pas du luxe. Qui d'autre ?

— Une délégation d'élus provinciaux et d'industriels. Charbon de la Loire et métallurgie du Creusot. Ils sollicitent l'entregent de l'Empereur auprès du Crédit mobilier pour l'obtention d'un prêt. Ils veulent moderniser leurs installations.

— Bon, nous saurons convaincre les frères Pereire. La banque nous est acquise. Il ne faut pas négliger l'industrie. C'est elle qui soutient l'Empire. Vous les ferez recevoir les premiers, après que j'en aurai terminé avec Lui.

— Entendu. »

Le secrétaire se raidit à nouveau au moment où le préfet tournait les talons. Amusé, Andrieux lança un « Repos ! » tonitruant et quitta le petit salon.

La pièce suivante était le fief des disciples d'Esculape. Professeurs de la Faculté, chirurgiens de renom, spécialistes de chaque partie du corps — articulations, nerfs, organes —, assistés d'une légion d'internes et d'infirmières, ils assuraient une perpétuelle assistance médicale, se relayant nuit et jour au chevet de l'Empereur. Une salle d'opération avait été aménagée au sous-sol du Palais, reliée à la chambre du tyran par un monte-charge hydraulique. À la moindre alerte, les carabins se mettaient sur le pied de guerre. L'élite de la médecine européenne se trouvait rassemblée là, jusqu'à un praticien de l'esprit mandé exprès de Vienne pour recevoir les confidences intimes de Napoléon. On mettait tout en œuvre pour retarder l'inévitable, toutes les sorcelleries autorisées par la science moderne ; des ingénieurs avaient conçu un dispositif de mobilité autonome des plus astucieux pour permettre au tyran de quitter sa couche et d'apparaître à son balcon quand le peuple se pressait aux grilles du Louvre.

Pourtant condamné, L'Empereur reculait la fatale échéance depuis plus de dix ans. Les Ishkiss avaient apporté leur contribution à la convalescence du tyran. Témoin, l'alvéole de communication dressée dans un angle de la pièce. Par son intermédiaire, les médecins pouvaient puiser dans la manne des techniques extra-humaines. D'audacieuses opérations mêlant les savoir-faire des deux espèces avaient déjà été couronnées de succès. Comme on avait adapté les insectoïdes à leur nouvel environnement en modifiant leur morphologie et leur métabolisme, on avait modifié la vieille carcasse de Louis Napoléon Bonaparte, rongée de l'intérieur par le pourrissement de ses organes.

Il en avait résulté, entre autres effets saisissants, une complète refonte de la structure intime du tyran. Un prix jugé exorbitant pour les partisans d'une certaine intégrité de la nature humaine. L'Église, au premier chef, avait condamné avec véhémence cette métamorphose. Pour toute réponse à ses récriminations, le souverain pontife s'était vu confisquer ses territoires italiens. Il ne régnait plus désormais que sur les quelques hectares de la cité vaticane, où il vivait reclus, sous la bonne garde d'un cordon de soldats. Les thuriféraires du progrès, quant à eux, louaient l'union des deux cultures incarnée dans la personne de l'Empereur. Le symbole était fort et plaçait Napoléon sur le même piédestal que les anciens rois thaumaturges, d'essence supposée divine.

Andrieux se fichait de savoir si on blasphémait en assimilant les Ishkiss au Créateur, en qui il n'avait jamais cru. Dieu était passé de mode depuis 1889 et l'arrivée de la nef cosmique, ravalé au rang des antiques superstitions. Désormais, l'Empire de la vieille Europe avait beaucoup mieux à adorer qu'une image pieuse ou un acrobate monté en croix.

Le préfet s'enquit auprès des médecins de la santé du Prince. Puis, rassuré sur son état, il poussa la porte de la chambre.

Comme chaque fois qu'il pénétrait ici, son cœur se mit à battre à un rythme accéléré. Tandis que son regard s'accommodait à la pénombre, Andrieux s'efforça de maîtriser ses émotions.

« Approchez, Monsieur le préfet, avancez jusqu'à moi... »

La voix était un chuintement, guère plus qu'un murmure mécanique.

Andrieux obéit. Il ne parvenait pas à réprimer le tremblement de sa lèvre inférieure. Il découvrit l'Empereur, qui baignait dans un halo de lumière pâle. Il fit son rapport sur les récents événements en tâchant de ne pas paraître pressé d'en finir. Il parla dix minutes d'affilée, qui lui parurent durer un siècle. Il écouta ensuite les commentaires du Prince et reçut de nouvelles directives.

Enfin, Louis Napoléon le congédia.

Andrieux sortit du Louvre soulagé, avec le sentiment d'avoir remporté une nouvelle victoire sur lui-même.

CHAPITRE IV

Des touristes sur la Lune

Les dernières heures du voyage furent les plus éprouvantes. Outre la fatigue qui s'accumulait et alourdissait les paupières, la crainte d'un nouvel incident empêchait les noceurs de se livrer à leurs débordements. Tous avaient regagné leurs tables, l'air maussade. On n'osait pas évoquer la turbulence qui avait semé la panique dans le compartiment, mais on guettait avec appréhension un autre signe d'agitation.

Verne et Bautrelet avaient rejoint Ernest le photographe. Marius Giboulet et la plantureuse Mme Stolz faisaient bande à part, à l'opposé du wagon. Les roucoulades des deux gros pigeons ne manquaient à personne.

Jules était plongé dans ses pensées. La conversation — ou ce qui en avait tenu lieu — qu'il avait eue avec l'intelligence extra-humaine le laissait sur une impression d'insatisfaction. Il aurait voulu en apprendre davantage. Ce qu'il avait découvert le troublait : l'organisation sociale des Ishkiss ne reposait pas sur une relation de classe. Les intelligences des navires n'obéissaient à aucune hiérarchie et se considéraient chacune l'égale de toutes les autres. Cela ressemblait à la définition de l'anarchie, dans son acception originale. L'existence d'une telle société — même composée de « spectres » vivants dans des amas de chair volants — prouvait par l'exemple la validité des thèses que combattait l'Empire. Alors, les intentions de Babiroussa et de Louise Michel s'éclairaient d'un jour nouveau. S'il était possible de faire savoir aux alliés de Badinguet que des humains partageaient une même vision des choses, peut-être, oui, peut-être existait-il un espoir de renverser le cours de l'Histoire en faveur de leur cause...

Ça semblait un rêve fou, pour lequel, toutefois, Louise avait sacrifié sa liberté et risqué sa vie. Un rêve d'émancipation, qui pouvait virer au cauchemar à tout instant.

Sans s'en apercevoir, Jules s'était laissé gagner par la torpeur générale. Il somnolait, avachi sur la confortable banquette de velours, quand il sentit qu'on le secouait.

Les yeux cernés de reflets sombres, Isidore Bautrelet était penché sur lui. Quand Jules eut retrouvé ses esprits, il lui annonça, un accent de triomphe dans la voix :

« Nous approchons du terminus. Il va être temps de se préparer au débarquement. Le café chaud a été servi. »

Effectivement, une douce odeur d'arabica flottait dans le compartiment. Les membres engourdis, Jules s'étira, puis défroissa son veston. Il avait encore la silhouette de la Grande Citoyenne en mémoire, telle qu'elle lui était apparue dans son vagabondage onirique : sèche, austère, aussi inébranlable qu'une vieille souche pétrifiée.

Le steward passa entre les tables pour annoncer l'arrivée imminente sur la Lune. Il avait pour chacun un petit mot, une attention particulière, qui prouvaient que la Compagnie impériale de transport considérait ses usagers comme de véritables invités. Jules n'eut droit qu'à un haussement d'épaules. Raymond, le serveur, suivait pour effectuer le service du petit déjeuner. Il affichait un air piteux.

« Le pauvre a dû se faire houspiller, commenta Bautrelet. On ne doit pas laisser les passagers faire joujou avec les commandes de la nef ! » plaisanta-t-il.

Jules ne put s'empêcher de rire à son tour. Il but son café, servi dans une tasse de porcelaine finement ouvragée, et avala quelques biscuits croustillants. Autour de lui, on bâillait, on se frottait les yeux, on se dégourdissait les jambes en consultant sa montre.

Le timbre grêle d'une sonnerie retentit. Les visages se tournèrent d'un même élan vers l'unique issue, semblable à une porte de coffre-fort. Les plus impatients se dirigeaient vers la sortie, formant dans la travée centrale une enfilade dépenaillée. Le steward, aidé par Raymond, entreprit de tourner le volant de sécurité qui commandait l'ouverture de la serrure hermétique. Quand la lourde porte commença de s'ouvrir, une bouffée d'air frais s'engouffra dans le cylindre, balayant les miasmes des quinze dernières heures, fumée de cigarettes, parfums corporels et autres reliquats méphitiques dus au confinement. Jules réalisa alors qu'aucun système d'évacuation d'eaux usées n'équipait le compartiment.

Avant de comprendre où et comment s'étaient soulagés celles et ceux qui n'avaient pu se retenir, gavés d'alcool, il termina son café et se leva. Isidore et

Ernest l'imitèrent. Ensemble, ils prirent place dans la file des voyageurs qui avaient commencé de débarquer.

Une minute plus tard, Jules posait le pied sur la Lune. Plus exactement, il foula le sol métallique dans la tour d'alunissage de la Base Cyrano.

Il fut plutôt déçu. Le décor ressemblait à celui de la Galerie des Machines. À vrai dire, on ne voyait pas grand-chose. Le ventre de la nef palpitait faiblement loin au-dessus des têtes. Ses pattes griffues étaient solidement agrippées aux poutrelles d'acier qui saillaient du plafond, tels des crocs recourbés vers l'intérieur d'une bouche monstrueuse. De forme circulaire, la tour ressemblait à quelque reproduction moderne d'une antique mosquée, où l'or des parures aurait été remplacé par la froideur mécanique d'un alliage de métaux souple et résistant. Le plancher était dallé à la manière des mosaïques orientales. Le dessin d'ensemble formait une espèce de labyrinthe. Les piliers, toujours en acier, qui soutenaient la masse incroyable du navire, s'élançaient vers la voûte animale avec la ferveur de prières adressées aux divinités du nouveau siècle.

Le cylindre de la Compagnie impériale occupait le centre de la salle, accroché à la grande liane de chair qui le reliait à la nef. Des porteurs en blouse bleue déchargeaient les bagages et les déposaient sur des chariots à roulettes. Jules et les reporters du *Petit Parisien* firent quelques pas, humant à pleins poumons un air aussi pur qu'en altitude. Verne fit part de son étonnement à Bautrelet. Celui-ci expliqua :

« La Base Cyrano est sans conteste l'un des endroits dans tout l'univers où l'on respire le mieux.

Ce paradoxe n'a rien de mystérieux. Une noria de lucioles, ces créatures volantes commandées par les Ishkiss, relie sans interruption la Lune aux régions de montagne désertées de la Terre, pour y puiser des volumes d'air limpide, qui sont ensuite déversés dans les conduits d'aération des installations souterraines. Les gaz corrompus rejetés chaque fois que nous exhalons sont évacués en surface.

— Diantre ! Et si la chaîne des lucioles venait à se briser ?

— Une bien terrible perspective. Dont l'éventualité a été prise en compte, cependant. Voyez-vous, les nefs ishkiss possèdent entre autres particularités un organe qui intéresse nos chimistes au plus haut point. Nous avons déjà évoqué avec Raymond la phase d'apnée qui leur permet de passer des mois, voire des années, dans le vide de l'espace. Pour être exact, leur respiration n'est pas suspendue, mais ralentie à un degré extrême. L'organe en question entre alors en jeu, pour démultiplier les effets de la moindre molécule d'oxygène. Pour simplifier, disons qu'il autorise une économie faramineuse de gaz vitaux. Il existe à ce jour un projet dont le but est de rendre la Lune autonome, à tous les points de vue. Le premier pas à franchir est évidemment celui de l'approvisionnement en oxygène. Avec la collaboration des Ishkiss, nul doute que nos savants ne parviennent à leur but.

— Je crois comprendre... C'est saisissant ! Les nefs sont nombreuses, très nombreuses. Aussi, une fois maîtrisée la technique adéquate, rien ne pourrait plus empêcher de doter la Lune d'une atmosphère comparable à celle de la Terre...

— Du moins dans certaines limites où seraient cantonnées les populations humaines, oui. C'est l'idée générale du projet. Mais cela ne s'arrête pas là, à mon avis.

— Que voulez-vous dire ?

— Si le procédé est opérationnel sur la Lune, pourquoi ne le serait-il pas ailleurs ? Ce n'est évidemment qu'une conjecture toute personnelle. Cependant, je mettrais ma main au feu que les ambitions de l'Empereur ne se limitent pas à la conquête d'un astre mort, alors que, plus loin dans l'espace... »

Bautrelet s'interrompit et leva le nez au plafond, ménageant ses effets.

« Plus loin... », répéta-t-il.

Jules était abasourdi. Si Bautrelet voyait juste — et pourquoi se fourvoierait-il ? Ses déductions reposaient sur de solides éléments —, la bataille engagée contre l'Empire prenait soudain une dimension cosmique. Cela pouvait paraître vertigineux ; quoi ! Conquérir d'autres planètes, y implanter des colonies de l'Empire napoléonien, comme cela avait été fait dans les vieilles monarchies d'Europe !

Cette perspective avait de quoi faire vaciller la raison la plus solide. Mais Babiroussa savait ce qu'il faisait en confiant cette mission à Jules. Qui d'autre que lui aurait su appréhender l'inconcevable ? Qui, sinon l'homme qui avait défié les limites de l'imaginaire à longueur de page des années durant ?

Quelqu'un d'autre peut-être, constata Jules, jetant à la dérobée un regard sur Bautrelet. Le jeune journaliste n'avait pas froid aux yeux, ni aux idées... Jules aurait apprécié de pouvoir se confier au reporter du

Petit Parisien, mais il était encore trop tôt pour courir un tel risque.

Il décida de rester muet. Bautrelet n'insista pas.

Le cylindre s'était vidé de ses occupants. Un petit homme en uniforme de sapeur lança un signal en direction de la nef. Aussitôt, son cordon ombilical se contracta. Jules assista à l'ascension du cylindre puis à son absorption par le ventre ouvert du navire. Il vit ensuite la cage des forçats s'extraire lentement des entrailles de la machine vivante, invraisemblable rejeton expulsé de la matrice d'une non moins invraisemblable parturiente. La cage fut déposée sans ménagement sur le plancher.

Un peloton de matons fit son apparition quelques instants plus tard, apparemment peu pressés de délivrer les prisonniers. Un colosse flanqué d'une paire ébouriffante de rouflaquettes commandait l'unité. Il brandissait un trousseau de clés dans une main et un gourdin dans l'autre. Il commença par assener de violents coups sur la cage, déclenchant un concert de carillons titanesque. À l'intérieur, songea Jules, chaque coup porté devait être amplifié et déchirer les tympans des forçats. Décidément, sur Terre comme sur la Lune, le sadisme des gardiens du troupeau humain était sans borne.

Enfin, satisfait de sa blàgue, le géant au gourdin déverrouilla la porte de la cage. Hébétés, crasseux, les cheveux en bataille et la lippe pendante, les bagnards s'extirpèrent de leur cellule un par un, sous les rires des matons. Les plus lents, ou les plus malades, recevaient pour prix de leur maladresse de solides coups de semelle dans l'arrière-train. Ceux qui osaient toiser leurs bourreaux, une étincelle de rage meurtrière dans le regard, se faisaient rabrouer, quand on ne leur octroyait pas une volée de bâtons. Surtout, le colosse prenait un malin plaisir à rudoyer les hommes qui avaient conservé, malgré l'épreuve qu'ils venaient de subir, une attitude digne et refusaient de répondre aux provocations.

« C'est intolérable, maugréa Jules dans sa barbe.

— Oui, fit Bautrelet, mais nous n'y pouvons rien, sinon attirer sur nous l'attention des espions de l'Empereur. Ils sont ici légion, vous devez vous en doutez. »

On fit s'aligner les forçats, puis on leur passa la chaîne aux chevilles. Comme s'ils pouvaient s'échapper ! Pour aller où ? Quand bien même ils seraient parvenus à tromper la vigilance des matons, ils n'auraient pu faire trois pas au-dehors sans qu'éclatent leurs poumons privés d'oxygène. Ici, la chaîne n'était qu'une humiliation supplémentaire, un moyen cruel de rappeler leur condition aux esclaves.

Jules imagina Louise Michel, soumise au même traitement. Il grimaça et tourna les talons. Bautrelet le suivit. Escortés du photographe, ils empruntèrent le tunnel qui conduisait au quartier résidentiel de la Base. C'était un long boyau d'acier, parfaitement étanche, creusé à même le roc gris pâle qui constituait l'essentiel du satellite. De loin en loin, une lanterne électrique dispensait un timide éclairage. Les ampoules à incandescence restaient rares sur Terre, même si Thomas Edison en avait découvert le principe une vingtaine d'années plus tôt.

La Base Cyrano constituait une parfaite vitrine du progrès scientifique. Alors que la majeure partie de la population européenne s'extrayait à peine de l'obscur Moyen Âge, peinant encore douze heures par jour pour gagner sa pitance et ne pas mourir de faim, grelottant l'hiver, succombant sous la chaleur l'été, les sélénites jouissaient d'un confort insolent. Bientôt, une fois les travaux d'aménagement de la Base achevés, ils seraient plusieurs dizaines de milliers, représentants d'une élite triée sur le volet par le pouvoir, à profiter des avantages de l'installation. Un nouveau pas franchi dans l'iniquité, pensait Jules.

Le boyau débouchait sur une nouvelle salle, de dimension plus modeste que l'aire d'alunissage. Une armée de grooms vêtus de pourpre s'y livrait à de grandes manœuvres frénétiques. Malles, sacoches, valises et autres bagages passaient de main en main jusqu'à retrouver leurs propriétaires, puis, une fois les retrouvailles accomplies, prenaient le chemin du sous-sol. Un concierge en tenue d'apparat, gabardine outremer à revers écarlate orné des indispensables clés d'or, veillait au bon déroulement des opérations, aussi raide dans son uniforme qu'un général sur le champ de bataille. Comme lui, il invectivait ses troupes, sans pour autant s'engager au combat.

Apercevant le trio de journalistes, le concierge hocha le menton. Immédiatement, une nuée de grooms se précipita pour accompagner Jules et ses compagnons jusqu'au niveau inférieur, auquel on accédait par un monte-charge.

Bautrelet proposa de se retrouver pour le déjeuner, puis de visiter la Base après que chacun se sera reposé. Il ferait le guide et dévoilerait les petits secrets du complexe. Jules approuva et ils convinrent d'un rendez-vous au restaurant de l'hôtel Cyrano. Enfin, ils se séparèrent en se souhaitant une bonne nuit. L'expression avait ici un sens particulier ; elle correspondait aux périodes de repos prises indépendamment de l'horaire ou de la position des planètes par rapport au Soleil.

La chambre était petite, mais décorée avec goût. Au-dessus du lit, une reproduction d'un tableau de François Bonhommé rappelait qu'on avait quitté la Terre. Le peintre de l'industrie, comme on le surnommait, avait une fois de plus jeté son dévolu sur un triste paysage ravagé par une exploitation outrancière. On voyait un grand trou, sans doute une mine à ciel ouvert, jouxtant des bâtiments sombres. Une multitude de cheminées crachaient dans le ciel gris des panaches de fumée noire. Le vert des prés ne formait qu'un halo en arrière-plan. C'était une vision totalement déprimante pour le vieux marin habitué aux clartés cristallines des lagons, aux tonalités chatoyantes des forêts tropicales.

Les bagages de l'écrivain avaient été déposés entre le lit et le cabinet de toilette. Outre la cantine qui renfermait ses effets personnels et l'avait suivi depuis le *Saint-Michel*, une grosse malle emplissait tout l'espace disponible ; un modèle d'apparence rustique, constitué d'un corps en fer habillé de lamelles de bois, fermé par une imposante serrure à combinaison. Sans le sésame des six chiffres composant le code, rien à faire, à moins d'être un habile perceur de coffre. Le code ! Jules frémit : Hetzel avait oublié de lui communiquer le code d'ouverture ! Fébrile, il fouilla ses poches à la recherche du journal dont l'éditeur lui avait fait cadeau peu avant son départ. Verne n'avait pas osé l'exposer à la curiosité des reporters pendant la traversée. Il avait craint de leur mettre la puce à l'oreille en exhibant un titre inconnu, composé à son unique usage.

Il déplia la gazette et l'étala sur le lit. Le titre accrocha immédiatement son regard : *L'Illustration du Futur*. La maquette évoquait celles des publications officielles qui inondaient les kiosques. Les rubriques paraissaient anodines, traitant pour la plupart d'actualité scientifique. Jules parcourut rapidement les colonnes d'articles et les manchettes de la une, sans rien découvrir qui pût le mettre sur la piste de la combinaison. Il procéda de même pour chacune des huit pages, en vain. L'article sur lequel Hetzel avait attiré son attention occupait un encart en page intérieure, accompagné de plusieurs illustrations. Mais le mode d'emploi du matériel fourni par le réseau ne serait d'aucune utilité s'il ne parvenait pas à ouvrir la malle. Découragé, Jules replia le journal et le déposa sur la table de chevet.

Il ôta sa veste, dénoua sa cravate et déboutonna sa chemise. Il passa dans le cabinet de toilette et s'épongea le visage. Il était exténué. Plus que la fatigue du voyage, les scènes de torture auxquelles il avait assisté faisaient peser un poids mort sur ses épaules. Où se trouvaient les forçats, en ce moment ? Certainement pas dans un cocon aussi confortable que cette chambre de palace orbital.

Il revint auprès du lit, se débarrassa de ses chaussures et pantalons, s'allongea à même la couverture et se mit à rêvasser. Hetzel ne pouvait pas avoir omis de lui révéler la combinaison. C'était trop bête. Le journal devait contenir le code, forcément. Pas possible autrement...

Jules s'endormit. Il fit un rêve nébuleux, où il était

question d'imprimerie et d'extra-humains. De monstrueuses rotatives faites de chair palpitante tournaient en vrombissant et crachaient des kilomètres de papier ensanglanté. Hetzel conduisait les opérations. Il dirigeait les ouvriers en despote, maniant le fouet et la trique. Les imprimeurs portaient des casques de scaphandrier. Jules ne distinguait pas leurs visages derrière les hublots, mais il savait qu'il ne s'agissait pas d'humains. Hetzel était furieux, parce que la grève menaçait. Il traitait ses employés de « foutus socialistes » et exigeait qu'ils redoublent d'efforts. Finalement, l'insurrection éclata et les rotatives furent prises d'assaut. Les uns après les autres, les ouvriers se glissèrent sous les rouleaux et furent réduits en bouillie. Le sang coulait à flots, noyant Hetzel qui riait. Il se mit à crier, entre deux hoquets de rire :

« Quand paraîtra la prochaine édition ? Quand ? Il est trop tard à présent... »

Jules se réveilla en sursaut, le front baigné de sueur. Il connaissait le code de la combinaison. Il se saisit du journal et vint s'agenouiller devant la malle. Il chercha sous le titre la date de parution du fac-similé. Elle était indiquée en minuscules caractères gras, sous les deux dernières lettres du mot *Futur*. Le 3 septembre 1939. Le cinquantième anniversaire de la signature du pacte d'alliance entre Badinguet et les Ishkiss.

Jules manœuvra les mollettes de la serrure pour former l'alignement de chiffres correspondant à la date : 030939. Avec un déclic, la malle s'entrouvrit. Il jeta un coup d'œil furtif à l'intérieur.

Rassuré, il rabattit le couvercle bombé, et vint se recoucher pour terminer sa drôle de nuit.

*

Bautrelet aperçut Jules le premier. Il agita sa serviette pour attirer son attention. Verne traversa la salle de restaurant d'un pas tranquille, plein d'une énergie nouvelle. Il s'était levé d'excellente humeur, après huit heures d'un sommeil ininterrompu. Il avait passé un complet sport qui le rajeunissait d'une vingtaine d'années, lui conférant l'allure d'un fringant quinquagénaire. Ces dames, lui semblait-il, ne s'y trompaient pas et le détaillaient de pied en cap quand il passait à leur hauteur.

Il s'assit sur la chaise qu'on lui avait réservée. Ernest lui adressa un timide bonjour. Le photographe traînait avec lui son appareil, dans un boîtier de cuir bouilli.

Marius Giboulet engloutissait une monstrueuse part de bacon frit. Il avait l'air maussade. Jules devina que l'accorte Emma Stolz avait dû résister à ses avances. En dépit de ses efforts, le correspondant du *Sémaphore de Marseille* n'était pas parvenu à ses fins libidineuses.

Le petit déjeuner expédié, Isidore rappela les engagements pris la veille :

« Êtes-vous prêt à parcourir des kilomètres de galerie ? »

Verne acquiesça. Il se sentait de taille à gravir l'Everest. Il n'eut pas le moindre froncement de sourcils quand il comprit que Giboulet serait de la partie. Après tout, considéra-t-il, mieux valait que celui-ci assistât à la visite. S'il s'agissait d'un espion, comme le soupçonnait Jules, mieux valait l'avoir sous les yeux. Ainsi, il serait facile de jouer une petite comédie à son attention exclusive, histoire de lui donner du grain à moudre.

La dernière goutte de café avalée, le quatuor se mit en route.

Bautrelet ouvrait la marche, Jules à ses côtés. Ernest, son appareil en bandoulière, effectuait des repérages pour de futures prises de vue. Giboulet, enfin, prenait des notes sur un calepin, à la traîne derrière ses collègues.

La Base Cyrano s'étendait sur une surface équivalant à celle d'un arrondissement parisien, indiqua Bautrelet en préambule à la balade souterraine. La tour d'alunissage et l'hôtel étaient situés au cœur du complexe, à la croisée des principaux axes de communication. Ceux-ci épanouissaient leur réseau de galeries sur trois niveaux, selon un schéma inspiré des travaux du baron Haussmann. Le principe directeur obéissait à des normes strictes de circulation, commandées par le coût et la difficulté de l'entreprise. Huit galeries parallèles orientées nord-sud étaient coupées à intervalles réguliers par leurs huit jumelles perpendiculaires, et un long corridor périphérique encerclait l'ensemble. Des monte-charge, publics ou privés, reliaient les différents niveaux.

On achevait actuellement les aménagements extérieurs, à savoir l'aire de transit des vaisseaux composant la future flotte impérialo-ishkiss. Jules n'insista pas sur la nature particulière de ce « on ». Il avançait au rythme de Bautrelet, intarissable, et n'avait pas assez de toute son attention pour assimiler à la fois les explications du reporter et les mille merveilles alentour.

Ils arpentaient un revêtement de caoutchouc qui absorbait l'impact des claquements de semelles et donnait l'impression, par endroits, de glisser sur le sol. Ce n'était d'ailleurs pas qu'une impression, car de larges bandes de cette chaussée élastique se mouvaient à différentes allures, sur des portions de galerie plus ou moins longues, entre chaque intersection. Les sélénites passaient de l'une à l'autre avec une grâce toute naturelle, conférée par l'habitude, en effectuant de petits bonds. Prudent, Bautrelet n'avait pas osé entraîner les visiteurs sur ces tapis roulants. Il avait préféré emprunter les pistes immobiles tracées en bordure de galerie.

Les galeries ! Elles auraient mérité à elles seules les commentaires d'un aréopage de critiques. L'œil hésitait à se poser plus de quelques secondes ici plutôt que là, tant la débauche de décorations était ahurissante.

Il y avait tout d'abord les armatures d'acier qui constituaient le squelette de la Base. Elles formaient de véritables entrelacs de dentelles façonnés avec autant d'adresse que leurs modèles réalisés au crochet. Pas un pilier, pas une poutrelle, pas un arc voûté qui ne fût souligné de guipures étincelantes sous les éclairages électriques.

Venaient ensuite les fresques démesurées peintes de part et d'autre des chaussées. On pouvait aussi bien longer une portion de désert mexicain inondé de soleil, avec ses empilages de rocs rouges en arrière-plan, que la parfaite reproduction des façades bourgeoises d'un boulevard parisien ; on suivait la lisière sombre d'une forêt de pins, où les fûts peints des conifères se mêlaient aux volumes métalliques des arceaux de soutènement ; on admirait le panorama offert par un belvédère alpin et l'on frémissait en songeant au vide si réaliste qui béait sous la balustrade.

Il y avait enfin le bestiaire ishkiss. Des insectoïdes couraient le long des murs, sur les poutres d'acier, au plafond même, dans un capharnaüm de pattes, d'abdomens et de rostres. Ils se faufilaient entre les jambes des bipèdes pour traverser la galerie. On aurait pu se croire dans les couloirs d'une termitière. Tout ce petit monde grouillait en cliquetant, stridulant, chuintant, et composait une partition mécanique originale. Certains s'engouffraient dans les gueules béantes de canalisations ouvertes dans la chaussée pour gagner les niveaux inférieurs, d'autres s'arrêtaient devant les portes closes découpées dans les fresques. Ils frottaient leurs antennes, se trémoussaient comiquement, grattaient le panneau métallique pour signaler leur présence. Une chatière s'ouvrait dans le bas de la porte, et ils disparaissaient.

« Le courrier, expliqua Bautrelet. La communication joue un rôle primordial sur la Lune. Derrière ces murs, les fonctionnaires de l'Empire gèrent l'avenir des hommes dans l'espace. Les insectoïdes sont plus rapides et efficaces que le pneumatique. Le système revient au même. Leur abdomen contient un tube étanche, dans lequel on introduit des documents. Ils peuvent relier les points opposés de la Base en à peine cinq minutes. Plus bas, nous visiterons leur atelier d'entretien et de réparation. »

Il se tut, puis après quelques pas :

« Auparavant, je souhaite vous montrer autre chose... »

Ils étaient arrivés à hauteur de la ceinture périphérique du premier sous-sol. Une galerie aux parois incurvées dessinait un cercle parfait. Son plafond, peinturluré de noir, culminait à une dizaine de mètres de hauteur. Une clarté diaphane tombait de ce ciel invisible. Bautrelet attira l'attention de ses collègues sur un escalier à vis, qui conduisait à une passerelle accolée à mi-hauteur du mur extérieur.

« Je vous en prie, Messieurs, après vous... »

Intrigué, Jules s'engagea sur le treillis métallique des marches, qu'il gravit d'un pas lent, les unes après les autres, jusqu'à poser le pied sur la passerelle. La lumière prenait ici des teintes bleutées, pareilles à celles qui filtrent dans les profondeurs des océans. Jules en chercha la source. Il leva le nez et la trouva.

Jules vit alors ce que Bautrelet désirait lui faire découvrir. Il voulut exprimer sa surprise, mais la stupéfaction l'avait rendu muet.

Jamais le vieux marin, l'aventurier infatigable, n'avait contemplé un tel panorama, sans commune mesure avec les trésors des Amériques ou de l'Asie ; plus triste et nu qu'aucun des déserts qu'il avait parcourus, mais plus magnifique que tous les temples qu'il avait visités.

Derrière une épaisseur de verre impressionnante, encadrée dans l'acier le plus pur, l'infinie désolation de la Lune s'offrait enfin à l'avidité du voyageur.

Giboulet avait rejoint Jules. Il émit une bordée de jurons importés du Vieux Port quand il découvrit à son tour le paysage lunaire.

Ce qu'ils avaient pris pour de la peinture noire, vu

du niveau de la galerie, était en fait les ténèbres de l'espace ; la lueur bleutée, celle de la Terre, dont on apercevait un croissant découpé sur la ligne d'horizon.

Jules put prendre la pleine mesure de la Base Cyrano. La passerelle sur laquelle il se tenait émergeait en surface sur près d'un mètre. Des postes de vigie en forme de cloche jalonnaient la circonférence du disque gigantesque renfermant les installations humaines. La tour de débarquement se dressait en son centre, à une distance estimée à environ sept ou huit cents mètres. À son sommet, la nef ishkiss se reposait, tel un oiseau au nid.

C'était grandiose. Aucun autre mot ne venait à l'esprit de l'écrivain. Quand il avait décrit la vie dans les hauts-fonds, dépeint les peuplades dispersées aux quatre coins des cinq continents, fait le portrait de monstres imaginaires, les mots s'étaient pressés sous sa plume. Un cortège sans fin d'adjectifs avait animé l'improbable, l'impensable, l'inconnu. Il avait certes puisé la plupart de ses connaissances dans les ouvrages de géographie et les encyclopédies, ou dans les récits d'illustres voyageurs. Mais jamais il ne s'était trouvé dans une telle situation : muet ! Incapable d'exprimer le bouillonnement de sensations qui l'assaillait.

Alors, Jules se contenta de contempler la Lune en silence. Même Giboulet finit par se taire. Bautrelet et Ernest vinrent se joindre à cette adoration.

Finalement, Isidore arracha Jules à la fascination de l'astre mort.

« La prochaine étape de notre visite vous passionnera tout autant. Les Ateliers impériaux sont le lieu idéal pour prendre la pleine mesure de la collaboration entre terriens et Ishkiss.

— Rencontrerons-nous des extra-humains ?

— Certainement. Ils sont toujours quelques-uns à superviser le déroulement des travaux. Mais ne vous emballez pas. Il n'est guère possible d'entrer en communication avec eux. La plupart du temps, ils fuient tout contact. Enfin, on ne sait jamais. Peut-être auronsnous la chance d'attirer suffisamment leur attention. Seulement, il faudra veiller à ne pas déranger les ouvriers. Nous ne sommes que tolérés dans cette partie de la Base, interdite au public. Si d'aventure nous provoquons le moindre incident, les autorités nous retireront nos accréditations. Alors, Messieurs, je compte sur votre discrétion et votre sens de la diplomatie. N'effarouchons pas les alliés de l'Empereur ! »

Giboulet et Verne jurèrent de refréner leur curiosité. Le groupe abandonna la passerelle d'observation et la visite put continuer.

Rencontrerons-nous des extra-terrestres ?

— Certainement. Ils sont toujours [illegible] supérieurs [illegible] l'[illegible] [illegible] ne [illegible] semble pas qu'il est [illegible] pour [illegible] autre [illegible] [illegible] [illegible] [illegible] [illegible] [illegible] [illegible] [illegible] [illegible] [illegible] [illegible] [illegible] [illegible] nous la [illegible] [illegible] [illegible] Seulement il faudra [illegible] pas [illegible] par les [illegible] [illegible] de cette partie [illegible] [illegible] [illegible] [illegible] nous protégeons [illegible] les autorités [illegible] [illegible] [illegible] [illegible] [illegible] [illegible] [illegible] compte [illegible] [illegible] [illegible] de la [illegible] [illegible] [illegible] de l'Est et [illegible] [illegible] leur autorité. Le [illegible] [illegible] la [illegible] [illegible] dent et la [illegible] [illegible].

Intermède

LES DÉBUTS D'UN JOURNALISTE

Le lendemain matin, le préfet Andrieux était à son bureau, plongé dans la lecture des rapports quotidiens remis par ses indicateurs. Il se tenait ainsi au courant des activités de la pègre, de ses projets pour les jours à venir. S'il estimait tel coup trop audacieux ou susceptible de nuire à ses intérêts, il faisait intervenir dans l'heure ses nervis de la préfecture de Police. Si, au contraire, la canaille envisageait de s'attaquer à l'un de ses ennemis — cambriolage, escroquerie, voire tentative d'assassinat —, Andrieux laissait faire et suivait de près l'opération, n'hésitant pas le cas échéant à favoriser la réussite de l'entreprise criminelle. Les affaires de police les plus sérieuses étaient celles de la basse police, comme on le savait depuis Fouché, ou même depuis La Reynie.

Le préfet avait eu une nuit agitée, conséquence de sa visite à l'Empereur. Un cauchemar digne de la scène du Grand-Guignol l'avait tourmenté jusqu'à l'aube. La figure monstrueuse de Louis Napoléon y avait le beau rôle et le sang, comme de juste, coulait à flots. Andrieux s'était levé, le corps trempé par la sueur et la moustache en désordre. Après une demi-heure dans son cabinet de toilette, il n'y paraissait plus. Lavé, peigné, lustré, parfumé, il avait pris le chemin de la préfecture, dédaignant les trottoirs mécaniques. S'il portait encore beau à son âge, il le devait à la pratique régulière de la marche à pied. Les fantaisies techniques dont s'était dotée la capitale n'amélioraient pas la condition physique des Parisiens, comme il pouvait le constater chaque fois qu'il arpentait les rues de son fief.

Après deux heures de lecture, il avait relégué aux oubliettes de sa mémoire les scènes horribles de la nuit. Il termina le compte rendu d'une réunion de fripouilles tenue nuitamment dans l'arrière-salle d'un tripot, fait par un policier infiltré dans la bande, et passa au dossier suivant. Il s'agissait un assemblage de feuillets manuscrits, recouverts d'une écriture serrée, difficile à déchiffrer. Le rapport avait été rédigé à la hâte peu de temps auparavant, car le papier restait humide là où le scripteur malhabile avait fait des pâtés d'encre. Andrieux s'intéressa d'abord à la signature. C'était celle de son agent au journal *Le Temps*, un rédacteur qui avait frayé avec les Communards dans sa jeunesse et qu'Andrieux tenait à sa botte en menaçant de divulguer autour de lui les pièces compromettantes de sa fiche de police. Il lui avait demandé de transmettre les copies des articles de Verne, avant leur passage au marbre, afin de pouvoir stopper la fabrication du journal si l'écrivain se montrait trop virulent ou calomnieux.

Mais l'article envoyé par le correspondant du *Temps* sur la Lune ne contenait rien qui pût déplaire au Louvre. Verne était trop fin renard pour céder à la tentation de la provocation et du scandale. Après une brève introduction consacrée à la nef ishkiss, il s'attardait sur la description de la Base Cyrano, telle qu'elle apparaissait à un vieux Monsieur de retour des tropiques. Surtout, il s'intéressait aux Ateliers impériaux.

Andrieux lut :

C'est là, dans le demi-secret d'un hangar souterrain, que l'on prend pleinement la mesure de l'alliance entre l'Empire et les extra-humains. Là où s'affairent par dizaines des hommes en bleus et tabliers de cuir, de solides gaillards débauchés sur les plus imposants chantiers d'Europe. Nombre d'entre eux ont édifié, sous la houlette de M. Eiffel, la première tour portant son nom, l'année de l'Exposition universelle, qui fut aussi l'année de la Grande Rencontre. Ils représentent l'élite des dompteurs de l'acier, des magiciens capables de soumettre à leur volonté la matière la plus brute. Dans la chaleur infernale des forges, chacun des métallurgistes est un avatar de Vulcain. Dans la cacophonie des marteaux-pilons pneumatiques, chaque ouvrier est un Titan. Mais ces artistes d'un genre nouveau ne sont pas les véritables maîtres de l'Hadès sélénite. Ces derniers ne se montrent pas. Pourtant, ils rôdent là, veillent, dirigent, corrigent. Il faut l'œil exercé du contremaître, intermédiaire entre eux et l'armée des ouvriers, pour distinguer leurs silhouettes mécaniques dans cette jungle de métal où s'épanouissent chaque seconde mille fleurs d'étincelles bleutées aux postes des soudeurs. On croit les reconnaître, sous cet échafaudage, mais il s'agit d'un empilement de poutrelles dont certaines saillent à la manière de membres factices. Et puis, quand on se lasse de ce jeu de cache-cache, ils se dévoilent enfin. Mon guide pointe l'index en direction d'un recoin plongé dans une semi-obscurité, où les feux rougeoyants d'un brasier font se mouvoir des ombres. Le regard s'accommode. Il se tient là, immobile, et observe. Haute stature, jambes graciles dans une prothèse de pistons, torse massif percé d'un hublot rond qui laisse filtrer une lueur verte, pareille à l'éclat d'une émeraude géante, tête énorme en forme de cloche à fromage. Le tout est en métal. C'est un Ishkiss. Voilà le nom qu'on leur donne. Ils n'en ont pas d'autres, car ils semblent ignorer le concept d'identité. Plus exactement, c'est l'apparence d'un Ishkiss ; l'armure d'un chevalier venu d'une étoile lointaine, qui le protège d'ennemis invisibles, mais bien réels. Soudain, la statue s'anime. L'effet produit est saisissant. La démarche, qu'on supposerait celle d'un infirme, raide et désordonnée, s'avère souple, gracieuse même. Les jambes mécaniques ont de quoi rendre jaloux une ballerine ! Le Ishkiss se glisse vers un groupe d'ouvriers, occupés à sceller une pièce de rouage dans la chair d'un navire — on verra plus loin ce que sont les navires conçus par les Ateliers impériaux —, et se penche par-dessus leurs épaules pour mieux suivre la manœuvre. Menace ? Curiosité ? On ne sait pas. Il les domine de toute sa masse. D'un coup, ces hommes bâtis en force paraissent chétifs. Ils achèvent leur travail sans sourciller. Leur a-t-il parlé ? Qu'a-t-il raconté ? Impossible de le savoir. Déjà, les ouvriers se sont attelés à une nouvelle tâche et le Ishkiss a disparu. Pas de déception, cependant ! Il reste les navires...

Andrieux interrompit sa lecture. Il songeait à l'occasion qu'il avait eue de croiser un scaphandrier ishkiss dans les salons du Louvre, quelques années plus tôt. Leur unique escapade terrienne sous cette forme. Ils étaient venus discuter les termes de l'alliance avec Louis Napoléon, et le préfet avait assisté aux échanges. Lui aussi avait été impressionné par la grâce déroutante des monstres de fer. Les armures automobiles semblaient les seuls artefacts issus de la technologie extra-humaine utilisés par les Ishkiss. Ils avaient fait cadeau d'un exemplaire aux ingénieurs des Ateliers impériaux, afin qu'ils étudient sa conception et analysent son fonctionnement. Le corpus des connaissances humaines s'était ainsi considérablement enrichi. Rapidement, la fusion des savoirs avait tourné à l'avantage des terriens. Car il parut bientôt évident que les Ishkiss ne dominaient plus les notions de physique ou de chimie indispensables à la manipulation des éléments fondamentaux. S'ils avaient développé une extraordinaire civilisation basée sur la maîtrise du vivant, ils s'étaient révélés largement distancés par les humains dans les autres domaines scientifiques. Si surprenant que cela pût paraître, les Ishkiss étaient venus chercher l'aide des humains, du moins celle des plus puissants. L'Empire napoléonien était à son apogée. Jamais autant de découvertes et d'inventions majeures n'avaient vu le jour en si peu de temps, et le siècle à venir s'annonçait des plus prometteurs. Alors, Badinguet avait décuplé ses ambitions, fort de sa position hégémonique et de l'alliance *imposée* aux Ishkiss.

Louis Napoléon avait importé son autorité sur chaque continent, partiellement du moins. La Terre n'était plus à sa mesure, désormais. Le Prince moribond de 1889, dépossédé d'une parcelle de son autorité par le Conseil et le Sénat — reliquats de l'éphémère Seconde République —, s'était métamorphosé en un tyran plein d'une énergie intérieure que rien ne semblait devoir affaiblir. Il avait profité des ressources de la technologie ishkiss pour repousser l'échéance fatale. Les ingénieurs avaient conçu pour lui un système unique et les Ishkiss avaient procédé à une série d'interventions au terme desquelles la nature du Prince s'était trouvée bouleversée.

Le cauchemar de la nuit pointait de nouveau. Andrieux se replongea dans l'article de Verne pour l'éloigner.

L'activité constante des ouvriers a pour but de constituer une flotte impériale d'un genre unique, encore jamais vu dans l'histoire. Oubliée, l'Invincible Armada du roi Philippe ! Place à l'Incroyable, l'Inimaginable, l'Inconcevable Armada de Napoléon III. Les navires assemblés dans les Ateliers de la Base Cyrano ne sont pas simplement destinés au transport de marchandises ou de troupes. Vous ne les verrez fendre les eaux d'aucune mer. Peut-être même ne les verrez-vous pas du tout, à moins de rejoindre à votre tour la Lune. Car la proue de ses navires n'est pas tournée vers la Terre, mais vers l'immensité infinie de l'espace. Le dessein impérial est des plus limpides pour qui sait observer : la conquête d'autres planètes. Oui, la Base Cyrano n'est que le point de départ d'une formidable phase d'expansion. Mais, inévitablement, des questions se posent : dans cette course planifiée aux étoiles, à supposer que le but soit jamais atteint, qui sera le vrai vainqueur ? L'Empire ou les Ishkiss ? Qui a réellement besoin de l'autre ? Il est en effet troublant de constater qu'on ne s'interroge guère sur les causes profondes ayant poussé les extra-humains à nous rencontrer. Certes, on sait aujourd'hui quels pro-

fits ils ont tirés des progrès de notre science. Il suffit de voir comment leurs vaisseaux sont transformés, rendus plus résistants et équipés pour le combat ; la chair, fragile, des nefs cosmiques se caparaçonne d'acier, les tubes des canons hérissent leurs coques blindées. Ils sont prêts à la guerre. À une guerre de conquête. Mais qui sera l'ennemi ? Nous l'ignorons encore. Eux n'ont-ils pas une idée de sa nature ? L'Empereur pourrait peut-être répondre à ces interrogations, lui qui a personnellement traité avec les ambassadeurs venus à sa rencontre, en 1889.

Andrieux reposa le dossier. Il s'empara d'une paire de ciseaux, prêt à effectuer une coupe à cet endroit de l'article. Les allusions aux ambitions bellicistes de Napoléon ne posaient pas vraiment de problème, tant la question avait déjà fait l'objet de débats au Conseil et dans les gazettes. D'un certain côté, elle flattait même le patriotisme des zélateurs de l'Empire. En revanche, les sous-entendus de Verne étaient plus gênants.

Cependant, Andrieux rangea ses ciseaux. Une censure trop rapide des propos de l'écrivain pouvait compromettre la mission de son agent secret. Jaume devait avoir les coudées franches pour agir. Verne devait se sentir en totale sécurité. Pour la première fois, Andrieux avait la possibilité de porter un coup décisif au réseau dissident de l'exilé de Guernesey. La Lune était le théâtre d'un affrontement larvé, avec pour enjeu l'avenir de l'Humanité. La présence de Verne indiquait clairement qu'il se tramait là-haut quelque machination susceptible d'infléchir la politique colonialiste de Louis Napoléon. Or, Andrieux n'avait rien vu venir, et cela lui déplaisait. Au diable, donc, la propagande et ses nécessités. Mieux valaient quelques égratignures portées par voie de presse au régime, que l'idée d'un complot dont les tenants et aboutissants auraient échappé à l'éminence grise du souverain.

Tout de même, Verne n'avait pas tort. Les Ishkiss ne pouvaient ignorer quel cadeau ils faisaient à l'Empereur. La conquête d'autres planètes, servie sur un plateau, avait obligatoirement un prix. Louis Napoléon en connaissait-il le montant ? Difficile à dire, car il ne se confiait plus guère depuis qu'il avait recouvré, sinon ses esprits, du moins sa santé.

Les cachotteries du Prince n'étaient pas du meilleur augure pour les ambitions d'Andrieux. Il ne pouvait pas concevoir que les Ishkiss eussent agi vertueusement, sans contrepartie. Or, celle-ci devait être de taille. Il fallait en avoir le cœur net.

Avec un peu de chance, Jaume pourrait apporter une réponse à la question qui taraudait le préfet : quelle était la motivation des Ishkiss ?

CHAPITRE V

Rodéo dans le désert

La première journée passée sur la Lune avait été riche en sensations. Point d'orgue de la visite effectuée sous la houlette de Bautrelet, la découverte des Ateliers impériaux et la rencontre, fugitive, avec un Ishkiss. Aussitôt de retour dans sa chambre, Jules s'était plongé dans la rédaction d'un compte rendu, à chaud. Il avait à peine relu son article avant de l'envoyer par courrier express sur Terre. Un insectoïde récoltait les ultimes messages peu avant l'heure du souper. Une luciole quittait la Lune à ce moment-là, pour arriver à Paris aux premières lueurs de l'aube. Une fois la maquette composée par les typographes, le papier de Jules trouverait sa place dans l'édition du lendemain du *Temps*, imprimé dans la matinée et vendu à la criée l'après-midi.

Jules avait ensuite rejoint les autres journalistes dans la salle de restauration. Giboulet commentait à grands renforts d'exclamations méridionales ses propres impressions. Il avait également commencé de rédiger un article à la gloire du génie de l'Empereur, qu'il entendait faire paraître en une de l'édition dominicale du *Sémaphore de Marseille*. Bautrelet l'écoutait poliment, tandis qu'Ernest prenait quelques clichés. Le maître d'hôtel servit la soupe et Giboulet se tut enfin.

La soirée ne s'éternisa pas. Au moment de se séparer, Isidore prit Jules à part.

« Que diriez-vous d'une petite excursion, pour demain ?

— Une excursion ? En surface ?

— Absolument. Rien que vous et moi. Inutile de s'encombrer de ce lourdaud grande gueule. »

Jules accepta, persuadé que la proposition avait un autre objectif que le plaisir d'une simple balade.

Cette nuit-là, il dormit comme un bébé.

Le lendemain, les habitudes étant prises, les journalistes se retrouvèrent à la même table pour déjeuner. Bautrelet n'évoqua pas l'excursion promise devant Giboulet, qui pérorait encore.

Un curieux incident interrompit cependant le Marseillais. Emma Stolz venait de faire une entrée remarquée, engoncée dans une robe à crinoline qui avait dû faire fureur dans sa prime jeunesse. La coquette se pavanait, fière comme un paon. Elle parvint ainsi jusqu'au milieu de la salle, indifférente aux sourires en coin des autres femmes. Soudain, alors que Giboulet s'était levé pour la saluer, elle poussa un cri bref, aigu, et, portant une main à son front, en un geste théâtral, elle s'effondra.

Les cerceaux et les baleines soutenant l'armature de sa robe plièrent sous le poids de la matrone. On se précipita à son secours, mais Giboulet prit de vitesse les autres sauveteurs.

« Des sels, boudiou, des sels ! » hurlait-il.

Le maître d'hôtel les lui apporta. Marius s'empara

du flacon et l'agita sous le nez de la malheureuse. Elle revint vite à elle, fit une grimace, incommodée par l'effluve des sels, puis tenta de se remettre d'aplomb. Elle vacilla, gênée par sa crinoline déformée. Galant, Giboulet lui offrit son bras. À contrecœur, elle s'appuya sur lui et, de guingois, clopina vers la sortie.

« Profitons de l'occasion », dit Bautrelet.

Jules admit que l'incident tombait fort à propos. La présence du Marseillais commençait à devenir pesante. Depuis l'envol de la nef, il n'avait pas quitté Verne d'une semelle. Pendant la visite des Ateliers, il s'était intéressé d'un peu trop près à son goût à ses prises de notes. Bref, les soupçons qui pesaient sur l'homme du Midi s'appesantissaient d'heure en heure.

« Ernest, tu vas attendre ici le retour du Marseillais et de sa dame. S'il te demande où nous sommes, emberlificote-le à ta manière. Je te revaudrai ça... », fit Bautrelet.

Ernest adressa un clin d'œil à son ami. Il prit un cliché des deux hommes, au moment où ils se levaient, puis se remit à dévorer croissants et brioches.

Jules et Isidore s'éclipsèrent, bras dessus, bras dessous, comme de vieux compères habitués à flâner sur les boulevards. Jules éprouvait pour le reporter un sentiment proche de l'amour filial. Il aurait apprécié que Michel ressemblât à Isidore. Oh, Jules aimait son fils, naturellement. Mais Michel, enfant tard venu, jeune homme sans relief, ne goûtait pas la vie avec l'enthousiasme brouillon d'Isidore. Père exempt de reproches, Jules l'avait toujours tenu à l'écart des vicissitudes de l'enfance. En conséquence de quoi

Michel n'avait pas développé un esprit bien aventureux, ni très imaginatif, au contraire de Bautrelet. Ce dernier évoquait l'image du bouillant gamin nantais qu'avait été Jules, parti à l'assaut de la capitale, décidé à en découdre avec les mots et avec la vie, un demi-siècle plus tôt.

Comment Jules aurait-il pu résister à l'attrait des fantômes du passé ? Pour autant, il n'avait pas abdiqué toute prudence et se demandait toujours si Isidore pouvait, oui ou non, s'avérer un allié sûr. La promenade dans le désert serait peut-être l'occasion de répondre à cette question. En tous cas, Jules l'espérait sincèrement, tant il avait hâte de savoir à quoi s'en tenir.

Ils empruntèrent tout d'abord un tapis roulant, qui les conduisit jusqu'à l'anneau périphérique encerclant la Base. Jules s'était résolu à adopter le moyen de locomotion privilégié des sélénites, non sans une certaine appréhension. Il dut convenir toutefois que l'emploi des chaussées mobiles se révélait aisé et amusant. Passé les premiers instants où la gaucherie des gestes menaçait de faire perdre l'équilibre, on se piquait au jeu. Jules parvint même à étonner Isidore : il effectua un bond gracieux et se reçut avec souplesse sur la partie fixe de la chaussée, au moment où ils arrivèrent à destination. Très vite, le pied marin du vieux capitaine avait su s'adapter au roulis artificiel.

« Nous voici rendus, dit Bautrelet. Il faut montrer patte blanche. Nos lettres d'accréditation suffiront. »

Une casemate grillée jouxtait un portail, encadré par deux soldats à l'air mauvais. Un bonhomme rondouillard se tournait les pouces derrière le guichet. Il examina les documents remis par Bautrelet, y apposa un coup de tampon, puis les lui rendit accompagnés d'un commentaire aimable.

Isidore et Jules s'avancèrent jusqu'au portail. Sur un signe du préposé, les gardes entrebâillèrent un battant. Celui-ci franchi, on pénétrait dans un autre univers.

La température avait chuté, passant en dessous de zéro, comme en témoignaient les stalactites glacées suspendues au plafond. Des paillettes de givre couvraient le plancher, crissant sous les semelles. Le froid, vif, saisissait à la gorge, tel un invisible assassin. Des volutes cotonneuses s'échappaient d'entre les lèvres des journalistes. Jules ne se serait pas étonné de voir surgir un Esquimau armé de son harpon. Nul Inuit cependant dans la salle frigorifiée. Mais l'endroit n'était pas désert pour autant. Les habitants de ce morceau de banquise arraché aux pôles se tenaient alignés contre les murs, accrochés à des patères, prisonniers d'une gangue de glace peu épaisse. De la taille d'un chat, ils n'en avaient toutefois ni la silhouette gracieuse, ni le pelage soyeux. Une image venait à l'esprit en les observant de près : celle de ces pieuvres miniatures qui peuplent les rivages des mers du Sud, avec leur grosse tête ballonnée prolongée de tentacules. La ressemblance s'arrêtait là. Pas trace d'yeux, de bouche ou de bec, rien qui rappelât un quelconque appendice destiné à la sustentation.

Bautrelet rompit le silence. Il appela :

« Ohé, quelqu'un ? Georges, mon vieux, êtes-vous dans les parages ? »

Une porte claqua. L'écho de la déflagration, métal contre métal, se répercuta d'un mur à l'autre de l'igloo. On entendit un halètement, le bruit d'une marche précipitée sur la couverture de givre. Une silhouette emmitouflée dans un manteau de fourrure fit son apparition.

« Veuillez excuser mon retard. J'ai été bêtement retenu à côté. Je ne trouvais plus ce fichu manteau, et il m'avait semblé que... non, je me trompais. Heureux de vous revoir, Monsieur Isidore. Notre bonne vieille Lune vous manquait, je parie.

— On ne peut rien vous cacher, Georges. Auriez-vous des équipages disponibles ? Mon ami n'a pas encore effectué son baptême en surface.

— Oh, je vois. Bien, il se pourrait que... Oui, ma foi, oui... »

Curieux personnage ! Il frottait une main squelettique contre un menton aigu, surmonté d'un tarin qui aurait fait pâlir de jalousie Cyrano lui-même. Il semblait que les sélénites ne partageaient plus tout à fait les caractéristiques des terriens, que les moindres défauts de leur morphologie s'étaient exacerbés, jusqu'à la caricature, dans l'ambiance irréelle de la Base.

« Veuillez me suivre, je vais m'occuper de vous. Une partie de votre équipage est en sommeil, Monsieur Isidore. Vous auriez dû m'avertir... Bah, ça ne fait rien. J'en ai d'autres prêts à sortir. »

Il entraîna les journalistes à l'écart de la petite colonie en hibernation. Au fond de la salle s'étendait un bassin dont la surface solide scintillait dans la lumière électrique. Des ombres lentes se mouvaient sous la glace. D'un trou percé sur la bordure, on entrevoyait les eaux du modeste abysse.

« Eh bien, Messieurs, que diriez-vous d'une partie de pêche ? » fit Georges.

Il s'empara d'une épuisette, plongea le filet dans le bassin et attendit. Bientôt, une ombre se glissa dans les mailles, docile. Georges remonta sa prise et l'exhiba à la lumière.

« Alors, Messieurs, à qui l'honneur ? » demanda-t-il.

Entre ses mains, l'espèce de pieuvre paraissait fragile. Isidore n'hésita pas. Il s'en saisit délicatement et, ouvrant le haut de sa chemise, la glissa contre sa poitrine. La bestiole s'y ventousa, s'aplatissant jusqu'à n'être plus guère qu'une seconde peau, grisâtre, luisante.

« Il lui faut s'adapter à la température de mon corps, indiqua Isidore. C'est indolore, quoi que peu ragoûtant, au début. »

Georges avait pêché une autre pieuvre. Jules imita son compagnon, pas tout à fait à son aise malgré les propos rassurants tenus par ce dernier. Le mol animal n'était pas d'un contact aussi répugnant qu'il s'y attendait. On aurait dit un cataplasme, tiède et humide, appliqué sur un membre fiévreux.

« Passons à la suite, voulez-vous ? » fit Georges.

On abandonna le frigo aux pieuvres endormies, congelées, pour une seconde salle, séparée par une porte étanche. Jules reconnut des stalles, sur sa droite, délimitées par de hautes cloisons métalliques. L'odeur ne trompait pas : c'était celle, forte mais agréable, qui régnait dans les écuries terriennes. Au moins, se réjouit-il, rien ici de déstabilisant. Quand il aperçut les montures que Georges leur destinait, Jules révisa son jugement. Il ne fallait pas oublier qu'il se trouvait sur la Lune. Ici, les choses n'avaient jamais que l'apparence de la normalité.

La bête possédait une paire de pattes supplémentaire et un blindage chatoyant. Une paire d'antennes et des mandibules. Néanmoins, elle faisait un parfait baudet, assura Georges.

Isidore intervint :

« Ces insectoïdes sont adaptés à l'environnement lunaire, à sa faible gravité, à ses formidables amplitudes de température, etc. Mais nous ne le sommes pas ! »

Ce disant, il enfourcha l'abdomen du coléoptère. Celui-ci était fendu dans sa largeur, comme cisaillé net par une lame géante. Bautrelet enfila ses jambes dans la plaie, par ailleurs très propre, puis, à la stupéfaction de Verne, il disparut à l'intérieur de l'insectoïde ! Jules eut un mouvement de panique, mais Georges l'empêcha de se précipiter au secours du jeune homme. Un instant plus tard, Bautrelet réapparut, enveloppé d'une couche de gelée jaunâtre. On l'aurait dit badigeonné de miel.

La fausse pieuvre n'était pas restée inactive. Elle avait déployé deux tentacules effilés et souples, dont l'un s'enfonçait dans la bouche du journaliste, l'autre dans sa narine gauche.

Soumis à pareil traitement, Bautrelet souriait, fier de l'effet produit. Georges expliqua :

« La substance sécrétée constitue un parfait isolant thermique, et vous verrez qu'on oublie vite sa présence. Contrairement à un scaphandre, lourd et peu maniable, qui use les forces des promeneurs. Ça n'est finalement qu'un vêtement supplémentaire, léger et parfumé, de surcroît. Au retour, il suffira de quelques minutes pour cristalliser la couche protectrice et vous en débarrasser. Une simple réaction chimique, commandée par votre équipage.

— Et la... pieuvre ? demanda Jules.

— L'animalcule, comme on l'appelle ici, est partie intégrante de l'équipage. Il se connecte à la réserve d'air contenue dans la partie inférieure du gros abdomen de son compagnon. Il prend l'exacte mesure de vos capacités pulmonaires, s'adapte à votre rythme cardiaque, pompe l'oxygène et évacue le gaz carbonique, tout en veillant au maintien de votre température interne. S'il décèle la moindre anomalie, il enverra à votre guide le signal adéquat, et celui-ci regagnera la Base d'urgence. Il n'y a rien à craindre. Les Ishkiss ont pensé à tout !

— Comme à leur habitude », fit Jules, sur un ton sarcastique.

Georges ne releva pas. Il désigna un second coléoptère, parqué dans la stalle voisine.

« Voici l'autre membre de votre équipage. Je vais vous aider à passer votre combinaison spéciale. La gelée royale, c'est comme ça...

— ... qu'on l'appelle ici, oui, je m'en doute. »

Jules se laissa faire. Georges puisait la gelée dans la réserve abdominale de l'insectoïde à pleines poignées, qu'il étalait ensuite d'un geste précis, économe et mesuré. Jules s'enduisit le visage lui-même. Au toucher, la manne imperméable était plutôt douce, pas du tout poisseuse comme on aurait pu le supposer. On voyait parfaitement à travers la couche translucide, qui laissait filtrer les particules contenues dans l'atmosphère de la Base.

Jules s'installa sur le dos du coléoptère, qui ne broncha pas, comme naturalisé. Il se cala dans le renfoncement moelleux aménagé derrière la tête, bloquant ses semelles contre le haut de la première paire de pattes.

L'animalcule réagit instantanément. Un tentacule, en fait une espèce de tuyau caoutchouteux, se déploya en direction d'une ouverture pratiquée sur le flanc de l'insectoïde. Deux autres rampèrent sur le torse de l'écrivain, avant de s'infiltrer sous la couche de gelée. Jules n'était pas tranquille, appréhendant l'intrusion de ces corps étrangers dans son organisme. Il se raidit, prêt à repousser l'assaut. Mais, à son grand étonnement, l'opération était totalement indolore. Il eut l'impression d'avaler une goulée de vin frais, d'inhaler une bouffée de parfum capiteux, et ce fut tout.

« Vous voilà parés », fit Georges.

L'homme au manteau fourré se saisit des longes qui pendaient au cou des coléoptères et les fit sortir de leurs stalles. Isidore adressa un signe d'encouragement à Jules. Celui-ci n'osait pas ouvrir la bouche, de peur de s'étouffer. Comment allaient-ils communiquer, dehors, avec ce satané masque de gelée qui les emprisonnait ?

Ils traversèrent l'écurie dans toute sa longueur. Jules constata que la plupart des stalles étaient vides. Georges fit pénétrer les équipages dans la cage d'un monte-charge, où il monta à son tour. Il rabaissa la grille amovible, actionna un levier et l'ascension commença. Une minute plus tard, la plate-forme s'immobilisa. Georges libéra les deux cavaliers avant de refermer la grille derrière eux.

« Je vous souhaite une agréable promenade, Messieurs ! » lança-t-il, avant de regagner le sous-sol.

Jules regarda l'étrange bonhomme disparaître dans les entrailles de la Lune. Puis il s'intéressa à son nouvel environnement : un simple corridor, taillé à même la roche, étayé par des arcs voûtés en acier. Nulle démesure, nulle excentricité dans le décor, rien de l'exubérance baroque des étages inférieurs. Rien que le roc, nu, gris, griffé par les coups de pioche des ouvriers qui avaient travaillé là. Jules comprit que ce passage n'était pas emprunté par les hôtes privilégiés de la Base, mais qu'il était fréquenté par le bétail humain, par les forçats.

« *Ce tunnel conduit au site choisi pour le transit de la flotte impériale, quand celle-ci sera achevée.* » Jules sursauta. La voix d'Isidore avait résonné à ses oreilles, distincte, comme s'il avait chuchoté directement dans ses tympans. Il avait rapproché sa monture de celle de Verne. Les antennes des deux étranges destriers se touchaient, vibrant ensemble quand Bautrelet parlait.

« *Vous pouvez me répondre. Votre équipage va propager les ondes émises jusqu'au mien, qui me les traduira en langage intelligible. Tant que le contact est établi, nous pouvons communiquer. Je ne connais pas de moyens plus sûrs pour échanger des secrets sans risquer d'être surpris par une oreille importune.* »

Jules acquiesça. Il commençait d'entrevoir ce qui avait poussé le reporter du *Petit Parisien* à organiser cette escapade. Il prit soin de bien articuler : « *Ainsi, nous avons des secrets à échanger ?* »

Les mots semblaient couler depuis la gorge, rouler sur la peau, puis se métamorphoser en impulsions électriques qui chatouillaient chaque nerf, avant d'être dirigés vers les antennes de la monture. Jules réalisa que cavaliers et animalcules formaient un tout dont la somme était supérieure à la simple addition de chaque élément. Une forme d'association parfaite, où les talents s'unissaient pour le bien commun. À l'image de l'alliance, plus vaste, entre Ishkiss et humains ? Rien de moins certain.

« *Nous verrons. Pour l'instant, je vous propose de quitter cet endroit. Pour vous diriger, donnez de petits coups de talon dans la direction voulue. Piquez des deux pour gagner de la vitesse, serrez fort pour freiner. L'équipage est très docile.* »

Jules suivit Isidore. Le corridor se prolongeait sur une centaine de mètres. Il s'achevait brutalement devant une paroi métallique. Celle-ci s'effaça en grondant, avalée par une fente dans le sol, puis se referma sur le passage des équipages.

« *Nous nous trouvons dans un sas étanche, commandé depuis le niveau inférieur. Dans un instant, le panneau extérieur va s'abaisser. Lui seul nous sépare désormais des paysages extravagants de la Lune* », précisa Bautrelet. Jules était sur des charbons ardents. Quand, une éternité plus tard, le panneau se mit à coulisser, dévoilant un mince ruban de ciel ténébreux, il crut défaillir. Cela faisait si longtemps qu'il n'avait plus connu pareille émotion !

La Lune apparut donc, strate après strate, depuis la crête dentelée de ses montagnes sans fin, jusqu'à la couverture de poussière des dunes craquelées, percées d'innombrables impacts de météores ; un livre magique, ouvert pour satisfaire l'appétit de voyages extraordinaires des éternels enfants rêveurs. Jules eut une pensée pour Hetzel, autre grand boulimique de découvertes. Jamais la préfecture de Police n'autoriserait l'éditeur, suspecté d'accointances avec les milieux socialistes, à embarquer pour la Lune. Mais Jules saurait la lui conter. Pour cela, il lui fallait emplir ses yeux jusqu'à saturation des images oniriques offertes par le panorama.

Ce qu'il fit, quand les insectoïdes dévalèrent la pente menant à la plaine sous laquelle s'étendaient les ramifications de la Base Cyrano. La tour centrale se dressait devant eux tel le moyeu d'une gigantesque roue. La nef ishkiss avait quitté le nid. Le navire animal avait repris la route de la Terre, colportant son lot de fonctionnaires impériaux et de riches visiteurs. La tour n'était plus qu'un corps sans tête, immobile dans le désert.

Ils contournèrent au petit trot l'éminence qui séparait la plaine du désert. Les coléoptères semblaient glisser sur le sol, à peine effleuré par l'extrémité de leurs pattes. Un effet probable de la faible gravité, pensa Jules.

Lorsqu'ils atteignirent le versant opposé de la butte, Jules eut l'impression d'avoir effectué un bond de trois mille ans en arrière et d'être revenu au temps des bâtisseurs de pyramide.

Le chantier des nouveaux esclaves s'étendait à perte de vue, dans toutes les directions. Des milliers d'hommes et de femmes confondus maniaient leurs outils sous la surveillance des matons juchés sur des insectoïdes. Les forçats allaient à pied, vêtus d'un habit sommaire, simplement munis d'un animalcule sous leur couche de gelée protectrice. Des insectoïdes, l'abdomen gonflé comme une baudruche, circulaient entre eux, et les petites pieuvres plongeaient leurs tentacules dans la réserve d'oxygène à intervalles réguliers.

Les bagnards charriaient des blocs de roc énormes, dégageant les futures aires d'alunissage dévolues aux vaisseaux de la flotte impériale. Ils recouvraient ensuite la plaine d'acier, comme s'ils avaient voulu passer une armure à la Lune. Déjà, une surface de plusieurs hectares avait été aplanie et tapissée.

« *Bientôt la Base Cyrano possédera un port d'un genre particulier*, commenta Bautrelet. *Une fois la plaine domestiquée, quatre tours Eiffel de taille réduite seront érigées aux angles du quadrilatère formé par le site de parcage des navires. Des souterrains relieront le port astral au reste de la Base. D'ici, cinq cents navires pourront s'élancer vers les étoiles.* »

Jules prenait soudain la pleine mesure de la folie du tyran. Louis Napoléon ambitionnait d'imposer sa marque à l'univers, rien de moins. Et qui pourrait l'en empêcher ? Jamais un prince terrien n'avait possédé un semblant de puissance qui pût rivaliser avec la sienne. Jamais, non plus, un dictateur n'avait sombré dans un tel délire mégalomaniaque. Mais pour le comprendre, il fallait avoir contemplé le spectacle du labeur des forçats. Combien étaient-ils à l'avoir fait ? Certainement bien peu. La populace terrienne n'avait aucune idée de ce qui se tramait ici. Les maigres informations filtrées par la censure qui parvenaient sur Terre ne pouvaient pas, à elles seules, dessiller tout un peuple. Il fallait, pour ce faire, une action radicale, une véritable révolution. De ce point de vue, Babiroussa et sa correspondante avaient raison.

Mais où se trouvait Louise Michel ? Était-elle perdue dans cette foule ? Si oui, comment la reconnaître ? Les malheureux se ressemblaient tous, modelés par une même peine : les os saillants, le crâne tondu, un surcot de toile rêche sur leurs maigres épaules, les fers aux chevilles. Ils travaillaient dans un silence impressionnant, car la Lune avalait les sons, à la manière d'un épais tapis de laine. De plus, les gardes-chiourme interdisaient l'accès au chantier proprement dit. Ils avaient délimité un périmètre de sécurité autour des manœuvres enchaînés, arpenté par des équipages d'un genre particulier. Les coléoptères des matons étaient affublés d'un rostre sur le front qui les faisait ressembler à des contrefaçons de rhinocéros. Les cavaliers brandissaient qui une schlague, qui un gourdin, dont ils n'hésitaient pas à faire usage au détriment du troupeau humain.

« *Un nouveau cercle de l'Enfer, pas plus clément que celui des tropiques. La Pénitentiaire n'a pas assoupli son régime en prenant de l'altitude*, dit Bautrelet.

— *Et pourquoi l'aurait-elle fait ?* rétorqua Jules.

— *Vous n'êtes plus obligé de jouer l'indifférence. Je ne suis pas comme mon collègue marseillais. Je pensais vous l'avoir prouvé.* (Isidore eut un soupir, qui secoua les antennes des insectoïdes.) *Il faut me faire confiance, Monsieur Verne. Je ne porte pas l'Empire et ses institutions dans mon cœur. Je sais qu'il existe un réseau de résistants, affilié à l'exilé de Guernesey, et dont certains intellectuels sont, sinon les animateurs, du moins des fidèles. Votre retour en Europe a alerté le pouvoir. En ce moment, la police est sur les dents. La Base grouille d'espions au service du préfet Andrieux, le chef incontesté des forces de l'ordre. Ils ne peuvent rien contre vous tant que vous jouez les simples touristes, mais au moindre faux pas, ils vous tomberont dessus. Seul, vous n'avez guère de chances de réussir, quelle que soit votre mission. Mais si vous acceptez mon aide...* »

Jules interrompit Isidore. Il ne pouvait pas se permettre de lui dévoiler la vérité, pas encore, du moins. Il choisit de le brusquer un peu, de manière à affermir ses positions, sans avoir l'air d'y toucher, de faire passer un message clair, sans pour autant faire des aveux.

« *Cherchez-vous matière à un article à sensation, Monsieur Bautrelet ? Je connais vos enquêtes, votre goût du scandale. Vous êtes un trublion, dans votre genre, que le pouvoir a également dans le collimateur. La censure guette vos publications, prête à trancher les mots qui fâcheraient le souverain. C'est fort bien. Tout prince a ses bouffons. Mais ces gens dont vous parlez, ces résistants comme vous les appelez, ne se contentent pas de dénoncer à mots couverts les égarements du pouvoir. Ils luttent chaque jour, chaque heure, sans répit, jouant leur vie et celle de leurs proches, avec une farouche détermination, pour balayer la dictature et faire triompher la cause de l'égalité et de la justice sociale. Je ne fais que citer les propos de la propagande marxiste, ne vous méprenez pas. Voyez-vous, si j'appartenais effectivement à cette organisation secrète, il me faudrait un meilleur gage de bonne volonté qu'une confession faite devant les déchus de la société. Ne vous offusquez pas, mais votre bonne foi ne saurait suffire.* »

Jules avait parlé avec rudesse, bien que cela lui coûtât de malmener Isidore. Il lut la déception sur le visage du reporter. C'était encore un gamin, incapable de maîtriser ses émotions. Ou un exceptionnel comédien. Cependant, son discours avait fait mouche.

L'endroit avait été idéalement choisi pour une confession. L'extrême dépaysement, la vision des souffrances infligées aux forçats, tout concourait à faire tomber les masques. Jules avait failli évoquer Babiroussa, le géant fatigué, ses craintes, ses aspirations. Il s'était ravisé au dernier moment. Trop tôt encore pour accorder sa confiance, estima-t-il. Bautrelet l'avait dit lui-même, la Base Cyrano regorgeait d'agents secrets. Le risque d'une trahison, même involontaire, demeurerait un obstacle incontournable entre les deux journalistes.

Jules préféra changer de sujet :

« *Pensez-vous qu'il soit possible de rencontrer des forçats sur leur lieu de détention ? D'obtenir des témoignages dignes de confiance ?*

— Ce n'est pas habituel, mais je pourrai user du crédit que me prêtent certains militaires. Voyez-vous, en dépit des critiques que j'adresse au pouvoir, les petits fonctionnaires de l'Empire trop longtemps reclus sur la Lune apprécient que je ne cède pas au dithyrambe ordinaire, comme c'est l'usage pour mes confrères. L'éloignement d'avec les leurs a érodé le patriotisme de ces hommes pourtant fidèles à l'Empereur. Ce n'est pas un des moindres paradoxes de la Lune. Je pense donc que nous pourrons investir le niveau du bagne, demain, pour une heure ou deux. Alors peut-être comprendrez-vous que vous pouvez me faire confiance ? »

La suspicion de Verne le déroutait. Malgré tout, il ne paraissait pas en vouloir à l'écrivain. Si son ego souffrait, il devait en imputer la faute aux règles d'un système où la défiance était assimilée à de la simple prudence.

« Poussons un peu plus loin, si vous le voulez bien. Au-delà du chantier, dans le désert. Avec un peu de chance, nous pourrons y faire de surprenantes rencontres. »

Sans attendre la réponse, Bautrelet donna le signal du départ à sa monture. Jules le suivit sur la piste tracée par les équipages de matons, qui avaient creusé dans le sable et le roc tendre des ornières profondes. Ils longèrent les abords du chantier, sous le regard inquisiteur des surveillants et celui, souvent chargé de haine, des bagnards. Pour ces derniers, les cavaliers n'étaient que des bourgeois en mal d'émotions fortes qui venaient se distraire de leur misère, comme ils l'auraient fait des élucubrations des singes au Jardin des Plantes.

Jules fut soulagé quand ils obliquèrent en direction du désert. Les coléoptères menaient bon train, filant à la vitesse d'un cheval au galop. Leur complexion particulière limitait heureusement les effets des cahots, inévitables sur un terrain aussi accidenté. Sans être pour autant confortable, la posture des cavaliers épargnait les articulations sensibles. Il y avait même dans cette chevauchée fantastique une part de jouissance, qui ressortissait à une espèce de joie primitive. La Lune offrait des espaces de liberté absolue, encore vierges et sauvages à leur manière. S'ils n'avaient pas l'éclat des îles Vierges découvertes par les conquistadores, ni la splendeur chromatique de l'Ouest américain, leur beauté n'en était pas moins violente ; la palette des gris, déclinés à l'infini, d'une richesse insoupçonnée. La lumière résiduelle dispensée par un Soleil invisible, caché derrière la Terre, révélait un monde mort plus fascinant que bien des havres grouillant de vie.

Isidore ralentit sa course, immobilisant son équipage au milieu de nulle part. Jules stoppa à sa hauteur. Dans son dos, la tour centrale de la Base Cyrano évoquait un champignon au pied enflé, réduit par la distance. Isidore renoua le contact : « *La chance est avec nous. Ils sont là... Voyez.* »

Il s'était redressé et pointait son index vers l'horizon. Jules ne vit d'abord rien que de la poussière et, au loin, les façades abruptes des montagnes. Puis il distingua un mouvement, à peine une altération dans l'ordonnancement strict du paysage, comme une vague de chaleur oscillant à la surface de la Terre, là où le soleil frappait le plus durement. Mais il n'y avait pas de mirages sur la Lune. Jules plissa le front, concentrant toute son attention sur le phénomène. Quoi que ce fût, cela se rapprochait. À mesure que *ça* progressait dans leur direction, ses contours gagnaient en netteté. On eût dit un nuage de vapeur, une buée dense, presque solide, blanchâtre. Ça formait des volutes, des spirales à la manière des tornades, mais sans violence. Jules pouvait sentir l'innocuité de la chose dans l'élégance de ses mouvements. Rien d'aussi gracieux ne pouvait s'avérer dangereux.

Au contraire, il émanait de l'ensemble une impression de vulnérabilité, presque de fragilité. Sur Terre, le moindre coup de vent, la plus petite averse, aurait pu blesser ceux qui dansaient dans le désert lunaire. Des Ishkiss, comprit Jules ; des Ishkiss débarrassés de leurs indispensables prothèses mécaniques, des Ishkiss sans entraves, livrés au bonheur simple de la liberté. Ils donnaient un ballet pour les étoiles.

Ils approchaient. Jouaient-ils, ou bien se livraient-ils à un rituel complexe ; se mesuraient-ils les uns aux autres en une joute subtile, voire, on ne savait jamais, s'accouplaient-ils ? Peu importait. L'effet produit enchantait les sens. Les créatures diaphanes — combien étaient-elles ? dix, cent, mille ? impossible de les dénombrer avec certitude — possédaient l'envoûtant pouvoir que l'on concède aux héros des légendes et de la mythologie. On les avait comparées à des spectres, souvent. Quelle erreur ! Aucun revenant ne pourrait rivaliser d'élégance avec les Ishkiss, à supposer que les limbes ouvrissent jamais leurs portes.

Jules n'aurait su dire combien de temps dura l'exhibition des extra-humains. Il avait perdu toute notion de durée ; heures, minutes, secondes ne signifiaient plus rien. Quand les dieux d'une étoile étrangère dansent pour vous, Chronos lui-même s'incline.

Mais Bautrelet se manifesta, arrachant Jules à sa contemplation.

« *Il faut prendre le chemin du retour. Nos réserves d'oxygène ne sont pas inépuisables.* »

Ils tournèrent bride. Jules ne put s'empêcher de jeter un dernier coup d'œil par-dessus son épaule, tandis qu'ils s'éloignaient. Les Ishkiss avaient disparu, à croire qu'ils n'avaient été qu'une illusion.

Les coléoptères avaient recouvré leur allure de croisière. Les cavaliers arrivaient à proximité du chantier. Ils apercevaient les silhouettes de fourmi des équipages gardes-chiourme, posés sur la crête d'horizon. Isidore caracolait en tête depuis plusieurs minutes. Il avait pris une nette avance sur son compagnon et l'écart se creusait davantage chaque seconde, tant il menait un train d'enfer. Subitement, le jeune reporter fut catapulté dans les airs. Son insectoïde effectua un roulé-boulé, après qu'une de ses pattes se fut brisée à hauteur de l'articulation. La gravité réduite étira les trajectoires des deux projectiles vivants de telle sorte qu'elles parurent sans fin. On aurait pu croire Bautrelet vomi de la gueule d'un canon. Hélas, aucun filet n'amortit l'impact quand il rebondit finalement sur le sable.

Jules arriva rapidement à ses côtés, serrant l'abdomen de sa monture de toutes ses forces pour l'obliger à stopper. Isidore gisait sur une couche épaisse de poussière, à quelques mètres seulement d'un bloc de rochers saillants, sur lequel il aurait pu se briser l'échine. Néanmoins, le choc avait été rude. L'animalcule semblait avoir mal accusé le coup. Ses tentacules fouettaient le vide, déconnectés de leur réserve d'oxygène et des poumons d'Isidore. Il allait manquer d'air ! Jamais il ne pourrait retenir sa respiration jusqu'à la Base !

En dépit de l'affolement qui le gagnait, Jules se pencha sur le corps du reporter, qui s'agitait et tentait de se relever. La couche de « gelée royale », particulièrement résistante, était intacte. L'animalcule, obéissant sans doute à un réflexe conditionné, se contorsionna dans le sable et reprit sa position initiale, sur la poitrine d'Isidore. Il disposait peut-être de sa propre réserve d'oxygène, espéra Jules. Mais rien ne garantissait qu'elle suffirait à maintenir le jeune homme en vie encore longtemps. Il fallait réagir, et vite. Jules empoigna solidement le gisant par la taille et le hissa sur son coléoptère. Puis il partit au triple galop, le cœur battant la chamade.

Bautrelet respirait encore, mais avec difficulté.

Sous son masque translucide, il changeait de couleur, virant à l'écarlate. Le chantier était tout proche, à présent, mais il fallait le contourner, puis gravir le flanc de la butte où débouchait le sas de communication avec la Base. Jules n'aurait jamais le temps d'arriver jusque-là. Pourtant, il s'acharnait à donner des coups de talon pour presser l'allure. Il ne permettrait pas la mort du jeune homme qui suffoquait contre sa poitrine... C'était trop bête, trop injuste !

L'insectoïde emballé surgit sur le chantier. Au diable les consignes de sécurité ! Jules fonça droit dans la marée humaine, qui s'écarta sur son passage. Les forçats interloqués se jetaient sur le côté au dernier moment, franchissant d'un bond une dizaine de mètres. On eût dit une assemblée de puces savantes exécutant leur numéro...

Toutefois, Bautrelet était en train de mourir. Jules aurait tout donné pour prendre sa place, si seulement il l'avait pu. Prendre sa place... C'était l'idée ! Mais comment faire pour que la pieuvre comprenne ? Ce maudit animalcule restait attaché aux membres de son équipage, et à eux seuls. Jules eut beau tempêter, tenter de recracher le tentacule qui s'enfonçait dans sa gorge, rien n'y fit.

Tout semblait perdu.

Alors, une nuée blanche tombée du ciel enveloppa l'équipage. Une sorte de brouillard, mais un brouillard vivant, qui se contorsionnait, changeait sans cesse de forme. Le chantier, les silhouettes des forçats, s'estompèrent, et disparurent. Ne subsista plus que le vague cotonneux du nuage inattendu. Jules perdit ses repères. Il ne savait plus s'il devait orienter son équipage à droite, à gauche, devant ou derrière.

Il n'avait même plus l'impression de toucher le sol. Il se sentait extrêmement léger. Entre ses bras, Bautrelet avait repris un souffle régulier. Il respirait normalement ! Il ouvrait même des yeux étonnés, dans lesquels Jules lut mille questions. Mais il n'avait aucune réponse à lui offrir.

D'un coup, le nuage s'évapora. Le décor avait changé. Ils étaient de retour dans le sas de décompression. Le panneau ouvrant sur le corridor coulissa lentement. Les pieuvres rétractèrent automatiquement leurs tentacules. La couche de gelée commença à se fissurer, comme prévu, libérant les cavaliers.

Georges, emmitouflé dans son sempiternel manteau, se rua dans le sas. Il avait le visage décomposé et ses grands bras effectuaient de furieux moulinets.

« C'est extraordinaire ! Incroyable ! Miraculeux ! hurlait-il.

— Je vous en prie, calmez-vous. Allez chercher du secours. Isidore a failli mourir..., fit Jules.

— Je vais bien, à présent », le rassura Bautrelet.

Toutefois, il était parcouru de frissons et grimaçait, encore tout chamboulé par sa séance de rodéo. Peu à peu, son visage contusionné reprenait des couleurs. Il fit bouger ses jambes et poussa un geignement.

« Je crois que ma cheville est brisée, fit-il, piteux.

— Mais que s'est-il passé ? demanda Jules.

— C'est incroyable et pourtant vrai, répéta Georges. J'ai tout vu, depuis mon poste de vigie. Je n'en ai pas cru mes yeux.

— Parlez, bon sang, intima Jules.

— Ils sont venus vous sauver. Ils ont surgi d'on ne sait où et ils vous ont transportés jusqu'ici, en un éclair ! Je n'avais jamais vu ça.

— Ils... ?

— Les Ishkiss, dit Bautrelet. Les Ishkiss vous ont aidé à me sauver, Monsieur Verne. Les Ishkiss ont choisi de vous faire confiance. »

Intermède

UN COUP DE SANG EN PERSPECTIVE !

L'inspecteur principal Jaume passait un mauvais quart d'heure. Andrieux était hors de lui. Il vociférait, coincé dans l'alvéole de transmission entre la Terre et la Lune. Par bonheur, trois cent quatre-vingt mille kilomètres et des poussières séparaient les deux hommes.

« Qu'est-ce qui vous a pris, sombre crétin ? Si vous me l'aviez tué, comment démanteler le réseau des anarchistes ?

— J'ai cru que... enfin, hier matin, votre message... »

Jaume en frémissait encore. Quelle horrible sensation ! Il avait eu la peur de sa vie quand la voix du préfet avait résonné sous son crâne, aussi distincte que s'il lui avait parlé à l'oreille. Surtout, il avait senti quelque chose glisser dans son cerveau. Ne pouvant supporter l'idée d'héberger un parasite, il s'était évanoui. Mais le contact avait été établi entre les esprits des policiers, désormais branchés sur la même longueur d'onde. Il suffisait que l'un d'eux utilisât une machine amplificatrice, comme celle installée dans les caves de la préfecture de Police, pour qu'une conversation secrète pût avoir lieu.

Andrieux avait dû attendre que son agent fût remis

de ses émotions pour lui communiquer ses directives. À ce moment-là, Jaume, qu'on avait reconduit dans sa chambre d'hôtel, n'avait pas encore pleinement récupéré. Si bien que le message de son supérieur ne lui était pas apparu dans toute sa clarté. Il avait été question d'une intervention rapide, et l'image de Jules Verne s'était imposée à la surface de sa mémoire. Déboussolé, Jaume avait compris que le plan entrait dans une phase active et radicale.

« Bougre d'imbécile, il s'agissait de finasser ! Ce n'est pas votre genre, espèce de lourdaud. Je vous demande un peu ! Un pareil sabotage ! Qui a bien pu vous mettre une pareille idée dans le crâne ! »

Jaume faillit répondre : « Mais, vous, Monsieur... » Il se ravisa, pas tout à fait certain que le préfet fût réellement responsable. La chose dans son cerveau ne l'avait-elle pas influencé ? En tout cas, elle lui avait indiqué la marche à suivre pour pratiquer l'incision de l'articulation du coléoptère. Sans elle, Jaume n'aurait pas été foutu de s'y retrouver dans cet imbroglio biologico-mécanique. Après tout, le parasite de communication pouvait s'avérer utile, tant qu'il se bornait à son rôle d'interface... Andrieux interrompit le cours de ses pensées :

« À présent, Verne va être sur ses gardes. Il suffisait de l'affoler en lui faisant *discrètement* savoir que vous le teniez à l'œil, afin de le pousser à la faute et qu'il dévoile ses atouts.

— Tout n'est pas perdu, plaida Jaume. Heureusement, j'ai saboté le mauvais insectoïde, et c'est le petit journaliste qui a profité de la leçon.

— Ça ne peut pas lui faire de mal, effectivement, à ce Bautrelet. Depuis le temps qu'il nous nargue...

— Et puis, ajouta Jaume, profitant de l'apaisement du préfet, ça a provoqué une réaction intéressante chez les Ishkiss. L'un d'eux a secouru les dissidents. Cela confirme ce dont nous nous doutions depuis un moment.

— À savoir que la sédition a gagné un groupe d'extra-humains, oui. Mais ça ne nous avance guère. Nous ne savons toujours pas comment, ni pourquoi. Vous êtes certain, au moins, de ne pas vous être fait remarquer ?

— Absolument. D'autant que je n'ai pas opéré sous mon déguisement actuel. J'ai pris la précaution de me grimer. Sur ce point, la chance est avec nous. J'ai la possibilité d'égarer facilement les soupçons.

— Expliquez-vous.

— Regardez. »

Jaume fit un effort de concentration pour diffuser dans l'esprit d'Andrieux les portraits détaillés des personnages qu'il avait joués la veille. Quand il saisit l'astuce, le préfet se rasséréna. Après tout, son agent n'était pas si stupide.

Jaume continua :

« Le photographe du *Petit Parisien* est tombé dans le panneau. À l'heure qu'il est, les rebelles portent toute leur attention sur la mauvaise personne. Ça me laisse les coudées franches pour agir.

— Bon. Voici ce que vous allez faire. Je vais essayer d'être clair. Pas de blagues, cette fois ! »

Andrieux donna ses ordres puis coupa la communication. Le poisson était ferré, il allait se débattre ; à ce moment-là, il n'y aurait plus qu'à tirer sur la ligne. Il fallait seulement espérer que ce piètre pêcheur de Jaume ne le laisse pas filer. S'il regagnait trop tôt les eaux troubles où il évoluait d'ordinaire, on n'était pas près de le voir réapparaître en surface.

Le préfet mit un terme à ses réflexions halieutico-policières. Il regagna son bureau, où l'huissier avait déposé les journaux du matin. Andrieux ignora tout autre titre que *Le Temps*. Le deuxième article de Verne bénéficiait d'une large manchette à la une, accrocheuse : *Qui sont les Ishkiss ?* En petits caractères, la rédaction avait ajouté un commentaire : *Pour le savoir, il suffit de lire la page trois de votre journal. M. Verne apporte à cette question capitale une réponse étonnante.*

Andrieux eut un soupir. Il avait décidé de ne rien censurer, mais si Verne en profitait pour se livrer à une attaque en règle des alliés de l'Empereur, les salons du Louvre allaient s'animer... Tant pis, mieux valait affronter le courroux impérial et laisser l'écrivain croire à la perfection de sa couverture. Andrieux ouvrit son journal et lut : *J'ai fait la plus incroyable rencontre qui se puisse concevoir. Une rencontre qui a bouleversé mes convictions*. Suivait, sur une colonne, le résumé de l'incident. Verne, prudent, n'évoquait pas la possibilité d'un sabotage. Il semblait accréditer la thèse d'un malheureux concours de circonstances. La colonne suivante était plus intéressante.

Pourquoi les extra-humains ont-ils agi de la sorte ? Pourquoi porter secours à un cavalier en péril plutôt qu'à l'homme de peine qui risque tout autant de succomber ? (Andrieux tiqua. Le Prince n'apprécierait guère l'allusion.) *Ce geste relève-t-il de l'altruisme le plus pur ? En ce cas, il existe entre nos deux espèces un lien plus fort que je ne l'aurais imaginé. Un lien qui dépasse la simple association de deux partis convoitant un butin identique, mais trop faible chacun pour parvenir seul à ses fins.* (Louis Napoléon allait bondir, l'accuser de faiblesse, le comparer à un bandit ! Décidément Verne savait toucher le point sensible sans en avoir l'air.) *Les extra-humains ont fait preuve d'un sentiment proche de la compassion. Un peuple capable d'un tel comportement ne peut pas être motivé par le seul appât du gain. Bien sûr, j'ai peut-être eu affaire à un groupe marginal d'individus. De tels groupes existent bien sur notre planète. Des individus prêts à tous les sacrifices pour le bien de leurs semblables.* (Ça allait sévèrement barder, au Palais... Mais ce n'était pas pour déplaire au préfet. Peut-être la colère du Prince serait-elle l'occasion de lui soutirer les aveux qu'il lui refusait ?) *Ceux-ci et ceux-là se ressemblent et peuvent, sait-on jamais, tirer les conclusions qui s'imposent de pareilles dispositions d'esprit. Je crois possible un élargissement de l'alliance conclue avec Louis Napoléon, dans le sens d'une collaboration pacifique et généreuse, profitable à tous les déshérités de notre planète. Je crois Louis Napoléon assez fin politique pour comprendre que cette évolution dans ses rapports avec les Ishkiss est une nécessité. Plutôt que la guerre et la conquête portées aux confins de notre galaxie, la concorde et le bien-être assurés à nos deux espèces, sur Terre et sur la Lune. Voilà un programme alléchant, qu'humblement je soumets au Prince.*

Eh bien ! Verne ne se permettait rien de moins que de conseiller l'Empereur, autocrate absolu. Cela promettait une agitation sans précédent dans les couloirs du Louvre. Louis Napoléon n'allait certainement pas souffrir un tel affront sans réagir. Et les réactions du tyran pouvaient influer sur l'avenir du monde...

Andrieux replia son journal et sortit. Il prit la direction du Louvre, marchant d'un bon pas à l'écart des chaussées roulantes. Si le monde devait pâtir de l'audace d'un vieil idéaliste, autant être de la partie.

CHAPITRE VI

Où l'on découvre que Dante fait florès sur la Lune

Jules dormit mal, cette nuit-là. De brèves périodes de sommeil alternèrent avec de longs moments de doute. Sans cesse, la mésaventure qui avait failli coûter la vie à Isidore revenait le tourmenter.

Quand Jules l'avait interrogé, Georges, le singulier palefrenier, avait été formel : jamais un tel accident ne s'était encore produit. Il avait examiné l'insectoïde amputé, une fois celui-ci de retour à l'écurie. La brisure était nette, au niveau de l'articulation. Impossible, cependant, d'affirmer qu'elle avait été provoquée par un acte de sabotage. Certes, rien n'aurait interdit à un individu malintentionné de se glisser dans la stalle et de pratiquer une infime incision, indolore pour l'animal, à l'endroit adéquat. Mais une telle opération aurait nécessité une précision quasiment chirurgicale, un savoir-faire que seuls les maîtres naturels des équipages possédaient. Or, Georges n'imaginait pas un Ishkiss dans le rôle du saboteur. Surtout si l'on considérait que Bautrelet avait été sauvé par des extra-humains. Jules avait admis cette réserve, compréhensible chez un homme dévoué corps et âme à l'alliance entre l'Empire et les Ishkiss.

La veille, au moment où il était apparu dans le dortoir des animalcules, Georges avait fait preuve d'une certaine nervosité. Jules avait tenté d'en savoir plus, sans succès. Georges s'était braqué, piqué au vif. Il avait invoqué une charge de travail trop lourde, qui lui faisait parfois commettre un impair. Bref, il s'était défaussé, et son explication n'avait pas convaincu Verne. Georges craignait visiblement de parler au journaliste.

Jules n'avait pas insisté. Il ne voulait pas lui attirer d'ennuis, ni provoquer la suspicion de l'administration impériale en se montrant trop curieux. Néanmoins, un fait demeurait certain : Georges avait menti. Quelqu'un s'était introduit dans l'écurie et avait intentionnellement blessé le coléoptère. Quelqu'un d'assez savant pour opérer sans laisser de traces visibles. Quelqu'un d'assez bien informé pour savoir que les journalistes avaient prévu une excursion ce matin-là. Quelqu'un, enfin, dont l'objectif était clair : le mettre hors d'état de nuire. Car, Jules en aurait mis sa main au feu, Isidore n'était pas la victime désignée de cet attentat. Ils en avaient discuté, l'après-midi, dans la chambre de l'infirmerie où le petit reporter récupérait de ses émotions.

Bautrelet s'en tirait à bon compte. Outre une foulure bénigne à la cheville gauche, une douleur persistante dans les cervicales, il ne souffrait que de quelques contusions, superficielles. S'il avait effectué la même cascade sur Terre, il se serait à coup sûr rompu les os.

Jules était demeuré discret sur les véritables raisons de sa présence dans les sous-sols de la Lune, mais il n'avait pas contredit Bautrelet quand ce dernier avait remarqué, à voix basse et affectant des airs de conspirateur : « L'ennemi vous envoie un message des plus limpides. Vous êtes à sa merci, n'importe où, n'importe quand. Vous ou vos... amis. »

Jules avait attendu une minute avant de répondre : « Moi ou mes amis. Vous avez raison. » Ils avaient échangé un sourire. Jules venait d'abdiquer toute méfiance.

Ensuite, ils avaient dressé la liste des rares personnes au courant de leur escapade. Il y avait tout d'abord Ernest, mais ni Jules ni Isidore ne croyaient à la culpabilité du photographe. Bautrelet et lui travaillaient pour *Le Petit Parisien* depuis près de deux ans et un sentiment d'amitié était né de cette collaboration professionnelle. Bien entendu, l'hypothèse d'une manipulation par l'hypnose restait envisageable, même si elle paraissait peu crédible.

Après Ernest venait un suspect de choix : Marius Giboulet. Le Marseillais ignorait encore jusqu'au matin les intentions de ses collègues, mais Ernest l'avait imprudemment mis dans la confidence. Giboulet avait pressé le photographe de questions et ce dernier avait fini par céder. Le Méridional avait poussé un tonitruant « Boudiou, les cochons ! » Puis il avait pris ses jambes à son cou en direction de l'écurie, furieux d'avoir été évincé. Il n'avait d'ailleurs fait aucune difficulté pour admettre s'être emporté, quand il était venu s'enquérir de l'état d'Isidore quelques heures plus tard. Il avait cru à un coup fourré, selon son expression, certain que Bautrelet réservait la primeur d'un article à sensation au seul correspondant du *Temps*. Il s'était précipité à leur poursuite. Georges confirma qu'il avait fait irruption dans l'écurie peu après le départ des équipages.

Toutefois, il avait très bien pu réapparaître dans l'écurie en simulant la colère aussitôt son forfait accompli, estimait Jules. L'attitude du Marseillais restait néanmoins équivoque. Ses envolées patriotiques, sa fougue et sa bêtise paraissaient trop caricaturales pour être vraies.

De plus, il n'existait aucune preuve véritable à l'encontre du bouillant Tartarin. La Base Cyrano regorgeait de coupables potentiels. Des milliers d'agents de l'Empire, fonctionnaires, militaires et autres plénipotentiaires, y vaquaient vingt-quatre heures sur vingt-quatre à autant d'occupations, officielles ou non. Malgré tout, Isidore avait convenu que Giboulet lui plaisait, dans le rôle du traître à démasquer. Ils avaient ri, et cet accès d'hilarité les avait soulagés de la tension accumulée depuis la culbute d'Isidore.

Ils s'étaient séparés en se promettant la plus grande vigilance. Chacun ouvrirait l'œil, et le bon.

La nuit avait passé, seulement troublée par l'insomnie. Au matin, Jules était plus que jamais décidé à agir. Après trois jours passés sur la Lune, il n'avait pas progressé d'un pouce dans son enquête.

Il se rendit directement à l'infirmerie, sans passer par la salle de restaurant. Isidore était debout, clopinant sur une béquille, sa cheville enflée enrobée de gaze. Ernest et Marius Giboulet étaient présents, assis dans un coin. Le Marseillais avait recouvré son exaspérante jovialité. Il salua Verne d'un « Bien le bonjour ! » qui fit trembler les cloisons de la minuscule chambre. Isidore s'avança vers la sortie.

« En route mauvaise troupe », plaisanta-t-il.

Puis, à Jules, interdit :

« Vous n'avez pas oublié, j'espère, que l'enfer du bagne s'ouvre à nous ce matin ?

— Non, mais je pensais que dans votre état...

— Tatata, je ne supporterai pas de rester une minute de plus immobilisé ici. Je vous ai promis la Pénitentiaire, avant de jouer les voltigeurs. Je tiens toujours mes promesses. »

Il s'approcha de Verne et lui glissa à l'oreille, subrepticement :

« J'ai pris sur moi d'inviter Giboulet à se joindre à nous. Ainsi, nous le gardons à l'œil. Il reste notre principal suspect et je ne tiens pas à réitérer l'expérience d'hier. »

Ils se mirent en route, au rythme syncopé adopté par Bautrelet. Ils l'aidèrent à passer d'un tapis roulant à l'autre, même si le maniement de la béquille ne semblait pas lui donner beaucoup de fil à retordre. Ils empruntèrent un monte-charge pour atteindre le dernier niveau du sous-sol. L'engin hydraulique s'immobilisa dans un grincement strident. La porte s'ouvrit sur une galerie dépouillée, aux murs sobres. Les entrailles de la Base ne s'embarrassaient pas du faste des étages supérieurs.

L'agitation qui régnait là n'avait pas non plus le caractère frénétique de celle des autres niveaux. Les messagers insectoïdes y étaient moins nombreux. On n'y croisait pas de riches badauds, mais des employés en bras de chemise, tous interchangeables, qui charriaient des tonnes de dossiers, échangeaient parfois un mot rapide, puis reprenaient leur course folle dans le dédale des corridors.

« L'indispensable armée des gratte-papier, commenta Bautrelet. Sans elle, l'Empire s'écroulerait. On croit à tort que la puissance des Napoléon réside dans le nombre de leurs divisions. Erreur ! Si nos soldats conquièrent des territoires par la force, les cohortes de la bureaucratie sont seules à même de les conserver dans le giron de l'Empire. Ce n'est pas la violence qui unit des peuples que leurs coutumes et leurs histoires éloignent naturellement, mais les codes et les règlements que font respecter ces héros de l'ombre. Le sabre peut toujours être repoussé par le sabre. Une nation d'analphabètes peut sortir l'épée du fourreau. L'administration, elle, dispose d'armes contre lesquelles le peuple ne peut rien. Quelle résistance oppose-t-on à l'édit, à l'arrêté, à l'article de loi ? Pensez-y, Messieurs, avant de vous moquer de ceux qui, finalement, cimentent la paix entre les États.

— Bravo, bien parlé, approuva Giboulet, qui n'avait pas saisi l'ironie du propos.

— Ils gèrent aussi les affaires de la Pénitentiaire, fit Jules.

— Effectivement, admit Bautrelet. Les grandes nations ne sauraient se priver d'un appareil carcéral performant. Elles y gagnent le respect de celles où la contention n'est pas appliquée et qui, nécessairement, sombrent dans l'anarchie.

— Fort juste ! insista Giboulet. Monsieur Bautrelet, si vous le permettez, je citerai vos belles paroles dans mon article.

— Sous le couvert de l'anonymat, cher confrère, s'il vous plaît. Je n'aime guère la publicité. »

Isidore donna un discret coup de coude dans les côtes de Jules. Cela pouvait signifier : « N'est-ce pas qu'il est bête ! Il gobe tout cru ce qu'on laisse traîner à sa proximité. »

Ils firent encore quelques pas, jusqu'à une grille barrant la galerie sur toute sa largeur. Deux gardes, fusil à l'épaule, faisaient les cent pas de l'autre côté. Ils n'avaient pas l'air commode et considéraient le quatuor d'un œil mauvais. Des modèles de tronches rêvés pour un caricaturiste désirant illustrer le terme « patibulaire », songea Jules. Isidore vint coller son front contre deux barreaux. Il parlementa avec les cerbères, joignant le geste à la parole. Au bout de quelques minutes, il serra les paluches que lui tendaient les gardes. L'affaire semblait entendue.

La grille s'éleva à la manière d'une herse, libérant le passage. Les journalistes subirent une fouille sommaire avant d'être autorisés à continuer leur balade. Quand ils se furent suffisamment éloignés, Jules interrogea Isidore :

« Que diable leur avez-vous raconté pour les convaincre de nous laisser entrer ?

— La vérité, rien de moins. Nous sommes venus chercher l'inspiration pour un reportage. Le véritable sésame n'aura pourtant pas été ma franchise. J'ai glissé à chacun cinquante francs dans la pogne quand nous nous la sommes serrée. Je tâcherai de me faire rembourser par mon journal.

— Les sélénites sont-ils tous corrompus ?

— Il ne s'agit pas de corruption à proprement parler. Ces lascars sont de fervents serviteurs de l'Empire, ne l'oubliez pas. Seulement, ils sont venus sur la Lune pour faire fortune. La solde y est plus élevée que sur Terre, et rien n'interdit d'améliorer l'ordinaire, dans des limites raisonnables. Au terme de leur engagement, ils auront réuni un gentil pécule. Ils pourront s'offrir l'auberge de leurs rêves, ou vivre de leurs rentes en faisant fructifier leurs économies. Sous leur masque de brute, ce sont de véritables bourgeois, au fond. Au sens le plus marxiste qui soit.

— Si vous le dites... », fit Jules, laconique.

La galerie s'achevait par une cloison métallique, percée d'une porte en forme de U. Isidore tira la chaînette qui tombait du plafond et on entendit une cloche tinter. Un œil rond apparut dans le guichet découpé à hauteur de visage. Bautrelet mit la main à sa poche, mais Jules, qui avait compris de quoi il retournait, le prit de vitesse. Il tendit un billet de cent francs à l'effigie du tyran, vite aspiré par la fente du guichet. La serrure cliqueta, le pêne joua dans la gâche.

« Vous serez reçu comme un prince, si vous faites preuve d'une telle générosité », souffla Bautrelet.

Les gonds poussèrent un long gémissement, à mesure que le vantail s'entrebâillait.

« Je veux éviter des frais à votre rédacteur en chef, et mettre le mien à contribution, dit Jules. Je suis pour le principe d'égalité en toutes circonstances... »

Il ne termina pas sa phrase. La porte était à présent grande ouverte. Elle dévoilait l'Enfer de Dante. Ou plutôt sa représentation moderne et industrielle. Le poète mort à Ravenne aurait-il pu imaginer que les hommes donneraient le jour à ses visions, sept siècles après sa mort ?

« Les cercles de l'Enfer... », murmura Jules.

Isidore avait entendu. Il acquiesça :

« La comparaison est judicieuse. Avançons. »

Ils obéirent. Muets, ils contemplèrent le cauchemar dantesque rendu à la réalité par les sélénites.

Un monstrueux puits en forme de cône, la pointe enfoncée comme un coin dans le sous-sol, occupait une cavité de taille à accueillir les tours de Notre-Dame et le reste de la cathédrale. Une colonne de métal s'élevait en plein centre, fichée telle une pique démentielle dans le cœur de la Lune. Sa surface était constellée de hublots aux verres teintés. À son sommet, elle s'évasait en une myriade d'arcs en ogive qui soutenaient le poids du ciel, lourd de milliers de tonnes d'acier brut. L'ensemble était éclairé par des milliers d'ampoules serties dans le revêtement de cuivre qui habillait les falaises du puits. La lumière électrique jetait des éclats d'or particulièrement vifs, allumant des incendies factices dans le gouffre.

On éprouvait un sentiment de vertige hallucinant devant cette béance inattendue. Le vide, trop vaste, écrasait la perspective et les hommes, réduits à la dimension de jouets. Il y avait dans cette absence plus d'angoisse que dans bien des figures de cauchemar. Le silence, quasi absolu, faisait peser une chape de plomb sur les épaules. Le ronronnement des machines, qui sourdait du plafond, s'insinuait dans les membres, faisant vibrer les corps. Une odeur animale stagnait dans l'atmosphère, un remugle puissant, intense, presque palpable.

« Les feux de l'Enfer, dit Jules. Où nous trouvons-nous ?

— Nous sommes à l'exacte verticale de la tour d'alunissage utilisée par la nef ishkiss, expliqua Bautrelet. Ce fantastique pilier représente en quelque sorte les fondations de l'édifice. Il s'enfonce sur près de cent mètres, sur toute sa hauteur. Il est entièrement creux. Quatre ascenseurs patrouillent inlassablement de haut en bas, chargés de gardes-chiourme armés jusqu'aux dents. Ils effectuent de courtes stations à chaque palier et observent les forçats. Voyez, on aperçoit les meurtrières d'où dépassent les gueules des fusils et les lunettes de longue-vue. Un système panoptique parfait ; jamais aucun bagnard n'échappe à la surveillance d'au moins deux ou trois matons. Mais approchons-nous du bord, vous comprendrez mieux. »

Ils vinrent se pencher par-dessus la balustrade qui couronnait le gouffre. Le gardien referma la porte derrière eux, puis se replongea dans la lecture de son journal.

Des terrasses circulaires, gainées par une rambarde, s'empilaient les unes sur les autres. Leur circonférence diminuait à chaque nouvel étage, à mesure que l'on approchait du fond de l'abîme métallisé, plongé dans une pénombre à peine troublée par le chatoiement de quelques ampoules. Des échelles scellées dans les plaques de cuivre permettaient de passer d'un balcon à l'autre. Des strates de couchettes — à vrai dire de simples bat-flanc rabattables — étaient superposées sur tout le pourtour du cône. Nourriture et eau potable étaient acheminées à chaque cercle de cet Enfer par un entrelacs de conduites qui perçaient la voûte noire du plafond. Enfin, des ventilateurs aux pales démesurées brassaient l'air chargé d'effluves peu ragoûtants, disposés de loin en loin entre deux piles de couchettes. Un grillage conséquent en protégeait l'accès. Nul espoir de fuite par les conduits d'aération, donc.

Aucun endroit n'autorisait la moindre intimité. Jules calcula, après une rapide estimation du nombre de couchettes visibles, que le puits pouvait accueillir pas loin de cinq mille abeilles humaines, entassées dans une promiscuité digne des ruches les plus industrieuses.

Pour lors, quelques silhouettes seulement erraient sur les balcons, en contrebas. La plupart des prisonniers vaquaient en surface, sur le chantier. Une poignée d'autres étaient allongés sur leurs bat-flanc, dissimulés sous une couverture de toile. Ils auraient tout aussi bien pu être morts.

« Les malades et les invalides ne quittent pas le bagne, précisa Isidore. Nous pouvons aller leur parler. Mais attention, ne faites rien qui puisse alerter les tireurs postés dans les ascenseurs. Ils n'hésiteront pas à faire feu et à abattre un forçat, même sans raison. Les concours de tir entre gardiens ne sont pas réprimandés par leur hiérarchie. C'est considéré comme un jeu, un simple passe-temps.

— Pourquoi ne transporte-t-on pas les malades à l'infirmerie ? s'étonna Jules. J'y ai vu nombre de lits inoccupés, certainement plus aptes à favoriser le rétablissement de ces malheureux.

— La Pénitentiaire dispose d'un médecin. Il effectue des visites régulières.

— Un seul médecin pour des milliers de patients ?

— On estime que ça suffit. »

Jules ne fit aucun commentaire. Inutile de tendre une perche facile à Giboulet, toujours prêt à polémiquer.

« Je vous attendrai ici, dit Isidore. Ma cheville est encore trop sensible. Je ne veux pas risquer une plus méchante foulure. Méfiez-vous, les échelons peuvent se montrer traîtres. Parfois un forçat glisse et se trouve précipité jusqu'au fond du trou. Entre nous, de telles glissades cachent souvent des règlements de comptes. Il suffit d'un geste discret, un talon crocheté furtivement, et c'est la chute. Certains prisonniers utilisent également ce moyen radical pour mettre fin à leurs jours... »

Jules eut un pincement au cœur. Et si Louise Michel avait elle aussi choisi de se suicider ? Après tout, ses capacités de résistance à l'horreur avaient certainement leurs limites. Sa détermination devait s'être émoussée avec l'âge. Si cette hypothèse s'avérait la bonne, comment pourrait-il l'annoncer à Babiroussa ? Le vieil exilé ne supporterait pas une pareille nouvelle. Pas après avoir perdu tant d'êtres chers tout au long de sa vie.

Il fallait en avoir le cœur net. Pour cela, une seule solution : effectuer une descente aux Enfers et interroger les damnés qui y purgeaient leur peine. Jules prit une profonde inspiration. Il se dirigea vers l'échelle la plus proche, Giboulet dans son sillage. Il eut un moment d'hésitation, avant de poser le pied sur le premier échelon. Les paroles d'Isidore résonnaient sous son crâne : « Il suffit d'un geste discret, un talon crocheté furtivement... » Si le Marseillais était bien l'auteur de l'attentat fomenté contre l'équipage de Bautrelet, il pouvait profiter de l'occasion pour réitérer son coup et parvenir à son but, cette fois. Jules imaginait les gros titres des gazettes : *Tragique accident dans le puits aux bagnards !*

Mais Isidore et Ernest veillaient, à quelques mètres de là. Giboulet ne pouvait pas être sot au point de

mais un tic déformait les commissures de ses lèvres, comme s'il cherchait à retenir son sourire. C'était à la fois grotesque et pathétique.

« Je vais vous expliquer, reprit le Manchot. Le bagne est la parfaite métaphore du progrès social, tel que la bourgeoisie le rêve. »

Jules tiqua. Une pareille expression, dans la bouche d'un forçat... Soudain, le Manchot lui parut digne d'un intérêt accru. Il l'écouta sans l'interrompre.

« On y entre, malgré soi, victime des circonstances, d'un destin farceur qui vous a fait naître au mauvais endroit. Mais on reste plein d'espoir, on a sa santé, ses souvenirs d'avant, des images qui réconfortent plein la tête. Bref, on se trouve au sommet, au premier palier. Toutefois, Monsieur le journaliste, la chute est inévitable. La meilleure volonté n'y peut mais. Tous les efforts sont vains. Vous portez la marque du sceau de l'infamie. Vous vous usez progressivement, du dehors comme du dedans. Quand arrivent des nouveaux, plus jeunots, pas déniaisés, mais costauds, ils prennent votre place. Vous passez au deuxième palier. Pour nous, ça a pris presque six mois. Oh, on ne se plaint pas. Ici, on est les rois. Pas vrai ?

— Pour sûr qu'on l'est, fit Crâne Obtus. Les rois d'un pays en forme de rond et tout en fer, avec des gentils sujets par centaines.

— Mais notre trône menace de vaciller, reprit le Manchot. On vit là depuis longtemps, la concurrence devient rude. On se débrouille pour résister. Ainsi, tels que vous nous voyez, nous n'en avons pas l'air, mais nous économisons nos forces et nous ne nous en tirons pas mal. Un petit bobo et on reste à se prélasser plutôt qu'à se tuer à l'ouvrage sur ce foutu chantier... Un petit bobo qu'il faut parfois provoquer, mais on n'a rien sans rien.

— N'empêche, tu as eu la main plutôt lourde avec Homère », fit remarquer Crâne Obtus.

Le Manchot haussa ses maigres épaules. Il continua :

« Il y a gagné un sursis appréciable, pas vrai ? Comme nous tous. Mais la fin est proche. Bientôt, mes cocos, le troisième palier. La chute, Monsieur le journaliste, est irrévocable ! Et, de palier en palier, on finira par atteindre le fond du fond ! Parce que d'autres seront venus, toujours plus jeunes, toujours plus forts. La pression sociale, en quelque sorte. Hop, du balai, les pauvres Homère, la Goutte, Crâne Obtus et votre serviteur.

— Au fond du fond ! C'est ça ! » fit Homère, le poing brandi.

La Goutte modéra l'ardeur de l'aveugle :

« Tu es fou, pas de gestes incongrus. Ils pourraient croire que tu menaces notre hôte. »

Homère pâlit. Il retomba sur sa paillasse en maugréant :

« J'oublie qu'ils sont toujours là, depuis que je n'y vois plus.

— Funeste erreur, pas vrai, Monsieur le journaliste ? reprit le Manchot. Car nous sommes pareils aux princes des tragédies, à ceci près que le *fatum* qui nous nargue ne prend pas la peine de se travestir. Il est là, dans ce maudit pilier, à attendre son heure...

— Mais, intervint Jules qui désirait changer le tour pris par la conversation, que se passe-t-il pour ceux qui atteignent le dernier palier ? »

Le Manchot se composa un air navré, une mimique de comédien de boulevard.

« Seuls ceux qui ont tout perdu le savent. Cependant, des rumeurs circulent, de couchette en couchette, de palier en palier. Des histoires à faire dresser les cheveux sur la tête, pour ceux qui en ont encore. Pas le genre d'histoire à intéresser vos lecteurs. Parlez-leur plutôt de la façon dont on nous traite, si vous le pouvez, tiens. Dites-leur que les rations d'eau et de bouillie qu'on nous sert chaque jour de l'année suffiraient à peine à calmer l'appétit d'un moineau. Qu'on est obligés de téter à ces fichus robinets, comme des nourrissons. Qu'on finit par y perdre nos dents. »

Jules promit d'essayer, bien qu'il doutât du résultat.

« Les femmes sont-elles soumises au même traitement ? demanda-t-il à brûle-pourpoint, espérant que le Manchot pourrait lui apporter des renseignements sur celle qu'il recherchait.

— Pourquoi seraient-elles épargnées ? Ici, Monsieur le journaliste, nous sommes tous égaux. Une véritable utopie que le bagne ! »

Les forçats partirent d'un nouvel éclat de rire. Jules restait de marbre. Une utopie... Une fois encore, l'expression détonnait dans la bouche du Manchot. Elle eût davantage convenu dans celle de Louise Michel. Jules commençait à échafauder une théorie qui pouvait expliquer ce qu'il était advenu de la pétroleuse. Si le Manchot disait vrai, les prisonniers les plus anciens étaient relégués au plus bas du puits, dans le dernier cercle de l'Enfer. Or, Louise avait été déportée sur la Lune cinq ans plus tôt, dès l'ouverture du bagne, avec les autres Communards. Si elle avait survécu, elle devait croupir au fond du précipice, en compagnie des impotents usés par le travail.

« Que se passe-t-il une fois le dernier palier atteint ? insista Jules, inquiet à l'idée de la réponse probable du Manchot.

— Ha, voilà la grande question ! Et qu'arrive-t-il, Monsieur, aux miséreux de tous les pays quand la société les a vidés de leurs forces ? Croyez-vous qu'elle leur offre une heureuse retraite ? Non, vous n'êtes pas assez naïf pour cela. Vous savez comme moi que l'exploité n'a plus qu'à attendre la visite de la Camarde. La grande amie des pauvres ne les oublie jamais.

— Qu'advient-il des corps ? Ils ne pourrissent tout de même pas sur place, ce serait trop horrible.

— Évidemment. La belle utopie du bagne respecte quelques principes d'hygiène et de salubrité publique. Les cadavres sont enlevés dans la journée et transportés par ascenseur jusqu'au premier niveau de la Base, où ils sont brûlés. Leurs cendres sont répandues dans le désert lunaire, ce qui donne lieu à d'émouvantes cérémonies, je vous assure. La Pénitentiaire garantit aux mânes de ses victimes le repos éternel, au clair de la Terre. »

Un bloc de glace figea la poitrine de Jules. Les cendres de Louise Michel étaient-elles déjà mêlées à la poussière de la surface ? Il n'y avait qu'un moyen de s'en assurer. Un moyen particulièrement risqué, mais Jules n'avait guère le choix. Il ne put s'empêcher de laisser son regard glisser sur le pilier monstrueux qui soutenait la Base Cyrano, en songeant à l'endroit où il s'enfonçait dans la roche du satellite terrien. Il n'y avait pas d'autre moyen, se répéta-t-il.

Soudain, un coup de feu retentit, mettant un terme aux pérégrinations mentales de l'écrivain. La déflagration rebondit sur les parois du puits, portée par l'écho, et s'en alla mourir en grondant dans les profondeurs. Les forçats se figèrent. Quand il fut certain qu'aucun d'eux n'avait été la cible du tireur, le Manchot pesta :

« Par la queue du Dabe ! Misère de chien crevé ! L'un des nôtres y est passé, c'est sûr. »

Marius Giboulet arrivait en courant, le visage blême, assorti à la teinte crayeuse de son veston si l'on ne tenait pas compte des éclaboussures de sang noir qui l'avaient aspergé. Il hurlait, bouleversé :

« Ce n'est pas ma faute, je n'y suis pour rien, pourquoi ont-ils tiré ? Je voulais juste le réveiller, le secouer un peu... »

Une flamme de haine étincela dans le regard du Manchot.

« Monsieur le journaliste, je crois qu'il convient d'écourter notre entretien, fit-il. Signifiez à votre ami qu'il ne remettra plus les pieds ici qu'à ses risques et périls... »

Jules se leva en maudissant Giboulet. L'imbécile avait posé la main sur un malade et les surveillants, qui n'attendaient que ça, avaient fait un carton, comme à la fête foraine. Jules se contint pour ne pas frapper le Marseillais.

Il fit un pas vers l'échelle. Le Manchot le rappela :

« L'émotion vous fait perdre la mémoire. Vous oubliez votre carnet. »

Il désignait un petit cahier d'écolier, posé en évidence sur la couchette que Jules avait occupée.

« Je suis distrait..., fit Jules en venant le récupérer. Merci... »

D'un geste qui se voulait le plus naturel possible, il rangea le cahier dans une poche de sa veste, en priant pour que les tireurs embusqués dans leur ascenseur n'y vissent pas une nouvelle menace. Giboulet avait commencé de grimper en direction de la plate-forme où Bautrelet et Ernest, furieux, trépignaient. Ils avaient assisté impuissants à l'exécution du forçat condamné par le Marseillais. Ils reçurent Giboulet avec une grimace de dégoût et ne l'aidèrent pas à se remettre d'aplomb. Quand Jules émergea à son tour du gouffre, Isidore lui offrit une main secourable, même si l'écrivain n'en avait pas besoin pour se hisser à sa hauteur.

« Ne traînons pas ici. Notre présence risque d'échauffer les esprits. Inutile de provoquer un autre incident.

— Un instant, fit Jules. Regardez, Monsieur Giboulet. »

Il força le correspondant du *Sémaphore de Marseille*, hébété, plus pâle qu'un spectre, à ne pas détourner le regard. Sous eux, le Manchot et ses compagnons, à l'exception d'Homère, avaient rejoint la couchette où gisait la victime de l'inconséquence du Méridional. Malgré la distance, on discernait sans difficulté la bouillie sanglante qui lui tenait lieu de tête. Sur un ordre du Manchot, Crâne Obtus et la Goutte s'emparèrent du cadavre, le saisissant par les bras et les jambes. Ils prirent leur élan et le jetèrent pardessus la rambarde, d'un seul mouvement. Le corps mutilé, toujours enveloppé dans sa couverture, effectua un plongeon définitif. Il disparut, avalé par la pénombre confondue avec la base du pilier. On entendit un bruit sec, comme une branche qui se brise, quelques secondes plus tard. Ce fut tout.

Les journalistes quittèrent le bagne en silence. Dans le monte-charge qui les ramenait au premier niveau, Jules examina discrètement le cahier remis par le Manchot. C'était un modèle courant, aux pages vierges et jaunies, dont certaines avaient été arrachées. Un cahier comme en possédaient tous les écoliers de l'Empire. Pourquoi diable le forçat au bras rompu lui avait-il fait un pareil cadeau ? Il envisagea de multiples hypothèses, profitant du mutisme des reporters pour réfléchir posément.

La solution de ce mystère lui apparut avec évidence alors qu'il franchissait le hall de l'hôtel Cyrano, toujours encombré par une armée de grooms. Babiroussa avait évoqué le passé de Louise Michel, ce soir-là, à Guernesey, devant une bonne flambée. Il avait même plaisanté à ce sujet. La Grande Citoyenne avait débuté sa carrière comme institutrice, avant le coup d'État de Napoléon. La coïncidence était trop belle pour n'avoir aucun sens. Jules en aurait mis sa main au feu : avec ce cahier, Louise lui adressait un message par l'intermédiaire du Manchot. D'une manière ou d'une autre, elle s'était débrouillée pour lui faire savoir qu'elle vivait encore, quelque part dans l'Enfer du bagne. Sinon, quoi d'autre ?

De retour dans sa chambre, Jules posa le cahier en évidence sur la malle confiée par Hetzel. Il eut une brève pensée pour son contenu. Il saurait très bientôt si l'équipement fourni par le réseau s'avérait fiable et performant. D'ici l'heure du déjeuner, il avait le temps d'en étudier le fonctionnement. Il passa un veston d'intérieur et s'installa sur son lit, calant les oreillers dans son dos, le journal imprimé à son attention par son ancien éditeur entre les mains.

Il trouva la lecture des pages intérieures passionnante, particulièrement la rubrique de la mode masculine. Les progrès réalisés en matière de confection depuis son départ pour les tropiques étaient remarquables.

Intermède

ANDRIEUX S'EN VA-T'EN GUERRE

L'entrevue avec l'Empereur avait été plus orageuse que prévu. Andrieux avait enduré l'accès de fureur du Prince avec stoïcisme, mais son calme n'était qu'apparent. La rage déformait les traits ravagés de Louis Napoléon jusqu'à la caricature. Son visage n'avait alors plus rien d'humain. Sa voix sifflait et vrillait les tympans de son interlocuteur.

Le préfet se tenait au pied du lit, triturant son chapeau avec nervosité. À travers le voile tombant du baldaquin, Andrieux ne distinguait qu'une image brouillée, mais ce qu'il devinait suffisait à lui soulever le cœur.

La veilleuse allumée sur la table de chevet projetait une ombre mauve sur le profil du Prince. La squame de sa joue lançait des éclats bleutés en direction de la psyché installée devant le secrétaire où il rédigeait son courrier. Andrieux évitait autant que possible de poser le regard sur le reflet encadré par l'ovale du grand miroir. Il ne supportait pas le jeu complexe des muscles en surnombre qui animaient la bouche de Napoléon. Une bouche trop large, sans lèvres, comme une méchante estafilade pratiquée au rasoir au bas du visage.

Il écouta les remontrances, subit les injures, acquiesça aux moments opportuns. Il savait que la colère du Prince n'était pas tournée contre lui, mais davantage contre ses propres négligences. Près de trente ans avaient passé depuis la mort d'Eugénie et du Dauphin, sans que Louis Napoléon se fût consolé de leur perte. Au contraire, sa haine envers ceux qu'il considérait comme leurs éternels assassins n'avait fait que croître, pour dépasser largement les limites de la folie. Dans le dos du préfet, face au lit de l'Empereur, une série de portraits rappelait le souvenir des disparus. L'oubli était impossible. Chaque matin au réveil, la gracieuse silhouette de l'Impératrice saluait son époux ; chaque soir, au coucher, l'enfant fauché à la fleur de l'âge par les éclats d'acier d'une machine infernale souhaitait une bonne nuit à son papa. Il en allait ainsi depuis trente ans.

Andrieux avait lu les notes prises par le médecin viennois qui recueillait les confidences du souverain. Il n'ignorait pas que sa volonté de prolonger son existence au-delà des limites fixées par la nature découlait d'un désir de vengeance. Peu importait le sacrifice de son intégrité physique et mentale. Sa haine envers les groupes d'obédience marxiste était sans bornes. À plusieurs reprises, les membres du Conseil et du Sénat avaient proposé que l'on amnistiât les anciens Communards toujours incarcérés, afin de se rallier une frange de l'opinion publique favorable, sinon aux thèses socialistes, du moins à un assouplissement du régime. Louis Napoléon s'était montré inflexible. Il avait réduit les prérogatives de ses ministres, puis les avait remplacés par des hommes liges entièrement dévoués à sa personne, à mesure de l'expiration de leurs mandats. Aujourd'hui, l'Assemblée n'avait plus qu'un rôle consultatif. Le Prince gouvernait à coups de plébiscites flattant les aspirations bellicistes de la bourgeoisie, qui seule avait le droit de vote.

Plus grave, depuis la signature du pacte d'alliance avec les Ishkiss, l'influence du préfet de Police se trouvait réduite à sa portion congrue. Autrefois véritable éminence grise, Andrieux n'était plus que l'exécuteur des basses œuvres du Prince. Napoléon ne l'écoutait plus. Pis, il ne voulait plus l'entendre...

Ainsi, impossible de lui faire comprendre les enjeux réels de la mission de Jaume sur la Lune. L'article de Verne, publié sans caviardage, avait eu l'effet de la goutte d'eau proverbiale sur le vase de l'humeur impériale. Que Jaume fût en mesure de révéler au jour les arcanes d'un complot dont la Lune était le théâtre n'y changeait rien. L'Empereur n'autorisait aucune critique, même voilée, surtout émanant d'un scribouillard connu pour ses accointances avec la canaille. Il avait ordonné à Andrieux de faire taire aussitôt cette voix incongrue. C'était sans appel. Il fallait frapper fort, mettre un terme aux agissements séditieux de tous les illuminés qui menaçaient l'alliance.

Le préfet quitta le Louvre sur un mauvais pressentiment. En traversant le parc des Tuileries, en direction de l'Obélisque rapporté de Louqsor par le glorieux tonton, il comprit que la situation risquait de lui échapper s'il n'agissait pas rapidement. S'il perdait la confiance de l'Empereur, il était un homme fini. Ses ennemis profiteraient de l'occasion pour se venger des humiliations subies sous son règne préfectoral. Et ils étaient nombreux à guetter sa chute...

Il fallait frapper fort ? Soit. Mais qu'on ne lui impute pas les conséquences — terribles, il le redoutait — des opérations spéciales qu'il allait déclencher. L'Empereur assumerait seul les responsabilités de sa folie. Après tout, lui n'était qu'un rouage dans l'implacable machine de l'Histoire.

Une fois repassé rive gauche, à hauteur du Palais Bourbon, Andrieux ne put s'empêcher de songer aux députés fantoches de l'Assemblée nationale. Pauvres bougres, qui jouaient encore, inlassables, la comédie du pouvoir. À l'intérieur, ils devaient pérorer, comme à leur habitude, inconscients du péril qui menaçait Paris et avec elle l'Empire. Le moindre geste du préfet avait plus de poids que tous leurs discours réunis.

Et Andrieux s'apprêtait à se démener comme un beau diable. On allait voir ce qu'on allait voir...

CHAPITRE VII

La mode du futur

Le déjeuner ne fut pas aussi animé qu'il l'avait été les jours précédents. Personne ne parla de l'incident qui avait coûté la vie au forçat alité. On n'évoqua même pas la visite du bagne. La tablée des journalistes faisait exception dans le brouhaha ambiant. Après le pousse-café, Giboulet s'excusa et se leva. Il s'inclina au passage devant la femme du docteur Stolz, installée en compagnie des épouses esseulées d'officiers préférant manger au mess de la garnison. Elle lui lança un signe amical, peut-être une invite à la rejoindre, mais le Marseillais continua son chemin.

« Le pauvre bougre est bouleversé, pour un peu je le plaindrais, dit Isidore.

— C'est vrai qu'il y a de quoi être retourné. Si seulement il tirait de ce tragique événement la leçon qui s'impose et révisait son jugement sur le bagne et son utilité, fit Jules.

— On peut toujours rêver. Comment comptez-vous occuper votre après-midi ? Il faut que je retourne à l'infirmerie, pour faire changer mon bandage. Je n'en aurai pas pour longtemps.

— Oh, je crois que j'ai eu mon compte d'émotions.

Je vais prendre un peu de repos, et rédiger mon papier du jour. Je ne sais pas encore si je ferai allusion à la mort du malheureux.

— J'en parlerai sûrement. Mon public aime le sensationnel. Mais je ne citerai pas Giboulet. Inutile de l'enfoncer.

— C'est tout à votre honneur. Bien, je vous laisse. À ce soir, messieurs. »

En sortant du restaurant, Jules s'assura qu'on ne le suivait pas. Outre Giboulet, il suspectait pour ainsi dire la totalité des convives d'être des espions potentiels. Seuls Isidore et Ernest échappaient à sa suspicion.

Mais personne ne lui avait emboîté le pas. Il regagna sa chambre, poussa le verrou derrière lui et se débarrassa de ses vêtements. Il plia chemise, veste et pantalon, les rangea dans le placard du cabinet de toilette. En caleçon et chaussettes, il composa le code permettant l'ouverture de la malle : 030939. Avec un déclic, le couvercle s'entrebâilla. Il l'ouvrit en grand, resta quelques secondes à contempler l'intérieur du bagage. Puis, avec des gestes mesurés, il en extirpa une partie du contenu et l'étala sur le lit.

À première vue, rien ne différenciait la gabardine et le costume de n'importe quels autres, si l'on ne s'intéressait pas à leurs doublures. L'appareil disposé à leur côté était plus intrigant. Constitué d'un assemblage de lamelles métalliques souples, articulées entre elles, il ressemblait à une espèce de squelette aplati.

Jules s'assit pour lire à nouveau l'article qui l'avant tant passionné avant le déjeuner. Le titre de l'en-tête s'étalait en majuscules raides, aux angles mordants : VISIONS DU FUTUR. Le rédacteur y avait imaginé la journée type d'un employé de bureau en l'an 2000, sur la Lune. Elle commençait naturellement par une séance d'habillage décrite avec le plus grand soin, illustrations à l'appui.

Avant de gagner la surface, il convient de s'équiper. N'oublions pas que la force de pesanteur joue en la défaveur de notre employé modèle. Aussi, pour pallier ses effets, revêtira-t-il son exosquelette, parfaitement adapté à ses mensurations. Grâce à lui, l'action de chacun de ses muscles sera proportionnée à sa juste mesure. Ses gestes auront une portée identique à ceux effectués sur Terre. Il n'a plus à craindre les conséquences du moindre faux mouvement. Il lui est permis de déambuler dans les vastes parcs aménagés sur la Lune comme il le ferait dans les squares parisiens, avec la même nonchalance. Mais l'exosquelette offre d'autres avantages. Connecté à des piles électriques dissimulées dans les revers de son manteau, il permet d'emmagasiner l'énergie déployée par le corps du promeneur. Rien ne se perd, sur la Lune ! Notre employé pourra, par exemple, éclairer sa table de travail grâce aux efforts consentis sur le chemin du bureau. Il lui suffira de relier les piles électriques au cordon de sa lampe.

Un dessin fort réaliste représentant un gaillard moustachu en caleçons longs interrompait l'article à cet endroit. On le retrouvait sanglé dans l'exosquelette sur une seconde vignette, tenant entre ses mains les piles mentionnées. Elles se présentaient sous la forme de tubes replets, munis de filaments torsadés, reliés aux jointures des articulations de la prothèse. Jules remarqua que le mannequin choisi présentait quelques similitudes avec le jeune homme qu'il avait été. Sans doute fallait-il y voir une facétie de la part d'Hetzel, dont le père, éditeur lui-même, avait fait la célébrité et la fortune du Verne débutant. Hetzel-le-jeune s'était-il inspiré d'un portrait trouvé dans les archives familiales ?

Jules reprit sa lecture : *Le climat de la Lune n'est pas des plus cléments ? Qu'à cela ne tienne ! Notre employé ne mourra pas de froid en cours de route. Car il aura revêtu un costume écothermique, taillé dans le plus imperméable des caoutchoucs (provenant de la coagulation du latex tiré de l'hévéa). La doublure de cet élégant ensemble (pantalon et veston coupe sport) est irriguée de canaux minuscules, laissant circuler un fluide à base d'huile dont la température constante avoisine celle du corps humain. Notre homme assurera son maintien tout en se déplaçant, une fois encore, grâce à son exosquelette captateur d'énergie. Des souliers, une paire de gants et un capuchon intégral, serti de hublots binoculaires autorisant une vision grand-angle, complètent le dispositif.*

Une troisième illustration à l'encre montrait l'employé sélénite équipé de pied en cap. Le capuchon, en fait une sorte de cagoule déroulée depuis le col du veston, lui donnait l'air d'une mouche monstrueuse, avec ses gros yeux de verre tout ronds. Un détail aggravait la ressemblance : une sorte de trompe, elle aussi en caoutchouc, se déployait sur la poitrine de l'homme du futur. La légende du dessin en expliquait l'usage : *L'air est encore rare à la surface de la Lune, en dépit des tentatives faites pour doter le satellite terrien d'une atmosphère. Aussi ne peut-on pas se priver de réserves d'oxygène personnelles. Heureusement, il est possible depuis peu de comprimer fluides et gaz grâce à un procédé unique de compresseur à piston. Une seule fiole d'air comprimé assure jusqu'à trois heures d'autonomie. On peut en accrocher jusqu'à dix à sa ceinture. Il suffit d'appliquer l'embout du tuyau respirateur à la valve de distribution et d'ouvrir le robinet.*

Jules constata que le réseau animé par Babiroussa n'avait pas ménagé sa peine. Les ingénieurs débauchés dans l'Ancien et le Nouveau Monde rivalisaient d'habileté avec ceux du Palais dans cette course au modernisme, même s'ils partaient avec un sacré handicap puisqu'ils ne bénéficiaient pas de l'assistance des Ishkiss. Ils étaient toutefois parvenus à concurrencer les extra-humains sur leur propre terrain. Du moins en théorie, car Jules serait le premier à tester le fameux costume dans l'environnement pour lequel il avait été conçu. Il espérait simplement qu'il s'avérerait aussi fiable que l'étaient les équipages insectoïdes, quand on ne les sabotait pas. Il replongea le nez dans son journal :

Imaginons à présent que notre homme désire parcourir une distance plus conséquente que celle qui sépare son bureau de son domicile. Quel plaisir, en effet, d'évoluer dans les paysages merveilleux de la Lune, à présent qu'on en a domestiqué la nature ingrate, qu'on y a insufflé un peu de sève et érigé des cités magnifiques. Quelle plus agréable manière d'en profiter que celle d'un oiseau ? Vu du ciel, tout ne paraît-il pas plus serein ? Notre employé modèle a bien le droit d'éprouver les joies simples d'un volatile ! Pour cela, il se munit de sa gabardine aéronautique et de ses fioles à air comprimé (il aura garde de ne pas confondre avec celles remplies d'oxygène !) pleines d'hélium. Depuis longtemps déjà ce gaz très léger est utilisé pour gonfler les ballons et autres aérostats qui sillonnent le ciel de notre bonne vieille Terre. Enfin, ses vertus sont mises à la disposition de tous. Les poches de sa gabardine bourrées de fioles, notre employé peut déambuler en surface à sa guise (pour mieux supporter le poids de son fardeau, un simple réglage de la tension des articulations de son exosquelette suffit). Et, quand lui prend l'envie de jouer la fille de l'air, il libère l'hélium dans les réservoirs de toile extensible cousus sur tout le dos de son pardessus. Pour cette occasion, la faible pesanteur lui sera une alliée précieuse. Il adaptera son altitude en jouant de la mollette régulant le débit du gaz, et en actionnant le clapet d'évacuation à la base du réservoir principal.

Décidément, remarqua Jules, cette aventure ne lui épargnera rien ! Après avoir chevauché un coléoptère géant, voici qu'il allait singer Icare.

Les dernières lignes de la rubrique VISIONS DU FUTUR étaient consacrées au mode de locomotion choisi par les ingénieurs du réseau pour propulser l'homme volant de demain dans les cieux sélénites.

Une faible dépense d'énergie suffit, faute d'atmosphère, pour prendre de la vitesse. Le propulseur utilisé par notre employé est conçu sur la base du moteur à combustion interne de Rudolf Diesel, qui équipe depuis belle lurette les flottes de dirigeables du monde entier. Une adaptation ingénieuse lui permet d'éjecter par ses doubles tuyères un flux d'air concentré, créant une quantité de mouvement nécessaire au déplacement souhaité. Doté de sa propre réserve d'air et de fluides à brûler, il fonctionne sur un régime particulièrement économique et permettra de couvrir une distance impressionnante, pour peu que notre homme en use avec parcimonie. Il sera porté dans le dos, gracieusement dissimulé sous les pans de la gabardine quand celle-ci n'est pas en position aéronautique. Il sera ainsi indécelable, comblant la coquetterie de notre employé.

Jules en avait assez appris. Il inspecta le fond de la malle, découvrant une provision de fioles à air comprimé estampillées d'un O pour les unes, d'un H pour les autres. Oxygène et Hélium, parfait. Le propulseur occupait un compartiment à part. Curieusement, il évoquait un de ces appareils ménagers utilisés par les bonnes à tout faire dans les meilleures familles américaines, qui servait à aspirer poussière et saletés infiltrées entre les lattes du plancher. Autour du corps principal, oblong et fuselé, deux tuyères nickelées s'épanouissaient, terminées par un coude qui les faisait se redresser, tels des petits serpents rigides. Des sangles permettaient d'assujettir l'ensemble au reste de l'équipement. Le tout pesait un poids conséquent, mais il n'en serait pas de même au-dehors. Dans la Base soumise à une pression atmosphérique artificielle, l'exosquelette aiderait à supporter la charge.

La malle contenait encore une sacoche pansue, d'un modèle courant. Un ustensile de médecin, parfaitement anonyme. À l'intérieur, Jules découvrit une collection de capsules en verre, emplies de liquides plus ou moins colorés, ainsi qu'une paire de seringues. Une notice succincte expliquait l'usage de chaque produit, associant couleurs et effets. Par exemple, ce bleu céruléen avait des vertus soporifiques, cet ocre paralysait momentanément le système nerveux, cette solution laiteuse permettait de lutter contre la fatigue, etc. Jules mémorisa ces indications et détruisit ensuite la notice, la réduisant en fragments indéchiffrables. Puis il passa les différentes pièces de son équipement.

Il parvint à se glisser dans l'exosquelette, après mille contorsions particulièrement acrobatiques. La prothèse musculaire ne s'avérait pas une aussi grande gêne qu'il l'avait cru. Il fit quelques mouvements, d'abord timides, afin de tester les différents niveaux de tension des articulations mécaniques. Il avait l'impression d'évoluer au fond d'un bassin, à plus ou moins forte pression. Chacun de ses gestes gagnait en précision et en élégance, et, il le sentait aussi, en puissance. Enhardi par cette maîtrise nouvelle, il s'empara d'un fauteuil et le souleva avec une facilité déconcertante, d'une seule main. Miraculeux appareil, qui redonnait aux vieillards une vigueur inespérée !

Il enfila le costume de caoutchouc en prenant soin de ne pas y faire d'accroc, laissant le capuchon replié dans le col du veston. L'ensemble s'ajustait à sa morphologie comme une seconde peau. Fort heureusement, la mode sélénite autorisait certaines extravagances et personne ne s'étonnerait de le voir porter un pantalon collant et des souliers constitués d'une même pièce de latex noirci. Il passa la ceinture qui complétait la tenue autour de sa taille, y suspendit une série de fioles à air comprimé, moitié oxygène, moitié hélium. Sans l'exosquelette, les dix ou quinze kilos de métal l'auraient fait ployer, arrondissant la voussure de son dos. Enfin, il s'emmitoufla dans la gabardine aéronautique, dont la coupe rappelait celle des longs manteaux portés par les conducteurs de fiacre en hiver. De couleur gris cendre, son étoffe tenait à la fois de la toile goudronnée et de la bure monacale. Mais, une fois encore, les sélénites ne lui reprocheraient pas cette faute de goût, estimant peut-être qu'il s'agissait là d'une folie à la mode en Europe.

Il mit près d'un quart d'heure à connecter les piles aux divers pôles électriques de la prothèse, et à relier les valves des fioles d'hélium à celles des poches gonflables de la gabardine. Quand il fut prêt, paré de pied en cap, il jeta un coup d'œil dans le miroir du cabinet de toilette, contemplant l'Hercule aux épaules rembourrées et aux pectoraux renforcés qui lui souriait. Il était un autre homme, d'une stature plus imposante qu'en réalité. Pour parachever sa métamorphose, il eut l'idée de passer les poils gris de sa barbe et de sa tignasse au cirage. Le résultat était probant : le noir profond le rajeunissait, et, n'étaient quelques rides, on lui eût volontiers donné trente ans de moins.

Satisfait, Jules mit ses gants, prit sa sacoche et sortit. Le sort en était jeté. Il ne pouvait plus reculer, désormais. Babiroussa avait placé en lui ses ultimes espoirs. Il ne devait pas rentrer bredouille de cette expédition de la dernière chance. S'il ne retrouvait pas Louise Michel, ou s'il arrivait trop tard (on dispersait les cendres des forçats incinérés dans le désert, et c'était une belle cérémonie, avait dit le Manchot), à quoi bon revenir à Guernesey ? Autant tâcher de compromettre sur place le plan de conquête insensé du tyran, en se substituant à la pétroleuse. Babiroussa ne lui avait bien entendu rien demandé, mais Jules estimait qu'un tel honneur lui échoirait alors naturellement. Il n'avait plus rien à perdre, hormis le souvenir du *Saint-Michel*, mouillé en rade de Brest.

*

Après sa conversation avec Andrieux, la veille, Jaume avait jugé plus prudent de se faire connaître auprès des autorités sélénites. Toutefois, il n'avait pas dévoilé sa couverture aux responsables de la sécurité. Il avait pris soin de tomber le masque avant de les rencontrer.

Sa qualité d'espion en mission spéciale pour le préfet de Police lui conférait une position particulière ; aucun officier ne prendrait le risque de déplaire à Andrieux, tous feraient leur possible pour faciliter l'enquête de son sbire.

C'est ainsi que, un quart d'heure à peine après l'exécution du forçat, un insectoïde avait gratté à la porte du bureau transformé par l'inspecteur en quartier général de l'opération « drapeau noir » (Jaume était assez fier de l'intitulé choisi). La bestiole était venue littéralement pondre son message aux pieds de Jaume. Le rapport du surveillant en chef relatait les faits avec une concision toute militaire : *Sujet présent au bagne ce matin — a eu conversation avec matricules 43-233, 43-657, 43-544, 43-987 — Matricule 56-432 décédé pendant visite — Cause : transgression art. 7 règlement — Application sanction immédiate (art. 16).*

Renseignements pris, Jaume avait pu comprendre ce qui s'était passé. Il avait consulté les registres de l'administration pénitentiaire, en particulier les dossiers des prisonniers, et découvert l'identité des hommes désignés par leurs matricules. Plus que leurs patronymes, les raisons de leurs condamnations avaient attiré l'attention du policier. Le bagnard abattu excepté, les quatre autres avaient écopé de peines incompressibles allant jusqu'à trente ans d'enfermement pour des motifs liés à leur engagement politique. Distribution de tracts subversifs pour l'un, coalition professionnelle attestée pour deux autres — ouvriers métallurgistes aux Fonderies impériales, ils étaient tombés sous le coup de la loi Le Chapelier —, détention de littérature prohibée pour le dernier (l'imprudent avait sous son matelas l'œuvre intégrale de l'exilé de Guernesey, poésie, théâtre et romans, y compris les volumes imprimés dans l'île et diffusés par l'intermédiaire de libraires socialisants sous des couvertures d'apparence anodine). Bref, un joli ramassis de cocos ! Jaume avait trouvé la coïncidence grossière.

Pourquoi avait-il fallu que Verne rencontrât justement ce genre de racaille... s'il ne s'agissait pas d'un simple hasard ? Jaume commençait d'entrevoir la possibilité d'une machination, aux ramifications complexes. Son esprit échauffé par l'intrigue fonctionnait à plein régime. Enfin, il avait quelque chose à se mettre sous la dent, métaphoriquement parlant s'entend.

Il était allé interroger le médecin de la Pénitentiaire dans son cabinet du dernier sous-sol. Le praticien, un bonhomme sec comme un coup de trique répondant au doux sobriquet de Père la Camarde, l'avait renseigné sur les maux, bien réels, des quatre bandits. Non, ils ne simulaient pas, et oui, leurs blessures respectives ne leur permettaient pas pour le moment de travailler. Mais il n'était pas exclu qu'ils se les soient eux-mêmes infligées, pour échapper à la corvée du chantier. Trois d'entre eux restaient confinés sur leur palier depuis deux semaines. Le quatrième, détail troublant, s'était rompu les os de l'avant-bras trois jours plus tôt, quelques heures après l'alunissage de la nef ishkiss. Une autre coïncidence ? Jaume en doutait. Il avait demandé au Père la Camarde si, à sa connaissance, les forçats disposaient d'un moyen de communiquer à l'insu de leurs gardiens. Le vieux médecin avait ri avant de répondre : « J'aurai bientôt quarante ans de Pénitentiaire derrière moi, Monsieur... Si je peux être sûr d'une chose, c'est bien de l'ingéniosité sans limites de ces gredins ! À Cayenne, les nouvelles circulaient d'abord dans les cellules avant d'arriver aux oreilles du gouverneur. Ils sont capables de tout, n'en doutez pas. »

L'heure du déjeuner approchait. Jaume avait tombé la redingote et le chapeau melon. Il s'était grimé et travesti en hâte, puis avait rejoint le restaurant. Verne était apparu quelques minutes plus tard, flanqué des deux blancs-becs du *Petit Parisien*. Le gros Marseillais suivait à bonne distance, l'air misérable, pareil à un chien grondé par son maître. Jaume écoutait d'une oreille distraite le babil des conversations qui se tenaient à sa table, hochant parfois le menton en signe d'approbation. Il guettait les journalistes du coin de l'œil, mais ceux-ci faisaient grise mine. Finalement, le correspondant du *Sémaphore de Marseille* (rien à craindre de ce côté : la feuille de chou était légitimiste, plus royaliste que le roi, plus impérialiste que l'Empereur ; elle déversait dans ses colonnes la propagande ordinaire, à laquelle elle se contentait d'ajouter un zeste d'accent du Sud) abandonna ses compères. Après un court échange avec Bautrelet (prénom : Isidore ; taille : 1,75 m ; âge : 19 ans à peine ; signes particuliers : néant ; opinions politiques : sympathie pour les thèses révolutionnaires, aucune accointance prouvée avec un groupe terroriste, enquête en cours, surveillance policière permanente... Jaume connaissait la fiche de police du journaliste sur le bout des doigts), Verne s'en fut à son tour.

Jaume n'estima pas nécessaire de le prendre en filature. Après l'incident survenu au bagne, l'écrivain se tiendrait sur ses gardes. De toutes manières, son signalement avait été diffusé à tous les agents infiltrés dans la Base. On ne manquerait pas d'alerter l'inspecteur principal si on l'apercevait dans un secteur non autorisé au public.

On s'était attaqué au dessert, un vacherin onctueux, et Jaume se régalait. Dame, cette mission n'était pas sans avantages pour sa panse et ses papilles ! Il avait connu pire situation : des filatures sans fin dans les bas-fonds de Paris, qui le menaient jusqu'à l'aube, épuisé, le ventre creux, le genou flageolant ; des journées entières à surveiller un immeuble de réputation douteuse, coincé dans l'encoignure d'une porte cochère, sans oser bouger, les membres engourdis et la vessie pleine à craquer. Il en passait et des meilleures... Va, Andrieux n'était pas si vachard, qui lui avait offert un séjour tous frais payés chez les rupins !

Jaume se servait une seconde part de gâteau glacé quand la voix du préfet retentit sous son crâne :

« *Branle-bas de combat, mon petit Jaume ! La guerre est déclarée, les heures de l'ennemi sont comptées. Il s'agit de frapper fort...* »

L'inspecteur avait laissé échapper un hoquet de surprise. Les couverts lui étaient tombés des mains, et sa part de vacherin maculait présentement la nappe de dentelle.

« Voilà que ça lui reprend, fit une de ses voisines. Ça doit être les nerfs.

— Ou bien le confinement, ajouta une autre. On dit que certaines gens ne supportent pas d'être privées du grand air. »

Elle avait souligné l'expression « certaines gens » d'un regard méprisant, mais Jaume n'en avait cure. Indifférent aux remarques des rombières, il porta sa serviette devant sa bouche, pour dissimuler le mouvement de ses lèvres. « *La guerre ? L'Empire est attaqué ? Les Anglais ont débarqué ?*

— *Laissez Albion à ses perfidies, et écoutez plutôt. J'ai vu l'Empereur ce matin. Il avait lu la presse et n'était pas content. Rien ne doit menacer l'alliance avec les Ishkiss. Imaginez un peu s'ils découvraient l'existence d'une opposition plus virulente qu'il n'y paraît, avec une tribune libre dans les journaux ! Bref, il faut éradiquer le mal. Ici, les choses se précipitent. Je mobilise, Jaume, et s'il le faut, j'instaurerai le couvre-feu sur tout le territoire. Les rebelles n'ont aucune chance. On les prendra tous, pas de détail, plus le temps de finasser. On doit faire taire la voix de la résistance. Vous me comprenez ?* »

Jaume ne comprenait que trop bien, mais il s'étonnait de ce revirement soudain. « *Hier encore...*, fit-il remarquer.

— *Fichtre, Jaume, ne me parlez pas du passé. Vous croyez que ça m'amuse, moi, de partir à la chasse aux utopistes ? Que nenni, et pourtant j'obéis. J'aurais mille fois préféré procéder en douceur, comme à notre habitude. Infiltration des rangs ennemis, fichage, recoupements, interrogatoires, etc. Mais nous n'avons plus le temps. Les travaux avancent sur la Base, il faut que tout soit réglé avant leur achèvement et l'inauguration du port astral. C'est ainsi. Alors...*

— Laissez-moi une journée, quelques heures encore..., implora le policier. *Ici aussi, les choses se précipitent. Ce matin, Verne a pris contact avec un groupe de forçats liés à la rébellion. Je tiens une piste, Monsieur, et je suis sûr qu'elle me conduira droit à un complot ourdi au cœur même de la Lune, rendez-vous compte ! Peut-être même y a-t-il menace pour l'alliance... Les forçats travaillent à l'aménagement du port astral. S'ils avaient conçu quelque machination susceptible de perturber la cérémonie d'inauguration...* »

Jaume suspendit sa phrase, ménageant un effet de suspens. Cinq minutes plus tôt, il en était encore à de vagues conjectures sur la teneur du lien établi entre Verne et les bagnards. Andrieux lui avait fourni une explication plausible en évoquant la perspective de l'achèvement du chantier. Le Prince en personne ferait le déplacement jusqu'à la Lune pour assister au premier décollage des navires nés de la collaboration entre terriens et extra-humains. Dans ce but, il pressait médecins et ingénieurs de parfaire son rétablissement, pour ne pas rater l'événement. Louis Napoléon n'avait encore pas marché sur la Lune et les sélénites étaient impatients d'acclamer leur souverain. Le jour venu, tous les regards terriens seraient braqués sur le disque marmoréen.

Trente ans plus tôt, les terroristes n'avaient pas hésité à sacrifier la vie de l'Impératrice et du Dauphin. On pouvait, à bon escient, supposer qu'un attentat se préparait sur la Lune, lieu symbolique entre tous des ambitions impériales. Plus il y pensait, moins Jaume trouvait l'hypothèse absurde ; après tout, Verne n'avait-il pas visité, dans l'ordre, les Ateliers impériaux, le chantier lunaire, et le bagne ? Si on l'imaginait dans le rôle du superviseur de la machination, tout se tenait !

Le préfet avait dû suivre un raisonnement analogue, trois cent quatre-vingt mille kilomètres plus loin. Il reprit, sur un ton moins péremptoire : « *Nous ne pouvons pas courir le moindre risque. Je déclencherai les opérations à la tombée de la nuit, dans la capitale d'abord. Cela vous laisse une dizaine d'heures. Mais comprenez-moi bien, mon petit Jaume : si vous n'avez rien découvert à ce moment-là, il faudra obéir et éliminer le trublion. Je vous recontacterai.*

— *Entendu.* »

Andrieux avait coupé la communication, laissant un grand vide dans la tête de l'inspecteur.

Intermède

HARANGUE ET MÉTAMORPHOSE

Les colleurs d'affiches n'avaient pas traîné. Les placards officiels n'étaient pas encore secs que déjà la foule se pressait, convergeant sur le Palais du Louvre. Louis Napoléon allait s'adresser à la population. Le Prince allait apparaître. Un événement à ne rater sous aucun prétexte.

Le quai des Tuileries et celui du Louvre étaient encombrés par une marée humaine, qui refluait vers le Pont-Neuf et le Pont-Royal sous la pression de la Garde impériale. On avait déployé un cordon de soldats autour du Palais, entre la Concorde et Saint-Germain-l'Auxerrois. La chaussée mécanique rue de Rivoli, immobilisée, était arpentée par des cavaliers chevauchant des insectoïdes, chargés de contenir les ardeurs de la populace à coups de rostre ou de badine. Ils n'hésitaient pas à réprimer violemment les plus hardis : çà et là, on entendait s'élever des plaintes et des râles. Malgré ces débordements, l'excitation de la foule confinait à la liesse. On allait assister à un spectacle hors du commun, à n'en pas douter.

Tout le monde n'avait d'yeux que pour la hampe de la petite tour Eiffel plantée dans la cour du Palais. La pointe de l'édifice culminait une centaine de mètres au-dessus du sol, un Zeppelin amarré à hauteur du second étage. Sur le ventre rebondi de l'appareil s'étalaient les armoiries impériales. Mais l'attention du public n'était pas monopolisée par le dirigeable.

Pour tromper l'attente, on faisait connaissance avec son voisin. Les commentaires allaient bon train. On se souvenait de la précédente exhibition du Prince. On l'avait trouvé en meilleure forme, rajeuni, moins guindé aussi, qu'à l'occasion de sa dernière apparition. On s'enthousiasmait des progrès de la médecine, on se réjouissait de l'heureuse fortune de Louis Napoléon, qui avait tant souffert. Ah, on avait compati, on avait pleuré avec lui, puis le temps avait fait son office, refermant peu à peu les plaies.

Les plus folles rumeurs avaient couru les rues de la capitale quand, après Sedan, l'Empereur s'était reclus, prisonnier volontaire en son propre Palais. Pendant près de vingt ans, on ne l'avait plus revu et on le disait fou, ou mort. Les ministres et les conseillers assuraient qu'il gouvernait toujours, mais n'en disaient pas plus. Seul le préfet de Police franchissait le seuil de ses appartements privés, ainsi que ses médecins. L'enquête diligentée après l'assassinat d'Eugénie et du Dauphin avait traîné en longueur, jamais les coupables n'avaient été châtiés. Les années avaient passé, et les Ishkiss étaient venus. Le peuple de Paris avait retrouvé son Prince. Voilà tout ce qu'on savait, et cela suffisait.

Pourvu qu'elle ait une idole à adorer, Paris se moquait bien de la vérité.

Soudain, une clameur monta des premiers rangs de l'assistance. Des exclamations de joie fusèrent, feux d'artifice sonores envoyés au ciel couleur de cendre qui assombrissait l'horizon. Dans le pilier ouest de la tour, une cabine écarlate s'était mise en branle, entraînée par le contrepoids qui glissait lentement le long de la jambe de la petite demoiselle en frou-frou d'acier. Les hourras et les vivats accompagnèrent l'ascension du Prince. Une minute plus tard, la cabine atteignit le second étage. La foule retint son souffle quand les portes coulissèrent. La silhouette de l'Empereur se découpa dans l'encadrement. En dépit de la distance qui le séparait de ses sujets, il paraissait gigantesque, un véritable colosse.

Louis Napoléon fit un pas, puis deux, de véritables pas de géant, avant de se figer contre la rambarde taillée en couronne qui ceinturait tout l'étage. Il avait revêtu son uniforme de chef militaire, reconnaissable à la parure de médailles s'étalant sur sa poitrine en une palette bigarrée.

Des nuages charbonneux s'accumulaient sur la ville, précipitant le crépuscule en plein après-midi. On crut entendre le tonnerre rouler, avec un grondement de barrique dévalant une pente, mais l'orage était encore loin. C'était la voix du Prince, amplifiée par les centaines de cornets acoustiques disposés autour du Palais, suspendus aux encorbellements des façades, fleurs de cuivre épanouissant leurs corolles dorées. C'était la voix de Stentor ressuscité, la voix de l'Empire lui-même, qui frappait au plexus, faisait vibrer les membres et ployer les consciences.

« PEUPLE DE PARIS... »

Dans le dos du tyran, dissimulés aux milliers de regards ébahis, médecins et ingénieurs s'activaient. Chaque mot prononcé par le Prince, chaque geste ébauché, déclenchait un concert de chuintements, cliquetis et sifflements qui affolaient les aiguilles sur les cadrans de contrôle. Le corps de Louis Napoléon était une mécanique encore imprécise et capricieuse. Il fallait veiller à injecter un flot régulier de fluides dans les artères de caoutchouc, maintenir à ampérage constant les stimulateurs électriques branchés sur son réseau nerveux, épancher les fuites au niveau des liaisons biomécaniques effectuées à la hâte dans la salle d'opération du Louvre, quelques heures plus tôt.

« ... JE M'ADRESSE À TOI EN CE JOUR... »

Après le sacrifice de ses membres inutiles, l'Empereur, réduit à l'état d'homme-tronc, dépendant d'injections quotidiennes de sang étranger, avait convoqué tout ce que l'Empire comptait comme scientifiques de renom. Il avait promis la fortune à quiconque contribuerait à son rétablissement. Peu importait le moyen, seul comptait le résultat : prolonger son existence, préserver son intégrité mentale. Les premiers projets de prothèse intégrale avaient vu le jour, mais le problème de coagulation fulgurante n'avait pas été résolu. Si la technologie moderne pouvait pallier les défauts de motricité, la science médicale s'avérait impuissante face au mal qui rongeait le Prince. Puis le miracle avait eu lieu : les Ishkiss avaient débarqué au Trocadéro, un jour de 1889. Les Ishkiss, maîtres dans l'art biologique, détenteurs des mystères du vivant. Ils avaient appris aux chirurgiens terriens quelques-uns de leurs secrets, en particulier celui des greffes en tous genres. Alors, on avait commencé de reconstruire Louis Napoléon...

« ... DIX ANNÉES ONT PASSÉ DEPUIS QUE NOTRE EMPIRE A CONCLU UNE ALLIANCE AVEC

LES EXTRA-HUMAINS. DIX ANNÉES FRUCTUEUSES POUR NOS DEUX ESPÈCES. IL EST AUJOURD'HUI TEMPS D'EN RÉCOLTER LES BÉNÉFICES... »

Les opérations s'étaient multipliées, sous la direction de spécialistes ishkiss, alternant avec de longues périodes de convalescence. Les organes déficients du Prince avaient été remplacés, les uns après les autres. Mais il ne s'était pas simplement agi de guérir Louis Napoléon. Les Ishkiss lui offraient l'occasion d'améliorer ses capacités physiques. Ils avaient conçu pour lui une collection d'organes cultivés dans les laboratoires de leurs navires. Cœur, foie, poumons, rate, glandes diverses, ils avaient étudié le modèle anatomique terrien, ses imperfections notoires, intrigués par le phénomène de destruction des cellules à la base du vivant. Après moult déconvenues, dont des centaines de forçats firent les frais, ils parvinrent à confectionner un appareillage anatomique sur mesure, qu'il ne restait plus qu'à adapter au squelette externe mis au point par les ingénieurs des Ateliers impériaux. Même l'enveloppe du Prince, cette peau disgracieuse qui fait fonction de sac à organes chez les terriens, avait été modifiée. Le fragile épiderme rosâtre avait été remplacé par une squame résistante, solide et inaltérable, dénuée de toute pilosité superflue. L'apparence de Louis Napoléon avait évolué en conséquence de cette métamorphose, même si certains praticiens s'étaient évertués à lui conserver figure à peu près humaine. Seul le cerveau du Prince avait été épargné.

« ... JE VOUS AVAIS PROMIS LA LUNE, AUJOURD'HUI JE VOUS LA DONNE. JE VOUS AVAIS PROMIS UN EMPIRE PLUS PUISSANT QUE TOUS CEUX

JAMAIS ÉDIFIÉS SUR NOTRE PLANÈTE, DEMAIN IL SERA VÔTRE. CINQ CENTS VAISSEAUX SERONT BIENTÔT PRÊTS À VOGUER VERS D'AUTRES ÉTOILES, AVEC À LEUR BORD LA PLUS FORMIDABLE ARMÉE JAMAIS MOBILISÉE. DEMAIN VOUS AUREZ L'UNIVERS À VOTRE PORTÉE... »

Après la tragédie de 1870, miné par le chagrin, diminué, il ne s'était pas écoulé une journée, une heure, sans que Louis Napoléon maudisse le corps débile dans lequel sa volonté, ivre de vengeance, était contenue. Il avait fui les regards dégoûtés, ou pis, dégoulinants de compassion, il avait fui ceux qui l'avaient côtoyé au temps de sa gloire, tant sa propre déchéance lui faisait horreur. Au début, il avait voulu en finir, mettre un terme à cette parodie d'existence digne du Grand-Guignol, mais son doigt demeurait figé sur la détente du pistolet, incapable d'accomplir le geste salvateur. Dans son cadre doré, Eugénie le suppliait de résister, de lutter et de vaincre, de ne pas mourir avant que les coupables de sa mort ne fussent châtiés. S'élevant d'outre-tombe, la voix de son épouse l'avait soutenu dans l'épreuve. Il n'avait pas parlé de ces conversations secrètes au médecin viennois que l'on avait mandé pour le guérir, parce qu'il ne voulait pas qu'on le prenne pour un fou. Le petit docteur avait continué de recevoir les confidences du Prince, sans se douter de rien.

« ... MAIS UNE MENACE PÈSE SUR CE GRANDIOSE AVENIR. L'EMPIRE N'A PAS DE RIVAUX HORS SES FRONTIÈRES. CEPENDANT, À L'INTÉRIEUR, PROSPÈRE UN ENNEMI INVISIBLE. UN ENNEMI ACHARNÉ À SA PERTE AU NOM D'IDÉAUX CORROMPUS ET MALSAINS, UN ENNEMI QUI SE

DRESSE ENTRE VOUS ET L'AVENIR RADIEUX PROMIS PAR L'ALLIANCE AVEC LES ISHKISS... »

Eugénie ne l'avait pas abandonné. Il avait puisé sa force, il avait bu en elle comme à une source de jouvence. Les portraits s'étaient accumulés autour du lit impérial et, dans la chambre transformée en kaléidoscope dédié au visage gracieux de la défunte, Louis Napoléon avait repris espoir.

« ... L'ENNEMI EST UNE HYDRE AUX TÊTES INNOMBRABLES. IL FAUT LES TRANCHER TOUTES DU MÊME COUP POUR L'ABATTRE. C'EST POURQUOI LA LOI MARTIALE ENTRE EN VIGUEUR CE JOUR DANS TOUT L'EMPIRE. PARTOUT, À L'HEURE OÙ JE VOUS PARLE, LA TROUPE EST EN ROUTE. DÈS CE SOIR, LES GEÔLES SERONT PLEINES. CEUX QUI RÉSISTERONT SERONT ABATTUS SANS PITIÉ. LES ASSASSINS DE L'IMPÉRATRICE ET DU DAUPHIN N'ONT PAS EU DE PITIÉ. CE SOIR, ILS SERONT VENGÉS, ET DEMAIN, LEUR SOUVENIR RESPLENDIRA À D'AUTRES FIRMAMENTS ! »

La foule avait cédé au délire. Les paroles de Louis Napoléon avaient touché droit au cœur des patriotes comme à celui des mères de famille. Tout Paris était prêt à marcher au pas aux côtés de son guide, magnifique sous la lumière argentée de l'orage qui avait franchi les murailles de la ville. On s'enthousiasmait au cri d'« À mort l'anarchie », on s'époumonait, on hurlait sa joie d'avoir recouvré un chef de guerre. Avec l'odeur de l'ozone, il flottait sur la capitale des relents de nostalgie de la répression versaillaise.

Louis Napoléon Bonaparte avait levé la tête aux cieux, comme pour défier l'espace caché derrière les nuages noirs. Le visage d'Eugènie lui souriait, esquissé dans la masse d'un cumulo-nimbus qui rasait les tours de Notre-Dame, tapie dans l'île de la Cité, non loin de là.

« Il ne faut pas s'attarder, l'orage menace, fit un médecin.

— L'air est chargé d'électricité, ajouta un ingénieur. Nos appareils ne supporteront pas... »

Le rire démentiel de l'Empereur coupa court à toute récrimination. Terrorisés, les scientifiques blottis dans la cabine d'ascenseur observaient le géant de métal vivant qu'ils avaient contribué à créer. La créature n'avait plus d'humain que le cerveau de Louis Napoléon, mais celui-ci était-il toujours sain ?

En dépit des efforts du petit médecin viennois, il était permis d'en douter.

CHAPITRE VIII

Une pétroleuse en enfer

Les sélénites n'accordaient aucune attention au colosse barbu tout de noir vêtu qui était apparu dans les galeries de la Base Cyrano. Son accoutrement, pour excentrique qu'il fût, ne déparait pas celui des hôtes de la Lune. La nef ishkiss avait débarqué le matin son lot de riches visiteurs, parmi lesquels dandys et autres olibrius se taillaient la part belle. Un de plus, un de moins...

Jules avait d'abord traîné dans les quartiers publics, attentif aux réactions des promeneurs et des employés impériaux. Une fois certain de son anonymat, il avait emprunté un monte-charge pour gagner le deuxième sous-sol et rejoint le forum circulaire dégagé en son centre. Le faîte de la colonne d'acier, véritable épine dorsale du complexe, occupait le cœur de la place. Quatre portes s'ouvraient aux quatre points cardinaux, d'où l'on accédait aux ascenseurs qui menaient en Enfer. Chacune d'elles était sous bonne garde : quatre gendarmes portant bicorne, fusil Lebel à la bandoulière, en interdisaient l'accès.

Jules s'assit sur un banc de square, installé devant une fresque reproduisant un parc verdoyant, légèrement en retrait de la colonne. Des insectoïdes grimpaient aux branches peintes sur la cloison, animant la scène figée par un peintre sans imagination. Jules déplia l'édition du *Temps* que lui avait fournie un maître d'hôtel et fit mine de parcourir les articles de la une, sans quitter le forum des yeux. Les sélénites allaient et venaient, aussi insouciants que de coutume, prenant garde d'éviter les abords de la colonne. Rien ne semblait devoir troubler la vigilance des gendarmes. Jules commençait à désespérer quand un voyant lumineux se mit à clignoter au-dessus de la porte ouest, annonçant l'arrivée de l'ascenseur. Le gendarme de faction s'effaça pour laisser sortir les gardes-chiourme qui avaient terminé leur service. La porte de la cabine resta grande ouverte, dans l'attente de l'équipe de relève.

C'était le moment ou jamais. Jules se leva et emboîta le pas aux surveillants, harassés, qui s'éloignaient en direction d'une galerie annexe. Il avait tiré de sa sacoche une capsule emplie d'une solution soporifique et préparé une seringue, qu'il gardait au fond de sa poche. Il s'approcha suffisamment près du dernier surveillant, à la traîne derrière ses compagnons et lui planta l'aiguille dans la fesse, en appuyant sur le piston. Aussitôt, le maton s'écroula. Jules se mit à crier :

« Holà, un malaise ! Vite, vite, qu'on appelle un médecin ! »

Les autres surveillants revinrent sur leurs pas, embarrassés par cet incident qui leur faisait perdre leur temps. Ils tentèrent de ranimer leur collègue, en vain. Quelques badauds s'étaient arrêtés et un engorgement commençait d'obturer le passage. Chaque seconde, de nouveaux arrivants s'agglutinaient autour de l'infortuné garde-chiourme. Quand il y eut assez de monde, Jules joua des coudes pour se dégager et courut vers la colonne. Il interpella le gendarme, qui n'avait pas quitté son poste.

« Il faut prévenir un médecin, vite ! Allons, réagissez, mon ami ! »

Un éclair de panique alluma le regard du pauvre bougre. Jules insista :

« Dépêchez-vous, voyons ! C'est une question de vie ou de mort.

— Cours donc, empoté, fit le gendarme voisin, celui de la porte nord. Ne t'en fais pas pour ta garde, j'ouvre l'œil et le bon. »

Parfaits, estima Jules, ils sont parfaits : zélés, disciplinés, incapables de résister à une injonction. Des gendarmes, en un mot. Le premier parti, Jules attendit que le second détournât son attention vers la foule amassée au chevet du maton pour se glisser dans la cabine. Elle formait un rectangle d'environ trois mètres sur deux. Une banquette recouverte de moleskine, un râtelier présentement vide, une table couverte d'un tapis de jeu et de cartes usées, et une unique ampoule habillaient cette cage sans verrou.

Il n'y avait pas une minute à perdre. La relève ne serait pas bloquée très longtemps dans la galerie. Jules repéra vite ce qu'il cherchait. La trappe utilisée par le service d'entretien permettait l'accès au puits central, encombré de câbles métalliques formant une forêt de liane d'un genre nouveau. Un simple loquet actionnait l'ouverture. Jules se hissa sur la table, sans que ses semelles de caoutchouc impriment la moindre trace sur le gazon du tapis de jeu. Il se faufila tant bien que mal sur le toit et referma la trappe derrière lui. Puis il se redressa précautionneusement, sans faire de bruit. Il dut arquer les jambes, car sa tête frôlait l'énorme roue où s'enroulait le câble accroché à la cabine. Plus haut encore, il apercevait une partie des pistons hydrauliques qui entraînaient le mécanisme. Trois montages identiques surplombaient les autres puits, séparés entre eux par des rails de guidage, soutenus par des traverses horizontales évoquant les barreaux de monstrueuses échelles.

Comme il s'y attendait, les autres cabines étaient stationnées plus bas, en Enfer. Il s'agrippa à la traverse la plus proche, crochetant ses jambes au rail, et attendit. Une minute plus tard, des voix résonnèrent sous lui, dans l'habitacle étroit. Les surveillants riaient, échangeant des plaisanteries grivoises, où il était question de la virilité douteuse de leur camarade évanoui. Les sons se répercutaient dans le puits. Le plus petit tintement prenait les proportions du bourdon de Notre-Dame, amplifié par l'écho. Jules retint sa respiration, statufié. Enfin, après de longues minutes qui lui parurent durer des heures, l'ascenseur s'ébranla, comme aspiré par le vide. Au-dessus de lui, la grosse roue tournait lentement sur elle-même, dévidant son fil, à la manière d'une bobine de couturière. Avec ce fil-là, songea Jules, on pouvait repriser les accrocs faits aux jupes de la Grande Demoiselle du Champs-de-Mars.

Bientôt, l'obscurité engloutit l'ascenseur. Jules libéra sa main droite, qu'il enfouit dans l'échancrure de sa gabardine. Il tâtonna jusqu'à trouver une fiole d'hélium reliée aux réservoirs gonflables du pardessus et fit jouer la valve de distribution. Dans un sifflement aigu, les poches des épaules et du dos se boursouflèrent, lui donnant l'apparence du bossu amoureux d'Esmeralda. Jules se sentit soudain plus léger. Il manœuvra une deuxième fiole et doubla presque de volume.

Jules resta accolé à la traverse quelques secondes avant d'oser lâcher prise. D'abord, il crut que la gravité avait repris ses droits et eut un instant d'affolement en ne sentant plus rien sous ses pieds. Mais la chute redoutée n'eut pas lieu. Jules flottait, tel un ballon miniature, à hauteur de la grille derrière laquelle le gendarme avait dû reprendre son poste. C'était une sensation extraordinaire, même pour un marin habitué aux caprices de l'océan, au roulis et au tangage. Jules essaya de se rappeler ce qu'il avait éprouvé quand les Ishkiss l'avaient fait décoller, pour sauver Isidore. En vain. L'envol avait été trop bref et inattendu pour qu'il eût le temps d'en profiter.

Libérant un peu de pression de ses poches latérales, Jules commença une lente descente. Il avait l'impression d'être retenu au plafond par un ressort invisible qui s'étirait mollement. Il arriva bientôt à hauteur du hublot percé dans le pilier d'acier, en face du premier palier. Là, l'écrivain eut la vision fugitive d'empilements de couchettes vides. Le verre teinté adoucissait l'éclat de la lumière électrique réfléchie par le cuivre, conférant au décor un aspect intimiste plus menaçant qu'il ne l'était en réalité.

Jules gagna peu à peu en vitesse et les hublots se mirent à défiler. Il en compta douze avant de rejoindre la cabine, immobilisée. Il imagina les surveillants, à l'intérieur, astiquant leurs fusils, riant toujours et jouant aux cartes, prêts à tirer sur un forçat comme sur un vulgaire lapin de garenne. Jules ralentit sa chute, relâchant un peu de gaz dans les réservoirs de la gabardine. Un grondement monta des entrailles du puits nord, immédiatement à sa droite. L'ascenseur s'approcha à allure modérée et doubla l'écrivain. Jules attendit qu'il se fût suffisamment éloigné, avant de se glisser dans l'espace libre entre deux traverses et de gagner le puits nord, sa sacoche serrée contre la poitrine. Il dut fournir un effort conséquent pour forcer son vêtement disproportionné à franchir l'obstacle, comprimant les réservoirs. Heureusement, la toile imperméable était assez souple et résistante pour ne pas craquer. L'écrivain se laissa ensuite choir jusqu'au fond de l'Enfer.

Jules reposa le pied sur le sol cinq interminables minutes plus tard. Entre-temps, il avait croisé les cabines des puits est et sud, arrêtées à des niveaux différents. Le Manchot avait dit la vérité. Il y avait un passage découpé à la base de la colonne, une espèce d'arc voûté sous lequel il fallait se faufiler le dos plié. Par ce trou de souris, on évacuait les cadavres disloqués des malheureux jetés par-dessus bord, depuis les différents paliers. Jules dégonfla les réservoirs d'hélium et se risqua hors du pilier.

La pénombre était à peine troublée par les lueurs jaune sale de quelques ampoules faiblardes. De vastes zones d'obscurité entouraient la colonne qui se terminait là, directement assujettie au plancher métallique. Une odeur de mort et de putréfaction assaillit les narines du marin, habituées à l'iode des espaces infinis. L'endroit semblait désert. Jules fit quelques pas, sur ses gardes. En levant le nez, il pouvait apercevoir le balcon de l'avant-dernier cercle, une dizaine de mètres plus haut, éclairé par la lumière qui tombait du ciel, invisible. Et s'il avait fait fausse route ? Si son intuition n'avait pas été la bonne ? Pourtant, quelle meilleure cachette que celle-ci, où même les matons ne s'aventuraient qu'à la dernière extrémité, pour récupérer les cadavres de leurs victimes. Il était certain que le Manchot et ses compagnons ne lui avaient pas joué leur petit numéro sans arrière-pensées. Il avait le cahier d'écolier, un indice, une preuve... de quoi, au juste ?

Jules n'osa pas appeler, de peur que sa voix ne résonne et n'alerte les gardes-chiourme. Il s'avança à tâtons, jusqu'à buter contre un mur froid et lisse. Ici, pas de bat-flanc, pas d'échelle, rien que le métal nu. Jules effectua un rapide calcul mental, qui lui permit d'évaluer la surface approximative de ce cul-de-basse-fosse. Dix minutes suffiraient pour en faire le tour. Il se mit en marche, progressant à pas prudents, sa sacoche brandie tel un bouclier devant lui, sa main libre collée à la paroi, pour se guider dans cette nuit artificielle. Sa paume rencontra le vide au bout de quelques minutes de progression.

Une espèce de hublot avait été découpée dans le revêtement métallique. Le trou pratiqué était irrégulier, de forme ovale, et ses bords présentaient des boursouflures d'acier brut. Ce n'était pas un travail d'ouvrier consciencieux, mais un ouvrage rapide et grossier, l'œuvre d'un néophyte. Le métal semblait avoir été soumis à une chaleur intense, puis déformé et percé à la va-vite, sans précautions. Jules passa le bras dans l'ouverture. Le même métal fondu puis solidifié tapissait un passage étroit qui s'étirait sur un ou deux mètres, au moins. Il prit une profonde inspiration, se glissa à plat ventre dans le boyau et se mit à ramper, poussant sa sacoche devant lui. Il était plongé dans un noir absolu, un néant de ténèbres qui seyait à l'idée qu'on pouvait se faire du tréfonds de l'Enfer.

Il paraissait peu probable que ce conduit figurât sur les plans initiaux des concepteurs du site. Cette pensée accompagnait Jules dans sa lente reptation et lui donnait le courage nécessaire pour continuer d'avancer, en dépit de la voix qui lui soufflait de rebrousser chemin sans tarder. Il avait conscience de la précarité de sa situation, quelque deux ou trois cents mètres sous la surface de la Lune, confiné dans un espace exigu, pas assez large pour lui permettre de se retourner, ni assez haut pour qu'il pût simplement s'agenouiller. Le marin sentait monter en lui une peur immémoriale, une espèce de vertige intérieur, qui avait dû rendre fous tous les hommes privés de liberté et d'horizons sans limites. Il se força à avancer, concentrant sa volonté sur un seul but : retrouver celle sur qui Babiroussa avait misé tous ses espoirs et, avec eux, ceux de l'humanité.

Jules avait l'impression d'avoir parcouru une distance incroyable quand sa sacoche buta contre un obstacle inattendu. Il s'immobilisa. Un bruissement, pareil au friselis du vent dans les feuilles des arbres, s'élevait devant lui. Jules écarta la sacoche et ôta ses gants. Privé de l'usage de la vue, le sens tactile, trop négligé au quotidien, recouvrait son importance initiale. Il promena ses doigts sur les contours de l'objet qui lui barrait le passage, timidement d'abord, puis avec plus d'assurance. C'était chaud, constitué d'une matière spongieuse, légèrement poisseuse, qui adhé-

de survivre. Sans cela, je serais morte depuis longtemps. La maladie, Monsieur Verne, une terrible maladie, contractée en Nouvelle-Calédonie, qui me ronge sans répit, se repaît de mes chairs... J'étais condamnée depuis le premier jour. Alors, je n'avais rien à perdre, vous comprenez ? C'est ce que j'ai écrit à Babiroussa depuis les tropiques, dans notre langage codé. Je ne lui ai pas laissé le choix. J'irai sur la Lune et je jouerai notre va-tout, lui ai-je dit. Je viendrai et je convertirai le plus grand nombre à notre cause, je convaincrai les prisonniers de se rebeller, je leur apprendrai l'histoire de la lutte pour la liberté (Jules se souvenait des paroles du Manchot, comme une leçon apprise et répétée... Louise était demeurée une fameuse institutrice !). Mais les gardiens ont fini par se douter de quelque chose, ils m'ont mise à l'écart et m'ont interdit toute correspondance avec la Terre. Je suis alors tombée plus gravement malade que jamais. J'ai donc décidé de jouer un tour à mes geôliers, avec la complicité de mon ami ishkiss. Un matin, j'ai joué les trépassées. Rien de plus crédible, dans mon état. On a alors procédé à une mise en bière à la façon du bagne lunaire : par-dessus bord, au fond du puits... Je vous avoue avoir eu la peur de ma vie, quand j'ai basculé dans le vide. Mon ami a amorti ma chute et m'a transportée jusqu'ici. Pour parfaire le subterfuge, des camarades avaient pris soin de conserver le corps d'une prisonnière qui me ressemblait un peu, morte depuis quelques jours... Ce n'était pas une sinécure pour ses voisins de couchette ! La malheureuse a pris le même chemin que moi, plus discrètement, alors que l'attention des gardes était attirée par une bagarre mise en scène tout exprès. Ils ne se sont aperçus de rien, trop contents d'être débarrassés de moi. »

Jules n'en revenait pas. La Grande Citoyenne avait poussé la notion d'engagement à ses limites les plus extrêmes. Avait-on jamais donné davantage à une cause, quelle qu'en fût la noblesse ? Admiratif, il la laissa continuer :

« Babiroussa avait compris avant tout le monde qu'il était possible d'infléchir la politique des extrahumains. Il n'avait pas pu deviner ce que j'ai découvert ici, en dépit de son intelligence... Tout de même, il a eu l'intuition géniale de leur nature collectiviste et pacifique. S'ils l'avaient voulu, Monsieur Verne, ils auraient eu les moyens et l'occasion de soumettre les terriens à leur volonté. Or, c'est bien l'inverse qui s'est produit. Badinguet a tiré tout le bénéfice du pacte conclu dans l'urgence avec eux. Dans l'urgence car, voyez-vous, les Ishkiss agonisent. Oh, ils ne vont pas disparaître du jour au lendemain, cela peut même prendre des siècles encore, mais, à leur échelle, c'est bien peu. Car les Ishkiss forment un peuple, des peuples plus exactement, des milliers de peuples agglomérés en un substrat de société, dont l'origine remonte à la nuit des temps. L'homme existait à peine, encore singe, qu'ils sillonnaient déjà l'univers, dans un dessein unique : être et demeurer. Ils ont une spécialité : la survie. Leur civilisation repose sur cet unique postulat, vivre, à défaut de toute autre exigence. Pour ce faire, ils empruntent à chaque espèce rencontrée l'élément, technique ou culturel, qui manquait à leurs capacités de préservation. En échange, ils acceptent d'intégrer ceux qui le désirent. Les Ishkiss ne sont pas une espèce particulière, ils sont une stratégie, incarnée dans un conglomérat d'êtres de natures radicalement différentes. Vous comprenez à présent ce qui les rapproche de notre cause ? Ce à quoi nous rêvons pour l'humanité, cette utopie pour laquelle nous nous battons, ils la vivent depuis l'éternité. »

Louise marqua une pause, laissant à Jules le temps de digérer les révélations qu'elle venait de lui faire. L'écrivain fut assez prompt à réagir :

« Ils sont mourants, dites-vous... Ils ont donc appliqué une fois de plus leur modèle comportemental. Ils ont fini par trouver l'espèce la plus apte à conjurer le mauvais sort, l'espèce capable de leur offrir un moyen efficace de résister à l'entropie : les humains. Mais que détenons-nous de suffisamment précieux ?

— La question est : comment avons-nous contribué à renforcer la stratégie ishkiss face au déclin ? Que maîtrisons-nous, qui leur manquait encore, si curieux que cela puisse paraître ? Vous avez visité les Ateliers impériaux. Vous avez vu les créatures issues d'autres galaxies, remodelées par nos ingénieurs.

— L'acier... La mécanique... Les machines...

— Exactement. Les Ishkiss incarnent la stratégie du vivant. Jamais aucune des espèces qui les composent n'a exploité les ressources de son monde comme nous le faisons. Ils ne savent pas transformer les matières premières, le minerai, ni exploiter les richesses naturelles. Or, c'est ce que l'homme sait le mieux faire, c'est sa spécificité. Notre siècle a porté ce talent à son apogée, avec l'avènement de l'ère industrielle. Mais, en même temps, il a détruit tout espoir d'égalité entre les hommes. Aujourd'hui, les Ishkiss peuvent rétablir l'équilibre. Faisons-leur don de notre technique, qui les rendra plus résistants, et laissons-les nous apprendre la véritable association de tous les peuples. Ce n'est plus de l'ordre du rêve ; vous avez vu cohabiter des insectes géants, des pieuvres intelligentes, des navires vivants, des colonies de spectres, et ils sont bien d'autres encore, à l'abri des vaisseaux campés sur la face cachée de la Lune.

— Pourtant, objecta Jules, les ambassadeurs extrahumains venus rencontrer Badinguet avaient revêtu des scaphandres mécaniques. J'ai vu de telles machines dans les Ateliers.

— Le don d'une espèce oubliée, dont l'intelligence s'est diluée dans la conscience collective ishkiss. Toute médaille a son revers : l'association des espèces interdit le progrès particulier. Elle implique l'abandon de toutes capacités inutiles à la réalisation du grand dessein. Les Ishkiss ne pensent pas en termes de connaissance pure. Si, à un moment donné, telle technique ne présente aucun intérêt pour leur survie, ils ne s'en encombrent pas. Une forme de sagesse qui en vaut bien une autre, car elle élimine toute trace de rivalité entre espèces : un but commun, des connaissances communes, pas de compétition, l'antithèse même des réflexes naturels observés par M. Darwin.

— Badinguet refusera d'être l'égal des autres créatures. Il ne veut pas l'association, il veut dominer les autres mondes, comme le nôtre, d'ailleurs. Il se sert des Ishkiss pour asseoir ses désirs d'hégémonie. Les extra-humains ne s'en rendent-ils pas compte ?

— Pour lors, ils obéissent aux impératifs de la stratégie : s'assurer les moyens de survivre. À ce stade des opérations — la transformation des navires cosmiques, la métamorphose des insectoïdes — Badinguet n'est pas un obstacle. Au contraire, il participe pleinement au grand dessein...

— Mais plus tard, il agira comme il l'a fait en Europe avec les souverains et les gouvernements des pays annexés, comme il l'a fait en France avec le Conseil et le Sénat : il s'arrangera pour accaparer le pouvoir, sans hésiter à supprimer ceux qui se dresseront sur sa route. C'est un prédateur politique redoutable, encore plus depuis que les Ishkiss ont accru sa puissance, involontairement.

— Babiroussa l'a bien compris. Mais ses signaux d'alarme ont été ignorés, méprisés. Le tyran s'est arrangé pour limiter les apparitions publiques de ses alliés. Les insectoïdes ne sont que des exécutants. Les cerveaux de la stratégie ishkiss restent cantonnés sur la Lune. Voilà pourquoi j'ai accepté de venir ici. Il faut les prévenir du danger qu'ils courent. Rien moins que leur destruction ! Les armes formidables dont les ingénieurs dotent les navires cosmiques peuvent à tout moment se retourner contre les extra-humains. Babiroussa se doute qu'elles serviront à soumettre les peuples galactiques à la botte impériale.

— Comment alerter les Ishkiss ? Vous semblez avoir convaincu certains, déjà. De quelle manière vous y êtes-vous prise ?

— Les plus curieux n'ont pas hésité à approcher les humains. Ainsi, mon compagnon... Hormis quelques individus désignés comme ambassadeurs, les Ishkiss ne communiquent pas avec les espèces hors association. Mais, à force de se côtoyer, l'indifférence s'effrite. Ils ont pris conscience que tous les humains ne partagent pas les convictions de Badinguet, quand ils ont découvert le bagne. Cela les a intrigués. Ils avaient cru, en toute bonne conscience, que l'espèce entière pensait à l'unisson de son plus puissant représentant, qu'elle l'avait élu à ce titre pour ses vertus... Ils ignorent le concept de dictature. D'ailleurs, la plupart des Ishkiss refusent toujours d'admettre l'évidence. On peut dire qu'ils font avec nous l'expérience de leur premier cas de conscience. Il y a ceux, une minorité encore, qui estiment que l'alliance actuelle n'est pas juste, et tous les autres, qui s'en contentent car elle répond à la stratégie globale. Pour les premiers, j'obéis désormais au grand dessein, car je suis en mesure de leur offrir un autre choix de survie, une autre forme d'association durable et pacifique. Nous ne manquons pas d'utopie, sur Terre... C'est la première fois dans toute l'histoire que nous avons une chance réelle de réaliser la plus belle ! Si les Ishkiss basculent de notre côté... Ah, Monsieur Verne, alors tout ce pour quoi nous nous sommes battus, tout ce pour quoi nous avons souffert n'aura pas été vain... Mais il faut achever de les convaincre. Je sais à présent que Babiroussa vous a choisi pour cela. Jules, il faut que vous alliez à la rencontre des extra-humains et que vous les laissiez vous sonder.

— Me sonder ?

— Une opération indolore qui permet de connaître ce que porte en lui un individu, quelle que soit son espèce. Ainsi, ils sauront ce qu'il en est de l'alliance conclue. Ils prendront la juste mesure de l'humanité. Babiroussa a fait le bon choix : il a envoyé sur la Lune un visionnaire généreux, un ami des peuples, un rêveur et un scientifique aussi, peut-être le seul homme capable d'émouvoir et de convaincre les Ishkiss.

— J'irai, Louise, je vous le promets. Je ferai tout ce qui est en mon pouvoir.

— Il faudra vous dépêcher. Ici, la révolte gronde. Le chantier est bientôt achevé. Nous sommes prêts à l'insurrection. »

Ce mot allumait des étincelles de joie dans les pupilles de la pétroleuse. Elle reprit :

« Je n'ai pas été inactive, du fond de mon sépulcre. Avec l'aide de mon compagnon ishkiss, j'ai pu communiquer en secret avec mes frères et sœurs des cercles supérieurs. Tous sont prêts au sacrifice, plutôt que de voir triompher le tyran. Si les extra-humains demeurent neutres, nous avons une chance, certes minime, de prendre le contrôle de la Base. Nous passerons à l'action après votre départ. Nous ne pourrons attendre plus longtemps, car les sélénites se méfient, ils vous surveillent. Votre fuite sera le signal que tous attendent. Vous allez précipiter les événements, Jules. Il est plus que temps. »

La situation s'éclairait d'un jour nouveau. Jules commençait d'entrevoir les véritables ambitions de l'exilé de Guernesey. Un projet fou, magnifique, immense et généreux, parfaitement à la mesure du vieux reclus.

« Babiroussa a tout prévu depuis le début, fit-il, avec une trace d'amertume dans la voix.

— Ne croyez pas avoir été totalement manipulé. Si Babiroussa vous avait mis dans la confidence, vous auriez certainement couru un risque plus grand. Le succès de votre mission dépendait de votre ignorance de ses enjeux réels. Les espions de l'Empire devaient être intrigués par votre présence sans pour autant se douter de ce qui se tramait. Depuis trois jours, vous avez accaparé leur attention, ce qui nous a donné l'occasion de fourbir nos armes. Mais vous retrouvez à présent votre autonomie. À vous d'agir. Demain, nous serons libres, ou bien nous serons morts... »

Terribles perspectives, entre lesquelles le choix n'était qu'une illusion.

« Soit, dit simplement Jules. Bonne chance à vous, Louise. »

Il se pencha sur elle, déposa un baiser tendre sur sa joue et s'en fut en rampant. Longtemps il garda imprimé sur ses rétines l'image de la gisante qui luisait dans l'obscurité, maintenue en vie par un ami venu d'outre-espace partager ses rêves d'union et de fraternité.

*

Jaume n'était pas tranquille. Il avait perdu le contact avec Verne. Ses informateurs n'en savaient pas plus. L'écrivain ne s'était tout de même pas volatilisé ! Il l'avait cherché d'abord à l'hôtel, où le concierge affirmait ne pas l'avoir vu sortir. Mais Jaume était allé frapper à la porte de sa chambre, il avait glissé un œil à travers le trou de serrure : vide. Les autres journalistes bavassaient au bar de l'hôtel. Jaume avait capté quelques bribes de leur conversation ; il n'y était nullement question de leur collègue. L'inspecteur n'avait pas voulu se faire remarquer et s'était éloigné, perplexe. Fallait-il prévenir Andrieux ? Non, pas encore. Il ne mettrait le préfet au courant qu'en dernier recours. Inutile de s'attirer les foudres de sa hiérarchie. Verne devait explorer les recoins de la Base, fouiner comme à son habitude.

Mais Jaume ne se satisfaisait pas de cette explication. Depuis son arrivée, Verne laissait des traces derrière lui partout où il passait. Or, personne ne se souvenait d'avoir croisé le vieux correspondant de presse. Jaume entreprit de questionner ouvertement les employés, dévoilant sa véritable identité à ceux qui l'ignoraient encore. Aucun n'avait aperçu l'écrivain depuis l'heure du repas. L'inquiétude de Jaume augmentait, confinant à la panique en fin d'après-midi, quand il fut avéré que Verne avait disparu.

Il n'y avait plus à tergiverser. Jaume fit distribuer par les insectoïdes un communiqué aux agents impériaux présents sur la Base Cyrano, les enjoignant de lui faire connaître par retour du courrier tout incident survenu, tout événement bizarre et hors du commun constaté ces dernières heures. Il dépouilla avec fébrilité les messages renvoyés, jusqu'à tomber sur le rapport rédigé par le surveillant en chef de l'équipe du pilier sud, dont l'un des membres avait été victime d'une syncope foudroyante. Jaume focalisa son attention sur ce détail. Il fit un recoupement avec le témoignage du gendarme en faction au moment du malaise devant la grille de l'ascenseur. Le pandore évoquait le bourgeois excentrique qui l'avait exhorté à mander un médecin. La description pouvait correspondre.

Jaume n'était pas le seul à aimer se travestir, semblait-il. Verne l'avait pris à son propre piège, mais cela ne saurait durer. Le policier fit diffuser à tous les gendarmes, soldats et fonctionnaires en exercice la description de ce fameux bourgeois, qui ressemblait tant à Verne. Il ne pourrait plus faire un seul pas sans être repéré, dès lors qu'il sortirait de sa cachette. Alors, Jaume procéderait à son interpellation. Il lui ferait avouer les raisons de son stratagème, d'une manière ou d'une autre. Ce n'était plus qu'une question de temps. Il espérait seulement qu'Andrieux n'aurait pas l'idée de le contacter avant qu'il ait fait parler l'espion envoyé par les rebelles. Il avait promis des résultats au préfet. Il était prêt à tout pour rattraper sa bourde de la veille et remonter dans l'estime de son chef.

Jaume était remonté à bloc, fermement décidé à faire capoter l'odieuse machination ourdie contre l'Empereur. On se souviendrait de son passage sur la Lune.

Intermède

SCÈNES DE RAFLE À PANAME

Andrieux était trop occupé pour songer à la Lune. D'ailleurs, les nuages d'ébène qui gonflaient sur Paris avaient tendu un vélum impénétrable au-dessus des toits. Le ciel avait été ramené aux dimensions du troupeau orageux, et l'œil gibbeux du satellite s'était refermé.

Les premiers éclairs s'étaient abattus au moment où le Prince clôturait son allocution. Le vrombissement sourd du tonnerre avait couvert le rire de Louis Napoléon et les acclamations de la foule, dispersée par l'averse.

Le préfet avait tenu à participer aux opérations de police, à prendre une part active aux événements. Ce soir, une nouvelle page d'histoire s'écrivait, et il lui plaisait de penser que son nom figurerait dans les manuels rédigés pour l'édification des générations futures. Il avait pris place à bord du phaéton mis à sa disposition par l'administration, dérogeant exceptionnellement à sa prédilection pour la marche à pied. À ses côtés, un chauffeur manœuvrait la petite voiture, dont les roues cerclées de caoutchouc adhéraient imparfaitement aux pavés détrempés par la pluie. Dans son dos, la chaudière de la machine à vapeur, qui entraînait les pistons reliés aux roues arrière, ronflait comme un animal repu. Le véhicule, suivi par une cohorte d'agents montés sur des bicyclettes, remontait l'avenue de l'Opéra en direction de l'exubérant édifice conçu par Garnier.

Partout dans Paris, de semblables équipages étaient en route, puissamment armés et déterminés. La racaille ne passerait pas la nuit. Ouvriers, employés, voyous, artistes, voleurs, aristocrates déchus, etc., sympathisants de la cause rebelle, fichés par la préfecture, dénoncés par leurs voisins, aperçus dans les arrière-salles d'établissements suspects, tous viendraient gonfler les effectifs carcéraux de la capitale, de la Grande à la Petite Roquette, en passant par Saint-Lazare. Ceux qui résisteraient se condamneraient eux-mêmes. Pas de pitié pour les ennemis de l'Empire. Les ordres étaient clairs, sans ambiguïté aucune. Ce soir, on sonnerait le glas de la sédition idéologique des amis du peuple et autres laudateurs de la pensée marxiste. Les nostalgiques de la Commune, les idéalistes de 1848, les fous hostiles à l'ordre impérial seraient matés ou brisés. Rien ni personne ne s'opposerait plus à l'alliance avec les Ishkiss. Ce soir, Paris serait nettoyé des scories du socialisme. Et demain, un semblable coup de balai serait donné dans tout l'Empire, à commencer par ses franges insoumises, du côté des îles Anglo-Normandes.

Andrieux s'était réservé quelques proies de choix, parmi lesquelles figurait en bonne place l'éditeur Hetzel, ami de Jules Verne, soupçonné d'animer l'opposition parisienne sans que jamais un faisceau de preuves suffisant eût pu être rassemblé contre lui. Mais, ce soir, fi de la loi et de ses subtilités.

Hetzel logeait non loin de la Madeleine, dans un passage en cul de sac facile à condamner. Deux agents barrèrent l'accès à la venelle de leurs bicyclettes, tandis que le phaéton préfectoral s'arrêtait à hauteur du numéro 7. Les policiers investirent l'immeuble sans attendre. Andrieux, melon vissé bas sur le crâne, s'engouffra dans le couloir sombre où régnait une odeur désagréable de moisi et de déjections. Pistolet au poing, il se rua à l'assaut de l'escalier en colimaçon, ses hommes aux basques. On ne prit pas la peine d'être discret. Les semelles cognaient le bois patiné du plancher en cadence, martelant quelque sombre présage. Les portes s'entrouvraient discrètement sur les paliers, pour vite se refermer quand les hommes vêtus de noir galopaient devant elles.

Hetzel demeurait au cinquième étage. Son appartement occupait tout le dernier niveau de l'immeuble, immédiatement sous le grenier. Si l'oiseau n'avait pas quitté le nid, il était cuit, sans possibilité de retraite. Arrivé devant sa porte, Andrieux fit les sommations d'usage. Il toqua, utilisant la crosse de son arme.

« Police ! Ouvrez et rendez-vous, Hetzel. Vous n'avez aucune chance. Si vous opposez la moindre résistance, nous tirons. »

Hetzel ne répondit pas. Aucun bruit ne s'élevait depuis l'appartement.

« Enfoncez la porte », ordonna le préfet.

Une paire de solides gaillards s'élança de front, du fond du palier, épaule contre épaule. Le premier coup ébranla le battant, le second fit gicler les gonds hors de leur logement, le troisième descella le chambranle. Andrieux déboula dans un vestibule bourgeois du plus bel effet, décoré avec goût. Il appela :

« Hetzel, ne faites pas l'idiot. Allons, montrez-vous. »

Les agents se dispersèrent dans les pièces du grand appartement, saccageant tout sur leur passage, renversant les meubles à la recherche d'une cachette, vidant les placards de leur contenu.

« Chef, venez voir, il est passé par là... »

Andrieux rejoignit le policier planté sur le balcon, sous le déluge. La rambarde de fer forgé portait encore les traces de la fuite de l'éditeur. Dans sa précipitation, il avait accroché un lacet à une pointe en forme de fleur de lys, qui soutenait la main courante. La lanière de cuir pendait, trempée, cassée net.

« L'imbécile... Au grenier, vite. Vous, restez sur le balcon. Si vous l'apercevez, faites feu. »

Sur le palier, une échelle permettait l'accès à la trappe ouverte au plafond. Le grenier avait la taille de l'appartement. Il était encombré de rebuts et de vieux chiffons, et seulement éclairé par trois lucarnes en œil-de-bœuf. Avec le ciel plombé, on n'y voyait goutte. Les fenêtres ovales étaient closes, le plancher poussiéreux, sec. Andrieux jura dans sa barbiche.

« Foutre, il a décidé de jouer les acrobates. Il doit être sur le toit. Avec cette pluie, les ardoises doivent être plus glissantes que la pente d'un glacier. Tant pis... Aidez-moi à me hisser... »

Les policiers obtempérèrent et lui firent la courte échelle. Andrieux passa le torse dans l'encadrement d'une lucarne, le postérieur calé sur le rebord étroit qui le séparait du vide. Cinq étages puis le pavé...

« Tenez-moi bien, pas de gestes brusques ! »

Puis, à celui qui devait se tapir derrière le fût d'une cheminée :

« Hetzel, redescendez. Vous êtes pris, mon vieux. Le quartier est bouclé. »

La pluie tombait dru. Chaque goutte claquait sur la couverture de zinc qui bordait les chéneaux comme un éclat de mitraille. Andrieux n'y voyait pas à deux mètres, à travers le rideau liquide qui rabattait ses pans mouvants sur les pentes d'ardoises. Il devinait seulement les silhouettes massives des cheminées, plus haut, avec leurs têtes de tôle. Une véritable cataracte coulait depuis le faîte du toit, bouillonnant dans les conduites, dévalant les façades. Le préfet n'était guère à son aise, mais il ne pouvait pas faillir devant ses hommes. Il réitéra son appel :

« Revenez à présent, la comédie a assez duré. Montrez-vous, Hetzel ! »

Andrieux crut l'entendre siffler. Se moquait-il de lui ? Ah çà, mon bonhomme, tu ne perds rien pour attendre...

Un sinistre craquement fit trembler l'immeuble. Andrieux songea à un de ces arbres géants des Amériques, qu'on aurait abattu. Le tonnerre était tout proche, peut-être juste au-dessus de lui, s'amusant des facéties des hommes, riant de les voir s'agiter sur les toits par un temps pareil. Hetzel, mon ami, tu me paieras ça, promit Andrieux. Alors, un éclair formidable illumina le ciel de la rive droite, et le préfet aperçut celui qu'il traquait.

Il laissa échapper un hoquet de surprise. Hetzel était énorme, une baudruche démesurée, et il flottait en l'air, montant vers les nuages ! Le préfet pointa son pistolet et tira, au jugé. Quelque chose siffla à nouveau, sur un ton plus aigu, qui perçait les tympans. Un autre éclair déchira le panorama, comme une photographie floue dont on se débarrasse.

Hetzel n'était plus là. L'orage l'avait avalé.

Pestant, jurant, Andrieux descendit de son perchoir. Le Prince n'allait pas apprécier l'évasion de l'éditeur. Mais ce n'était que partie remise. Si Hetzel comptait trouver refuge à Guernesey, il en serait pour ses frais. Les rafles de cette nuit ne constituaient qu'un préambule au grand nettoyage.

CHAPITRE IX

À Jaume de jouer

Jules avait rejoint la salle des machines située au sommet de la colonne aux ascenseurs. Cela lui avait coûté une fiole d'hélium supplémentaire. Tapi derrière l'imposant piston qui entraînait les rouages, il attendait l'instant propice pour quitter les lieux. Deux mécaniciens seulement veillaient à l'entretien et au bon fonctionnement du système hydraulique. Pour échapper au boucan infernal produit par l'animation des gigantesques roues, ils vinrent s'isoler dans un recoin, à l'abri d'une espèce de paravent. Jules profita de l'aubaine pour se faufiler jusqu'à la sortie. Il déboucha directement sur une galerie du premier niveau. En refermant la porte avec discrétion, il remarqua qu'elle était dissimulée dans le décor de désert mexicain peint pour évoquer l'épopée de l'armée impériale aux Amériques. Jules resta une minute à contempler la fresque bigarrée. Elle lui rappelait les somptueux paysages des îles Caraïbes, abandonnés quelques semaines plus tôt. Les reverrait-il jamais ? Il pouvait en douter.

Ce n'était pas le moment de céder à la nostalgie. Il chassa ses souvenirs trop cuisants et bondit sur le tapis roulant qui coulait avec un débit régulier, tel un fleuve impassible, au centre de la galerie. Il ne pouvait pas fuir la Base sans mettre Isidore dans la confidence. Le correspondant du *Petit Parisien* était venu chercher matière à un article à sensation. Il allait être servi : Jules ne lui proposait rien moins que la couverture de la plus fantastique évasion de l'histoire du bagne. Bautrelet serait aux premières loges.

Jules trouva Ernest au bar de l'hôtel. Le photographe avait déplié le trépied de son appareil devant le comptoir de zinc. Plusieurs loufiats alignés en rang d'oignon prenaient la pose, tout en fixant l'objectif. Ernest procédait à la mise au point quand Jules l'apostropha. Il eut un mouvement de recul devant cet inconnu si familier.

« C'est moi, souffla Jules. Vous me reconnaissez ? Venez un peu par là, nous serons plus tranquilles. »

Il entraîna Ernest à l'écart des oreilles indiscrètes.

« Monsieur Verne... À quoi rime cet accoutrement ? demanda le photographe, sincèrement étonné.

— Parfois, le meilleur moyen de passer inaperçu est d'attirer l'attention. Mais laissons cela. Je suis venu vous avertir. Isidore est-il dans les parages ?

— Giboulet et lui ont regagné les Ateliers. Les ingénieurs ont accepté de répondre à quelques questions, maintenant que le premier navire est bientôt terminé. Isidore vous a cherché, mais vous aviez disparu. Je profite de ce répit pour tirer quelques portraits d'employés. Cela ajoute un peu de beurre dans mes épinards... »

C'était fâcheux. Jules ne pouvait pas prendre le risque d'aller retrouver Bautrelet si celui-ci était en compagnie du Marseillais. Tant pis, Ernest ferait momentanément l'affaire. Sa discrétion naturelle, voire sa timidité, plaidait en sa faveur. Bautrelet le considérait comme un frère cadet, ce qui en disait long sur la confiance qu'on pouvait lui accorder.

« Écoutez-moi attentivement, jeune homme », commença Jules.

Ernest prit un air concentré. L'effet produit sur son visage d'adolescent encore rond était plutôt comique. Jules continua :

« De grands bouleversements se préparent. Il faut vous tenir prêt. Le bagne est en ébullition. Cette nuit peut-être, ou bien demain, les forçats vont passer à l'action.

— Mazette ! Rien que ça ! Alors, Isidore avait raison. »

La remarque surprit Jules.

« Que voulez-vous dire ?

— Bah, je peux bien vous l'avouer, à présent. Nous n'avons pas effectué ce voyage par hasard. Vous avez pu vous rendre compte qu'Isidore a des relations parmi les employés de la Compagnie impériale de transport. Ceux-ci le préviennent dès qu'une personnalité embarque pour la Lune. C'est généralement l'occasion d'un article à sensation. Bref, quand Isidore a appris que vous étiez de retour en Europe et que vous embarquiez à bord de la nef ishkiss, il a flairé le scoop. »

Jules ne savait pas s'il devait se sentir flatté de susciter autant d'intérêt ou, au contraire, se morigéner pour son manque de jugeote. Il semblait que personne, lui excepté, n'eût ignoré la nature véritable de son voyage jusqu'à la Lune. Babiroussa s'était montré fin stratège. Il avait envoyé dans le camp ennemi un agent aussi peu discret qu'un renard dans un poulailler. Et, tandis que l'attention de tous était concentrée sur lui, Louise Michel avait toute latitude pour agir. C'était un plan habile, digne de l'exilé de Guernesey. Jules ne lui en voulait pas. En un sens, Babiroussa n'aurait pas pu lui témoigner son amitié de plus belle manière. Car il savait pouvoir compter sur l'absolue fidélité du vieux marin et sur toute absence de ressentiment chez l'écrivain comblé. À présent que le voile était levé, Jules irait jusqu'au bout, sans hésiter.

« Isidore a su convaincre notre patron, reprit Ernest, et nous avons aussitôt embarqué à notre tour. Vous savez, Isidore ne vous a pas mené en bateau. Il vous admire énormément. Il était vraiment excité à l'idée de vous rencontrer.

— Et Giboulet ?

— Oh, un coup du sort. Il nous est tombé dessus à la Galerie des Machines, à peine descendu du Zeppelin. Peut-être a-t-il eu vent de votre présence, lui aussi ? »

Ou peut-être n'était-il pas ce qu'il prétendait être, ajouta Jules, *in petto*.

« Je dois vous laisser. Vous transmettrez mon message à Isidore, et à lui seulement, c'est entendu ?

— Oui, Monsieur. »

Les yeux d'Ernest pétillaient de joie enfantine. Il ne paraissait pas mesurer l'ampleur exacte des événements qui se préparaient. Il se retrouvait soudain au cœur de la conspiration, et cela l'enchantait.

« Dites, Monsieur Verne... Y a-t-il réellement une chance pour que le monde change ? Isidore m'a parlé des idées de vos amis. Ça paraît presque trop beau. »

Jules ne sut pas quoi répondre. Il avait imaginé de

nombreux mondes, sans jamais s'intéresser à leur potentiel d'existence. Les thèses utopistes lui étaient toujours apparues comme d'autres rêves littéraires un peu fous. Babiroussa les considérait d'ailleurs comme les réalités de demain. Mais lui, le bourlingueur, le solitaire, s'était-il jamais préoccupé sérieusement de la manière dont les hommes pouvaient vivre ensemble ? Il avait fallu qu'un gamin lui pose une telle question pour qu'il commence à y songer.

« Je crois que rien n'est trop beau quand il s'agit de paix et de bonheur. »

Ce fut sa seule réponse. Il planta Ernest devant son appareil et tourna les talons.

*

Jaume tournait dans son bureau comme un fauve dans sa cage. Le délai accordé par Andrieux arrivait bientôt à expiration et Verne n'avait pas reparu. Le policier fulminait, incapable de contenir sa rage. Sous son crâne, le parasite semblait vibrer à l'unisson de cette colère. La sensation produite n'était pas des plus agréables. Jaume avait l'impression que son cerveau cherchait à quitter le logement de sa boîte crânienne. Quand il tiendrait l'écrivain, il saurait bien lui faire payer ces terribles instants.

On gratta à la porte. Jaume se précipita, manquant piétiner l'insectoïde qui se frayait un chemin à travers l'espèce de chatière. La bestiole pondit son message en stridulant. Jaume dévissa la capsule, retira le rouleau de papier et lut, fébrile. Ça y était ! On avait repéré au bar de l'hôtel un individu correspondant à la description établie par l'inspecteur : Verne était découvert... Pas une seconde à perdre ! Jaume partit en trombe, avec à ses trousses le petit insectoïde qui piaillait, réclamant une réponse.

Deux minutes plus tard, l'inspecteur, suivi par la bestiole, déboulait dans l'ambiance feutrée du bar, ahanant et soufflant comme un phoque. La salle était vide, à l'exception de deux serveurs qui astiquaient la surface polie du grand bar avec des gestes lents. Jaume s'approcha, au bord de l'apoplexie.

« Où est-il ? L'homme en noir ?

— Ah, vous arrivez trop tard, répondit un loufiat. Il n'est pas resté longtemps. Juste assez pour qu'on le remarque et le reconnaisse. On a envoyé le message aussi vite que possible.

— Qu'est-il venu faire ici ? Sûrement pas se désaltérer !

— Non, il a échangé quelques mots avec le photographe.

— Quel photographe ?

— Le petit gars qu'on voit toujours derrière M. Bautrelet.

— Ernest. Et où est-il, celui-là ?

— Il est parti peu après le costaud en noir. Il a même laissé son appareil, voyez. J'espère qu'il reviendra terminer ses clichés, il m'a promis un beau portrait... »

Comptes-y, mon gaillard ! La coupe était pleine. Jaume en avait plus qu'assez de coller aux événements avec un train de retard. Qu'est-ce que Verne avait bien pu fricoter avec le photographe ? Pour le savoir, une seule solution : appréhender Ernest et le secouer un peu pour qu'il se déballonne.

Jaume ramassa l'insectoïde, qui patientait à ses

pieds, stoïque, et le déposa sur le comptoir. Il rédigea un court message, demandant que l'on procède à l'arrestation d'Ernest avec discrétion. Il ordonna à la bestiole de le porter illico au poste de gendarmerie du premier niveau. L'insectoïde émit une stridulation de satisfaction et partit ventre à terre, moulinant de ses trois paires de pattes.

« Servez-moi un cognac », ordonna Jaume.

Avec un peu de chance, l'alcool calmerait les élancements, dans sa tête... Le serveur déposa la commande devant le policier, sans oser réclamer le moindre paiement. C'est qu'il n'avait pas l'air commode, le bougre !

Jaume avait à peine porté le verre à ses lèvres qu'un gendarme entrait dans le bar. L'inspecteur fronça les sourcils. Ils ne pouvaient pas avoir déjà mis la main sur le photographe, à moins que l'ambiance particulière de la Lune n'eût contribué à développer des facultés insoupçonnées de diligence et d'efficacité chez les cognes, ce dont il doutait fortement, étant entendu que cette espèce-là se montrait rétive à toute tentative d'évolution.

« Inspecteur, on vous cherche partout. C'est le branle-bas, à la chambre froide. Il faut que vous veniez vous rendre compte. »

Jaume vida son verre d'un trait. Avaient-ils tous décidé de se liguer contre lui ? Résigné, il suivit le gendarme. Le parasite avait cessé de triturer son cerveau, grâces en soient rendues à la liqueur distillée dans le Sud-Ouest ! Néanmoins, il redoutait toujours le moment où la voix d'Andrieux résonnerait dans ses tympans. Les communications Terre-Lune n'avaient rien d'une partie de plaisir pour leur destinataire. En plus de cela, le préfet risquait encore de lui passer un savon. Jaume n'était effectivement pas dans ses petits souliers.

Il le fut encore moins quand il prit la mesure du remue-ménage de la chambre froide. Un attroupement s'était formé près du bassin. Jaume reconnut le Père la Camarde, le vieux médecin de la Pénitentiaire, penché au-dessus d'un corps inanimé. L'inconscient portait un manteau de fourrure plus épais que la crinière d'un lion. Il faisait plutôt frisquet, dans cette glacière, réalisa le policier.

« Ce n'est pas grave, fit le toubib, un bon coup sur l'occiput et voilà tout. »

Il administra une solide paire de gifles à son patient et celui-ci ouvrit bientôt les yeux.

« Allons, mon vieux Georges, buvez donc », ajouta le Père la Camarde en présentant une flasque gainée de cuir rouge aux lèvres du blessé.

Jaume s'agenouilla près du médecin. Un hématome violacé empourprait le front du pauvre Georges.

« Que s'est-il passé ? Avez-vous vu votre agresseur ? interrogea l'inspecteur, bien qu'il se doutât de la réponse.

— Dame oui, je n'aurais pas pu le rater. Un véritable hercule, tout habillé de noir. Je l'ai surpris alors qu'il repêchait un animalcule dans le bassin.

— Nous avons vérifié, fit un gendarme, il manque un coléoptère dans l'écurie. Le voleur a fauché un équipage. »

Damnation ! Il ne manquait plus que ça. Verne était parti en balade dans le désert ! Quelle mouche l'avait donc piqué ? Jaume fit fonctionner ses méninges. Si sa théorie d'un attentat fomenté contre l'Empereur se révélait juste, on pouvait supposer que l'écrivain était allé installer quelque machine infernale sur le site prévu pour l'exhibition du premier navire humano-ishkiss sorti des Ateliers impériaux. Verne avait simplement joué de malchance en se faisant surprendre par Georges. Ne pouvant plus reculer, il avait foncé. Mais il devait se douter qu'à présent un comité d'accueil guetterait son retour à la Base. Or, il ne pourrait rester indéfiniment à l'extérieur. Alors, qu'avait-il en tête ? C'était à n'y plus rien comprendre. Verne semblait agir en dépit du bon sens.

« Je veux trois gendarmes aux trousses du voleur, fit Jaume. Ramenez-le-moi à mon bureau dans les meilleurs délais. N'hésitez pas à employer la force, mais attention, je le veux vivant. C'est bien compris ? Vivant ! Allez, exécution. »

Aussitôt, un trio de pandores se rua vers l'écurie. Ils se délestèrent de leurs Lebel, inutilisables à l'extérieur, pour ne conserver que les petites arbalètes dont chaque militaire était muni, sur la Lune. Puis Jaume s'adressa à Georges et au Père la Camarde :

« Vous deux, pas un mot de cette affaire à qui que ce soit. Secret d'État, vous m'entendez ? Je vous tiendrais pour personnellement responsables si des rumeurs venaient à courir. Vous pourriez finir vos carrières respectives en compagnie de ceux sur qui vous veilliez jusqu'à présent. Je me fais bien comprendre ? »

Le toubib et le palefrenier opinèrent du bonnet. Satisfait, Jaume regagna son bureau au premier niveau. Une bonne surprise l'y attendait. Flanqué de deux gendarmes, Ernest, menotté et l'air penaud, faisait le pied de grue devant la porte. Le moral de l'inspecteur principal remonta au beau fixe.

« On l'a alpagué à la sortie d'un monte-charge, indiqua un cogne.

— Il semblait drôlement pressé et bien embêté de nous rencontrer, précisa l'autre.

— Parfait. Enlevez-lui ses bracelets et laissez-le-moi. Vous pouvez disposer. »

Jaume claqua la porte derrière les gendarmes, de manière à impressionner le gamin. Ernest n'en menait visiblement pas large. Le policier le fit asseoir sur une chaise, dans un coin, puis vint prendre place dans un fauteuil à l'opposé de la pièce. Il comptait laisser le photographe mariner un moment avant de commencer l'interrogatoire. C'était une technique éprouvée chez les inspecteurs : quand le suspect n'appartenait pas à la pègre, il fallait lui donner le temps de se poser une multitude de questions, qui, immanquablement, venaient alimenter son appréhension. Au bout de quelques minutes, il était bon à cueillir, prêt à tous les aveux. Jaume, les mains jointes sous le menton, observait donc Ernest, impassible, quand Andrieux se manifesta.

*

Ernest eut l'occasion d'assister à une scène peu commune. Il se demandait ce que lui voulait ce gros père — à coup sûr une huile dans la hiérarchie sélénite, avec ses bajoues et son front dégarni —, même s'il soupçonnait que cela avait à voir avec les activités officieuses de M. Verne. Le photographe était absolument sûr de ne jamais avoir rencontré ce bon bourgeois. Pourtant, certains airs familiers évoquaient une personne de son entourage, sans qu'il pût savoir laquelle. Il commençait à perdre patience, agacé par le mutisme de son vis-à-vis. Soudain, celui-ci poussa un petit cri perçant, comme si on lui avait enfoncé une aiguille dans le derrière par surprise. Il porta les paumes à ses tempes, enserrant son crâne dans un étau de chair potelée. Les paupières à demi closes, il semblait dans un état de concentration extrême. Puis il se mit à parler, et Ernest réalisa qu'il ne s'adressait pas à lui. Pourtant, il n'y avait personne d'autre dans la pièce. C'était à n'y plus rien comprendre.

« Non, Monsieur, il a fui la Base pour une raison que j'ignore. J'ai envoyé des hommes à ses trousses. Je tiens un de ses complices, le photographe. Je saurai le faire parler. Nous déjouerons la machination... »

Il se tut, de nouveau à l'écoute de son mystérieux interlocuteur.

Complice ? Machination ? Ernest commençait de prendre la mesure exacte de ses problèmes. Il s'était fourré dans de sales draps en recueillant les confidences de Verne. Il prit peur, pour la première fois depuis qu'il avait posé le pied sur la Lune.

Une émotion bien douce en comparaison de la terreur qui s'empara de lui quand le gros homme se leva, les traits déformés par la souffrance, les yeux révulsés, et qu'il s'avança d'un pas raide, mécanique, tirant une langue démesurée et obscène, enflée et violacée...

Et quand cette même langue se mit à ramper sur le plastron de son propriétaire, sa pointe gluante dardée dans sa direction, Ernest crut devenir fou.

*

Les gendarmes ne ménageaient pas leurs montures. Les traces de l'équipage volé étaient nettement visibles dans la poussière, à l'écart des pistes creusées par les forçats. Le fuyard suivait une curieuse trajectoire, sinueuse et compliquée. Il avait longé les abords du chantier, puis s'était éloigné dans le désert, déviant sa course. Les gendarmes forcèrent l'allure. Après une galopade effrénée, ils distinguèrent la silhouette de leur gibier, qui escaladait la crête d'un cratère. Ils le rejoignirent rapidement. Le coléoptère les laissa approcher sans manifester l'intention de s'enfuir. Il était seul. Perplexes, les gendarmes tinrent un bref conciliabule. Puis ils tournèrent bride et, arrivés à proximité du chantier, ils se séparèrent. Tandis qu'un des leurs rentrait à la Base faire un rapport à l'inspecteur principal, les deux autres continuaient la traque dans la direction opposée à celle empruntée par le coléoptère utilisé comme leurre.

Ils doublèrent le chantier, où les surveillants rassemblaient les forçats pour former une longue chaîne humaine. La journée de travail venait de s'achever. La plate-forme d'envol était presque complète.

Les gendarmes menaient un train d'enfer, indifférents aux trognes renfrognées des bagnards alignés comme pour un monstrueux monôme. S'ils avaient pu interpréter les signes d'espoir sur ces gueules abîmées, sous la couche de gelée, en auraient-ils conclu nécessairement à l'approche du Grand Soir ?

Intermède

TONNERRE DE BREST !

L'orage enfui vers la capitale s'était dissipé peu avant la tombée de la nuit. Dans la soirée, le ciel s'était de nouveau assombri à l'horizon, au-dessus des bocages. Étonnés, les Brestois avaient mis le nez à leurs fenêtres, persuadés que les vents étaient pris d'un coup de folie et soufflaient à présent vers l'océan. Un chapelet de minuscules nuages s'égrenait sur les reliefs adoucis à l'intérieur des terres. Ils avançaient rapidement, grossissant à vue d'œil. Bientôt, un cri tomba du beffroi, et se répandit dans la ville à la vitesse d'une traînée de poudre enflammée :

« Les dirigeables de l'Empereur ! Les troupes aéroportées ! Ils arrivent droit sur nous ! »

Les rues se vidèrent rapidement, chacun courut se réfugier dans son foyer, barricadant sa porte, soufflant ses bougies. La nuit coula sur Brest, déserte, inanimée, comme elle ne l'avait jamais été. Le vrombissement des Diesels précéda les silhouettes pansues des Zeppelins de quelques minutes. Les feux de position allumés sous les bedaines gonflées à l'hélium faisaient concurrence aux étoiles. Pareils à un vol de gigantesques bourdons, les dirigeables essaimèrent, se déployant pour former un cordon de sécurité autour de la cité. Brest était prise dans une nasse aérienne.

Les soldats ne perdirent pas une minute. Ils se laissèrent glisser le long des cordes déroulées depuis les soutes des appareils, invisibles dans leurs tenues accordées aux couleurs de la nuit. L'escadron de gendarmerie cantonné dans la ville accueillit les troupes aéroportées. Réunis en plusieurs groupes, chacun avec une destination précise, ils arpentèrent les ruelles tortueuses, les semelles de leurs bottes claquant sur le pavé détrempé. Cette nuit, les ennemis de l'Empereur ne dormiraient pas en paix. Des portes furent enfoncées, des hommes tirés du lit, des maisons saccagées, quelques coups de feu claquèrent, le sang se mit à couler et on entendit les lamentations et les cris désespérés des femmes devenues subitement veuves.

Le groupe désigné pour procéder à l'arrestation du libraire, à l'enseigne de *La Nef Hallucinée*, fit chou blanc. L'homme avait filé sans attendre son reste. Les soldats éparpillèrent livres et revues, renversant meubles et étagères, puis l'un d'eux gratta une allumette. D'une pichenette, il envoya la minuscule torche rejoindre l'amas de papiers dispersés dans le local exigu. Le feu s'étendit rapidement, avide de dévorer les œuvres proscrites par le régime. L'autodafé fut réussi. L'incendie gagna l'appartement situé au-dessus de la boutique, puis les maisons voisines. Il ravagea deux immeubles avant d'être maîtrisé au petit matin par les habitants du quartier, bien forcés de se montrer s'ils ne voulaient pas mourir grillés.

Entre-temps, les soldats avaient rassemblé les

hommes capturés sur la place principale, les confiant à la garde des gendarmes. Ils attendaient l'aube pour mettre le cap nord-est et lancer l'assaut sur les îles Anglo-Normandes, quelques dizaines de milles plus loin. Le coup de force brestois était destiné à prévenir toute tentative de ralliement aux bannis. Les ports de la côte ouest constituaient les repaires de prédilection des trafiquants : ils avaient l'habitude de commercer illégalement avec les Anglais, et de ravitailler les exilés malgré le blocus impérial. Une fois ces nouveaux flibustiers hors d'état de nuire, Guernesey et Jersey seraient livrées à elles-mêmes, sans défenses, pensait-on du côté de l'état-major...

Le libraire, lui, regardait la côte, où les feux de l'incendie jouaient les lanternes de phare. Il avait déguerpi dès les premiers signaux d'alerte, des ailes aux pieds, la frousse au cœur, et le cerveau en ébullition. Il avait évité de justesse les rondes des gendarmes et, parvenu dans la rade, s'était approprié la première barcasse venue : un esquif bien modeste, que d'aucuns, sans imagination, auraient qualifié de frêle. Le libraire souquait en direction du large, les bras raidis par l'effort, les mains douloureusement refermées sur les avirons. Le *Saint-Michel* mouillait toujours à quai, abandonné. La hune de son grand mât barrait la lune presque pleine, basse sur l'horizon. Le libraire eut une pensée pour le grand écrivain qui lui avait rendu visite. Puis il se concentra sur sa tâche. Il n'était pas marin. Ses connaissances en matière de navigation se cantonnaient à quelques promenades en yacht ; cependant il avait lu nombre d'ouvrages consacrés à la question, et le maniement de son embarcation ne lui posait en théorie pas de problèmes.

Dans la pratique, c'était une autre paire de manches. D'autant que la mer, encore agitée après l'orage, semblait prendre plaisir à ballotter le petit navire. Une fois sorti du port, les creux entre les vagues prenaient des proportions inquiétantes. Néanmoins, le marin néophyte s'en sortait honorablement. Il déroula la voile unique, trouva le vent favorable, et prit le cap nord-est, guidé par la boussole dont il s'était judicieusement muni.

Agrippé à la barre, soumis à rude épreuve, il tenait bon. Parfois, une vague démesurée menaçait de déferler et de broyer la coquille de noix, mais l'instant suivant, il l'avait franchie, sans trop savoir comment. Une seule pensée l'obsédait : rejoindre Guernesey avant qu'il ne soit trop tard. Point besoin d'être devin, en effet, pour comprendre quelle menace pesait sur la retraite de Babiroussa. Il ignorait ce qui avait décidé le tyran à déclencher les hostilités, mais cela avait certainement un rapport étroit avec la présence de Verne sur la Lune.

Depuis l'arrivée de l'écrivain à Brest, quelques jours plus tôt, la tension ordinaire qui régnait entre la population et les autorités s'était accrue, pour atteindre son point culminant dans la journée, avec l'orage. Les nouvelles qui parvenaient de Paris laissaient entendre que l'Empereur s'apprêtait à sortir de sa réserve, à présent que les travaux d'aménagement de la Lune tiraient à leur fin. On disait aussi que les Ishkiss commençaient de s'interroger. Que certains remettaient en cause le bien-fondé de l'alliance avec les humains, du moins dans les termes actuels. Que si Louis Napoléon n'agissait pas, rien ne garantissait que les extra-humains n'iraient pas proposer leur collaboration à d'autres, au premier chef les Anglais ou les Américains. On disait beaucoup de choses, et pas mal de sottises sans doute.

Le libraire ne distinguait plus le liseré sombre des côtes. Il avait perdu toute notion de durée ; depuis combien de temps était-il soumis aux caprices de l'océan ? Trempé jusqu'aux os, transi, endolori, il luttait, craignant à chaque instant d'être renversé par une vague plus traîtresse que les autres. Prendre la mer dans ces conditions relevait de la folie, il s'en rendait compte. Mais que faire d'autre ? Attendre sagement d'être cueilli par les nervis du Prince ? Il s'était engagé au service des plus démunis en toute connaissance de cause. Il n'ignorait pas quel sort on réservait aux ennemis de l'Empire. À tout prendre, mieux valait finir avalé par Neptune que soumis à la version moderne de la question, torturé par les experts du Palais.

Des paquets d'eau passaient par-dessus bord, emplissant le fond de la coque. Alourdi, le navire gîtait avec davantage d'ampleur. Le libraire comprit qu'il n'arriverait jamais à Guernesey. La mort dans l'âme, il vira tribord, cap au sud, dans l'espoir d'atteindre la côte avant de chavirer. Peut-être trouverait-il un pêcheur disposé à l'embarquer, contre la promesse d'une récompense. Au terme de la manœuvre, un craquement sinistre monta de la proue. L'apprenti marin fut soudain catapulté dans les airs, tandis que la barcasse se brisait sur les arêtes d'un bloc de rochers battu par les vagues. Cul par-dessus tête, il plongea dans le bouillon écumant.

De drôles de pensées lui vinrent à l'esprit, alors qu'il voyait approcher sa fin. Il regretta d'abord la perte de ses binocles, envolées de son nez, car s'il devait gagner un monde meilleur, il trouvait dommage de n'en pas pouvoir discerner les détails avec netteté. Tant pis, il devrait se contenter d'un paradis flou. Ensuite, il songea à ses chers livres, dont il ne pourrait plus éprouver la finesse du grain, ni respirer l'odeur d'encre fanée, à moins qu'une quelconque bibliothèque céleste ne lui ouvrît ses portes : ah, l'éternité devant soi, et toute la connaissance du monde rassemblée dans une infinité d'ouvrages...

Le libraire toussa, recracha une eau glacée et salée, aspira une profonde bouffée d'air froid. Il n'était pas encore mort, mais ce n'était qu'une question de secondes. À bout de force, incapable de résister au ballottement des flots, il ne savait pas dans quelle direction nager. Mourir pour la cause ne le consolait pas vraiment. Comme tout en chacun, il aurait préféré mourir pour rien, mais vieux et bien au chaud, au fond de son lit. On ne choisit pas ces choses-là, philosopha-t-il, au moment de sombrer.

Dans un ultime sursaut, alors qu'il coulait, vaincu, il tendit le poing vers la Lune, pour un adieu au satellite et à ses habitants.

Une main tombée du ciel referma une poigne de fer sur son avant-bras et il sentit qu'on le hissait, l'arrachant à l'emprise des hauts-fonds. Les anges d'aujourd'hui ont des manières de brute, songea-t-il encore, avant de s'évanouir, terrassé par l'émotion.

CHAPITRE X

Grabuge sur la Lune

Isidore Bautrelet et Marius Giboulet se présentèrent au bar de l'hôtel peu avant le dîner. Ils sortaient du bain et avaient passé une tenue de soirée. Le Marseillais était maussade. Il n'avait sans doute pas totalement digéré l'exécution du forçat. À cette sinistre occasion, il avait pu apprécier l'attitude de son jeune collègue. En dépit de leurs divergences d'opinion politique — Bautrelet fricotait avec les thèses socialistes : c'était de son âge ! —, il ne l'avait pas accablé de reproches, n'avait pas fui sa présence. Giboulet, conservateur bon teint, se trouvait ébranlé dans ses convictions. Oh, il n'avait ni retourné sa veste ni adhéré aux idéaux de la canaille, mais il admettait que les *communeux* et leurs rejetons n'étaient pas que des gens méprisables ; pour lui, un grand pas fait vers le progrès. En conséquence de quoi, il avait décidé d'abreuver le jeune homme à ses frais, enfin, à ceux du *Sémaphore de Marseille*, plus exactement.

« Holà, garçon, nous prendrons le train direct pour Charenton ! Donnez-nous deux billets », tonitrua-t-il, pour tenter de chasser son amertume, avec l'espoir que l'alcool saurait l'y aider.

Le serveur eut un sourire. Il avait compris l'allusion. L'asile d'aliénés de Charenton était célèbre pour accueillir les buveurs d'absinthe impénitents. L'abus de « fée verte », comme on nommait également la liqueur, pouvait causer des troubles irrémédiables dans le cerveau des plus grands consommateurs. On l'appelait aussi « Notre-Dame de l'Oubli », car elle avait la particularité de ronger les souvenirs plus sûrement qu'une armée de rats un gruyère. Dame, c'était plutôt une boisson d'hommes, distillée dans un alcool titrant ses 85° !

Le garçon déposa sur le comptoir deux verres nantis d'une collerette indiquant la dose raisonnable à ne pas dépasser, ainsi qu'une bouteille et de multiples accessoires.

« Deux "Cousin Jeune", deux, la véritable absinthe de Pontarlier », fit-il.

Le rituel pouvait commencer. Giboulet s'empara de la bouteille et versa un peu de « lait du Jura » au fond de chaque verre. Il plaça ensuite en équilibre sur le sien une petite cuillère ajourée, qui supportait un sucre. Isidore l'imita. Puis on déversa délicatement un filet d'eau sur chaque sucre, qui se désagrégea. Le liquide obtenu avait des teintes d'opale. Il n'y eut plus qu'à trinquer.

Ce qu'ils firent, alors que Mme Stolz entrait dans le bar, au bras d'Ernest. Apercevant la doctoresse, Giboulet leva son verre pour boire à sa santé. Le couple s'approcha. Ernest ne paraissait pas dans son assiette. Il s'accrochait à la matrone comme si elle seule pouvait l'aider à préserver son équilibre. Une fine pellicule de sueur empoissait son front et ses joues pleines.

« Tu ne te sens pas bien ? interrogea Isidore.

— Un petit malaise de rien du tout, répondit Mme Stolz. Je lui ai fait respirer des sels. Le grand air doit lui manquer. À force de demeurer enfermé, on s'étiole. Mon mari préconise des séjours en montagne aux jeunes gens fragiles. »

Ernest se contenta d'un hochement de menton approbateur. Isidore lui apporta une chaise et l'aida à s'asseoir.

« Buvez donc un petit verre, dit Giboulet. Laissez agir la magie de la fée verte.

— Vous n'y pensez pas, s'épouvanta Mme Stolz, dans son état ! »

Marius n'insista pas. On laissa Ernest tranquille. Isidore s'en voulut un peu d'avoir entraîné son ami dans cette aventure. Il l'aurait cru de complexion plus solide, néanmoins.

« M. Verne ne nous rejoint pas ? demanda la doctoresse.

— Je crois qu'il se repose, dit Isidore.

— Vous n'en êtes pas sûr ?

— À vrai dire, je n'en sais rien. Mais je ne vois pas en quoi cela...

— Il ne nous a pas accompagnés, cet après-midi », le coupa Giboulet, qui redoutait que la curiosité de la matrone ne poussât Isidore à l'irrévérence. Il continua :

« L'ingénieur en chef des Ateliers impériaux nous a reçus fort cordialement. Savez-vous que le premier navire cosmique issu de la collaboration avec les Ishkiss est enfin opérationnel ? Nous n'avons pas été autorisés à le voir, mais ce que nous avons appris suffit à mettre l'eau à la bouche. Jugez plutôt : un cuirassé disposant des meilleurs blindages, capable de relier les étoiles, avec à son bord plusieurs dizaines d'humains et une intelligence d'Ishkiss. Quelles grandioses perspectives cela ouvre ! Quand nous disposerons de dix, vingt, cent puis cinq cents de ces vaisseaux, qu'est-ce qui pourra empêcher les terriens de conquérir d'autres planètes ?

— Les terriens et les Ishkiss, précisa Isidore.

— Oui, c'est entendu. Admettez cependant que sans nous, ils auraient été bien en peine de quitter la Lune, où ils se sont échoués. Ils ne sont jamais qu'une race en bout de course. Tandis que l'Homme a certainement atteint son apogée. Aussi, je bois au futur, je bois aux étoiles nouvelles !

— Au futur, donc », lâcha Isidore, du bout des lèvres.

Ils entrechoquèrent leurs verres, faisant tanguer la liqueur émeraude. À ce moment précis, un mugissement de sirène s'éleva des galeries, figeant tous les clients du bar dans une posture de poupée de cire.

*

La colonne des forçats avait atteint le sas de décompression. Un premier groupe s'était débarrassé de son habit de gelée et se dirigeait vers le monte-charge conduisant à la chambre froide, où on les dépouillerait de leurs animalcules. Ils étaient encadrés par quatre gardes-chiourme, commandés par la brute au gourdin qui avait accueilli les nouveaux arrivants trois jours plus tôt. Comme à son habitude, le bourreau s'amusait à caresser les côtes des traînards avec son terrible instrument.

« Pressez-vous donc, bougres d'abrutis ! Ah çà, je vous apprendrai à lambiner, moi », vociférait-il.

Il allait abattre sa massue sur les épaules chétives d'un gamin quand la colonne s'immobilisa. Des injures et des cris fusèrent. Une bagarre venait d'éclater à l'avant du convoi.

Deux femmes avaient commencé de s'écharper, pour un motif d'apparence futile, mais qui prenait dans le confinement du bagne une importance hors de mesure. Une souillon famélique, à peine sortie de l'enfance, s'était emparée d'un bout de ruban sale dépassant de la tignasse d'une vieille qui marchait devant elle. La doyenne, son autorité ainsi bafouée, défendait son trésor avec une agressivité purement animale. Les serres de ses ongles frappaient pour lacérer la peau de la voleuse, ses lèvres retroussées dévoilaient des chicots bruns aussi effrayants que des canines. Les gardes, amusés, assistaient au spectacle prudemment rangés à bonne distance des furies. Dans leur élan, les combattantes malmenaient leurs pauvres surcots et, bientôt, la jeunette ne fut plus vêtue que de lambeaux de toile. Les surveillants en profitèrent pour se rincer l'œil, appréciant les formes naissantes qui donnaient à ce corps androgyne un semblant de vénusté.

Les autres forçats, hommes et femmes, encourageaient les lutteuses à grand renfort de sifflements. Il régnait dans le corridor une pagaille assourdissante. La brute au gourdin s'avança pour séparer les lionnes ennemies, estimant que la plaisanterie avait assez duré. Il ne fallait pas retarder trop longtemps le retour au bercail des bagnards. À ce moment de la journée, la fatigue aidant, l'exaspération des uns et des autres était portée à son comble. Les gardes-chiourme devaient redoubler de vigilance, car les forçats saisissaient chaque occasion d'exacerber les rancunes qui s'étaient développées entre les membres de leur communauté pour déclencher une rixe. Alors, dans l'affolement qui s'ensuivait, tout pouvait arriver. Les consignes préconisaient de mater sévèrement les plus agités, afin de circonscrire la violence entre détenus. Le chef maton appréciait particulièrement cet aspect du règlement, qui lui permettait de donner libre cours à ses instincts les plus sauvages, avec la satisfaction du devoir accompli. L'administration pénitentiaire était à coup sûr une belle et bonne chose !

Sa matraque brandie, il se mêla à l'échauffourée. Aussitôt, les femmes se retournèrent contre lui, réconciliées pour affronter ensemble l'objet d'une haine commune. Ce revirement soudain prit le bourreau de court. Son gourdin s'abattit sans conviction sur une épaule noueuse, ripant sur l'os saillant. Des griffes s'attaquaient aux boutons dorés de sa vareuse, à la boucle de son ceinturon, cherchant à s'immiscer dans les replis formés par les sous-vêtements pour rejoindre la panse grasse et pleine, et la déchirer, évider les entrailles de la bête honnie. Il eut peur et frappa sans retenue. Un coup fit craquer le cartilage du nez de la vieille, qui s'ouvrit telle une fleur écarlate dispersant une pluie de sang aux quatre vents. Cela ne fit que décupler l'ardeur de la harpie défigurée. Elle se mit à fouailler la chair replète du maton, enfonçant ses ongles dans la couche de couenne de ce cochon debout sur deux pattes. La jeunette n'était pas en reste : elle avait gravi le buste de son adversaire, qui lui rendait bien trois têtes et, fermement accrochée au col de son uniforme, elle cherchait à mordre à pleines dents la base du cou où palpitait une veine jugulaire.

Il n'y avait pas lourd de femmes pour un si robuste gaillard, mais leur détermination compensait largement le défaut de poids. Elles allaient le mettre en pièces s'il ne se décidait pas à appeler au secours. Déjà, une douleur lancinante montait de son ventre égratigné. Dans les rangs des forçats, c'était l'extase : les invectives pleuvaient, ainsi que les encouragements. On se réjouissait de la mise à mort du sadique.

« Holà vous autres, glapit le colosse assiégé, à l'aide ! »

Voyant leur supérieur en mauvaise posture, les surveillants braquèrent leurs arbalètes sur le trio, mais ils n'osèrent pas tirer, de peur d'atteindre le gros homme dans la confusion de membres épars. Celui-ci cognait toujours, chaque nouveau coup plus faible que le précédent. Il vacilla, les bottes prises dans la chaîne des fers qui reliait les deux femmes. Il se sentit partir en arrière, alourdi par le lest vivant pendu à son cou. Les matons lâchèrent leurs traits, presque à bout portant. Les carreaux aiguisés touchèrent leurs cibles. La vieille recula sous l'impact et son dos heurta la paroi de la galerie. Un moment, on la crut clouée au mur : les pointes à quatre tranchants avaient perforé sa maigre carcasse au niveau des poumons et du cœur, et s'y étaient frayé un chemin avec autant de facilité que dans un mannequin de paille. Puis elle s'affaissa, imprimant une arabesque sanglante sur le revêtement métallique. La rébellion des bagnards comptait désormais sa première martyre.

Ce fut le signal de la curée. Les forçats, excités par le combat et l'exécution, se jetèrent sur leurs gardiens. Les deux matons restés en retrait tirèrent à leur tour, abattant chacun leur homme, mais il était déjà trop tard. Rien, hormis la mort, ne pourrait plus arrêter les prisonniers. Ils attendaient cet instant depuis trop longtemps, la tête emplie d'espoirs insensés pour la plupart d'entre eux, d'idées tellement audacieuses qu'elles valaient la peine qu'on se sacrifiât pour elles. Et puis, si le plan mis au point par celle qui avait suscité ces espoirs aboutissait, si les promesses faites étaient tenues, les sacrifices consentis ne seraient pas vains.

Il ne s'agissait pas là de paroles en l'air, de rhétorique révolutionnaire factice destinée à galvaniser des troupes autrement peu enclines à faire don de leurs vies à la cause. Si la victoire était acquise, la mort elle-même serait vaincue. L'ami de la Grande Citoyenne l'avait assuré. L'incroyable nouvelle avait circulé dans les cercles de l'Enfer où elle avait enflammé les esprits des damnés. Même si beaucoup n'y croyaient toujours pas, cela valait la peine de prêter la main à la révolte, juste au cas où... Bien sûr, avait encore expliqué l'extra-humain par la bouche de sa compagne, l'éternité promise n'était pas la vie telle qu'on la connaissait, mais pas non plus la chimère vantée par les religions. Les Ishkiss n'étaient pas des marchands d'espérance. Pour preuve, leur existence même. Maîtres du vivant, ils avaient la capacité d'associer au conglomérat formant l'intelligence de leurs navires toute espèce douée de raison Après avoir étudié l'anatomie humaine, ils savaient que l'arrêt brutal des fonctions vitales basiques, telles que la respiration, n'était pas un obstacle à l'association, dès lors que le cerveau n'était pas détruit. Ainsi, mourir ne signifiait plus forcément disparaître. Comment résister à pareil argument ? Surtout quand on se morfond dans les geôles de la Lune, avec pour seule perspective la dispersion de ses cendres dans le désert.

Les gardes ne furent pas épargnés. Ils succombèrent sous le nombre, noyés par la masse ivre de vengeance. Leur chef, cependant, débarrassé d'une de ses assaillantes, avait repris du poil de la bête. Il avait roulé sur le sol, écrasant sous sa bedaine la gamine qui avait déclenché les hostilités. Elle suffoquait, privée d'air, la cage thoracique comprimée, et moulinait des bras et des jambes pour essayer de se dégager. Bientôt, ses mouvements se firent moins frénétiques. Puis ils cessèrent. La brute, dépenaillée, tenta de se relever.

Le surveillant en chef avait perdu sa superbe, avec pas mal de sang. Son ventre le brûlait atrocement, ainsi que son cou, là où la petite garce avait refermé ses mâchoires. Il titubait, s'éloignant de la scène du carnage. S'il pouvait atteindre le monte-charge, quelques mètres plus loin, et s'y réfugier, il avait une chance d'échapper aux fauves libérés. Il parvint jusqu'à la grille barrant l'accès au puits sans encombre et appuya sur le signal d'appel. Dans son dos, un vacarme assourdissant fait d'éclats de voix hystériques et de fers qu'on remue emplissait le corridor. Il ne se retourna pas, paniqué à l'idée de ce qu'il pouvait découvrir.

Le monte-charge se déplaçait avec une lenteur exaspérante. Encore quelques secondes...

« Il s'enfuit, il s'enfuit ! » lança un bagnard, au timbre digne de Stentor.

Aussitôt, l'agitation cessa. Le calme revenu était plus effrayant que le tumulte qui avait précédé. Les souffles réguliers des forçats faisaient un ronflement de forge, un roulement de tonnerre avant le déchaînement de la tempête. L'échine trempée de sueur, les pantalons souillés par l'effet de la peur, le grand maton secouait la grille à laquelle il s'était agrippé avec l'énergie du désespoir. Il ne voulait pas les voir s'approcher, pas à pas, déterminés, un brasier allumé dans le regard, la babine écumante, horde de tigres affamés, toutes griffes dehors...

« Jésus, Marie, Joseph... », commença-t-il, cherchant dans sa mémoire des bribes de prières apprises au catéchisme.

Il pouvait presque sentir leurs haleines sur sa nuque, comme un zéphyr mauvais. Il pleura, à chaudes larmes, pris de convulsions. Il allait s'effondrer, tomber à genoux pour implorer sa grâce, quand la grille coulissa. Le monte-charge était arrivé. Mais il n'était pas vide, comme à l'ordinaire. À l'intérieur, un ange noir, tranquille, dressait sa silhouette altière, brillant d'un éclat sombre, légèrement bleuté.

« Notre Père qui êtes aux cieux... », marmonna la brute, soumise par le regard impitoyable de l'apparition.

Puis son cœur cessa de battre, vaincu par l'émotion.

Une formidable acclamation accueillit l'ange monté des profondeurs de l'Enfer. Le vagissement d'une sirène d'alarme couvrit brusquement les hourras des forçats, coupant court à leur joie. Derrière la porte close du sas de décompression, les événements s'étaient précipités. Conformément au plan convenu, les frères et sœurs toujours massés à l'extérieur étaient eux aussi entrés dans la danse. Les heures qui allaient suivre resteraient dans l'Histoire, marquées du sceau de l'infamie ou bien auréolées de gloire, selon l'issue de la bataille qui venait de s'engager.

*

Jules survolait un cratère à l'échelle d'un département. Il avait rapidement compris comment user au mieux de son équipement. Une brève poussée du propulseur le catapultait dans les airs sur plusieurs centaines de mètres. Quand il atteignait l'acmé de ses longues trajectoires, il se laissait dériver sur son erre, à vitesse décroissante, sur près d'un kilomètre. Puis il réitérait la manœuvre, progressant à la manière d'une puce survoltée.

Il avait déjà parcouru une distance considérable depuis qu'il avait fui la Base Cyrano et libéré un coléoptère dans la direction opposée à celle qu'il avait prise. Il se doutait que sa ruse, plutôt grossière, ne tromperait pas longtemps les autorités sélénites. Aussi ne s'accordait-il aucun répit, d'autant que ses réserves d'oxygène n'étaient pas inépuisables.

Il s'approchait de la face cachée de la Lune, filant, vif et déterminé, météore humain dans l'absence de ciel lunaire. Cette course sous les étoiles était plutôt grisante. Elle ravissait le cœur et l'esprit du bourlingueur avide d'expériences nouvelles, pas encore rassasié après des années et des années de pérégrinations. D'ici peu, si les prévisions du faux journal d'Hetzel se vérifiaient, les sélénites connaîtraient les joies du vol individuel. Pour lors, Jules faisait figure de pionnier. Il en avait l'habitude, car en matière littéraire déjà...

Un choc soudain interrompit le cours de ses pensées. Il eut l'impression d'avoir reçu sur l'épaule une violente claque, donnée par un géant. Il dévia de sa trajectoire et perdit de l'altitude. Jetant un coup d'œil sous lui, l'écrivain aperçut deux cavaliers lancés à sa poursuite, qui braquaient leurs armes dans sa direction. Sous la couche de gelée, il reconnut les bicornes de gendarmes. Inquiet, Jules porta la main à son épaule, pour découvrir une longue déchirure dans la poche du réservoir d'hélium. Le carreau d'arbalète n'avait fait heureusement qu'érafler la gabardine, mais le gaz avait fui et Jules se rapprochait dangereusement du sol. Il actionna le propulseur pour prendre de la vitesse, au moment où un second carreau montait vers lui à toute allure. Jules parvint à l'éviter de justesse. Déséquilibré, il avait du mal à tenir le cap et à se diriger. S'il ne réagissait pas, il finirait par se faire embrocher comme une vulgaire volaille.

Jules opta pour une stratégie offensive. Il bascula cul par-dessus tête, effectuant une manœuvre de retournement assez hardie au terme de laquelle il se retrouva face aux équipages des gendarmes. Ceux-ci avaient rechargé leurs arbalètes et le visaient de nouveau. Jules libéra toute la puissance du propulseur et bondit en avant. Les deux traits parallèles, décochés de concert, fusèrent en silence. Jules les vit se rapprocher comme au ralenti, tandis qu'il prenait de la vitesse. L'un passa à plus d'un mètre de sa cible, l'autre ne la rata pas, perçant de part en part son réservoir dorsal.

Jules volait à présent en rase-mottes, les poings serrés tendus devant lui, les coléoptères en ligne de mire. Les gendarmes avaient stoppé leurs montures, surpris par l'attitude de leur proie. Ils comprirent trop tard ce que celle-ci avait en tête. La collision ne pouvait plus être évitée.

L'impact fut foudroyant. Les cognes valdinguèrent comme des quilles fauchées par une boule folle, désarçonnés et à demi assommés. Jules continua sur sa lancée, incapable de maîtriser sa course. Il avait perdu le contrôle de son équipement, la gabardine déchirée à l'épaule et dans le dos. Il toucha le sol une première fois, soulevant un nuage de poussière, rebondit et pirouetta tel un pantin désarticulé, avant de s'écraser finalement cent mètres plus loin, secoué, hébété, courbaturé et désespéré.

Il se remit péniblement d'aplomb. L'exosquelette lui avait évité de se rompre les os, mais le propulseur était en miettes. Heureusement, le costume étanche n'avait pas souffert de cet alunissage forcé. Une bien maigre consolation toutefois.

Jules chercha du regard les coléoptères privés de cavaliers. Il les aperçut au loin, sur la ligne d'horizon. Ils s'éloignaient en direction de la Base, mus par leur instinct de conservation. Avec eux s'enfuyaient les derniers espoirs de l'écrivain de sauver sa peau.

Il se débarrassa de l'appareillage désormais inutile et se remit en route, d'un pas tranquille. La mort ne le trouverait pas immobile, lui qui avait toujours vécu en mouvement. Si elle voulait le rattraper enfin, ici, au beau milieu du désert lunaire, aux franges de la face cachée du satellite terrien, elle devrait faire un effort. Il ne lui ferait pas de cadeaux.

Elles volant à [illegible] seconde en navettes, [illegible] temps [illegible] que devant les colonnes [illegible] en [illegible] [illegible] avaient stoppé leurs moteurs [illegible] surpris par [illegible] de [illegible] ils [illegible] [illegible] avait [illegible] Le [illegible] ne pouvait plus être évitée.

[illegible] Les [illegible] à la [illegible] comme des [illegible] qu'elles [illegible] par une route [illegible] et [illegible] [illegible] perdu le contrôle de son équipement, le [illegible] dans le [illegible] touchaient [illegible] [illegible] de [illegible] [illegible] plus loin [illegible]

[illegible] comme les [illegible] le propulseur [illegible] Heureusement, le [illegible] de cet [illegible] [illegible]

Les [illegible] du [illegible] les [illegible] Elles [illegible] à la [illegible] d'horizon ils [illegible] en direction de la [illegible] [illegible] de sauver sa [illegible]

[illegible] et se [illegible] [illegible] ne [illegible] pas [illegible]

Intermède

GUERNESEY, ÎLOT MYSTÉRIEUX

L'homme volant déposa son fardeau sur la plage de galets avant de se laisser tomber à ses côtés, exténué, à bout de forces. Il ouvrit les valves des poches de sa gabardine, laissant échapper le gaz qu'elles contenaient, et retrouva une carrure normale. Il observa le jeune homme évanoui, sauvé de la noyade une heure plus tôt. L'homme volant avait assisté au naufrage de son embarcation, à quelques milles des côtes du littoral normand. Lui arrivait tout droit de Paris, où il avait échappé de justesse à une descente de police, menée par le préfet en personne. Un tel honneur révélait l'importance attachée à sa capture.

En d'autres circonstances, Hetzel aurait été flatté. Mais la fièvre qui avait pris Paris depuis l'allocution du Prince l'inquiétait trop pour qu'il songeât à se gargariser de la sollicitude d'Andrieux.

Prudent, l'éditeur avait préparé sa fuite dès les premiers déploiements de la troupe. L'équipement aéronautique fourni par le réseau à ses principaux agents trouvait enfin son utilité. Conçu pour faciliter les communications entre les métropoles européennes, où était implantée la résistance, il permettait d'éviter les déplacements sur les lignes aériennes officielles, trop fréquemment contrôlées. Mais, si le réseau devait être démantelé, ses fabuleux joujoux ne lui seraient plus d'aucune utilité.

Avec un soupir, Hetzel se leva et chargea le jeune homme, toujours inconscient, sur ses épaules. Au loin, les premiers rayons du soleil dispensaient des ors généreux dans le ciel oriental. Hetzel s'engagea dans l'espèce de lande pelée qui succédait à la plage, battue par les vents chargés d'iode. Il gagna Saint-Pierre, le chef-lieu de l'île, où était rassemblé l'essentiel de la communauté des Guernesiais.

Le village s'éveillait en douceur, illuminé çà et là par les lampes des lève-tôt. Avec le blocus imposé par l'Empire, les pêcheurs devaient trouver leur pitance dans les eaux anglaises, plus au nord. De même, les cultures maraîchères qui faisaient la fierté et la réputation des îliens n'étaient plus exportées que vers Plymouth, d'où elles rejoignaient les marchés de Londres. Pourtant, les côtes françaises étaient toutes proches. Mais les quelques bouts de cailloux qui formaient Guernesey, Jersey et Aurigny — sous la souveraineté de la Couronne d'Angleterre —, ces confettis disséminés au large de l'Empire, accueillaient les rebelles à son autorité depuis le coup d'État. Londres fermait les yeux, secrètement ravie de cette épine dans le pied de Louis Napoléon. Les multiples traités de non-agression signés avec Victoria n'avaient pas résolu le problème, et Badinguet devait se contenter du *statu quo* actuel. Guernesey, surtout, était donc devenue le refuge des insurgés menacés de déportation.

Hetzel trouva facilement la petite maison aux volets bleus où vivait le plus célèbre banni de l'Empire. C'était un lieu quasi mythique pour les résistants, tout à la fois un havre et un nouvel Olympe. Il frappa à la porte, un peu intimidé. Une vieille femme au regard doux vint ouvrir. Sans un mot, elle l'invita à entrer.

« Pauvre garçon, fit-elle en découvrant le jeune homme inanimé. Conduisez-le à la chambre, à l'étage. Elle n'est pas occupée, il ne dort presque plus. Il vous recevra ensuite, dans son cabinet de travail. »

Hetzel ne demanda pas de qui elle parlait. Il obéit, emprunta l'étroit escalier qui partait du fond du couloir, trouva la chambre, spartiate, et déposa l'infortuné marin sur le lit.

« Je vais m'en occuper, dit la vieille. Vous pouvez redescendre. »

Elle tenait une cuvette remplie d'eau, une serviette et quelques ustensiles de toilette. Elle semblait avoir l'habitude de recevoir chez elle des fuyards en piteux état. Hetzel était persuadé que beaucoup lui devaient la vie. Il eut envie de l'embrasser, de lui témoigner ainsi la gratitude de tous les déclassés qui étaient passés par cette chambre, mais il n'en fit rien, impressionné par le calme de son hôtesse, l'assurance de ses gestes simples. Il partit sur la pointe des pieds, pour ne pas la déranger.

Babiroussa l'attendait dans la pièce transformée en bureau qui occupait l'essentiel du rez-de-chaussée. Penché sur sa table, il écrivait, à la lueur des flammes dansant dans la cheminée. Hetzel n'osa pas l'interrompre.

« Ne restez pas planté là. Ôtez donc votre harnachement et venez vous réchauffer », fit Babiroussa.

L'éditeur obtempéra avec reconnaissance. Il était

fourbu, trempé jusqu'aux os, mais heureux de se trouver là. Il s'installa sur un tabouret libre, devant le foyer, entre deux piles d'ouvrages et de dossiers. Il ne put s'empêcher de poser la question qui lui brûlait les lèvres :

« Vous n'avez jamais cessé d'écrire ? »

Babiroussa eut une quinte de rire.

« C'est tout ce que je sais faire », répondit-il modestement.

Hetzel se tourna vers lui. Il portait une barbe d'ancêtre couleur de cendres et taillée au carré. Ses cheveux, de la même teinte, étaient coupés ras sur son crâne. L'âge n'avait pas creusé ses joues, ni amolli ses traits. Il avait le nez fort, l'œil ardent et la bouche pincée dans une pose sévère, comme sur les photographies prises à Jersey par Charles, son fils disparu, aux débuts de l'exil, dans les années cinquante. Des portraits, pour la plupart, qui avaient circulé dans tout l'Empire, sous le manteau. Chez lui, dans l'appartement investi par la police, Hetzel possédait des reproductions de chaque cliché. Babiroussa avait peu changé. Oh, la stature s'était affaissée, les épaules ployaient bien un peu sur la table de travail, et la voix se faisait plus hésitante qu'à l'époque des harangues à la Chambre des députés, mais enfin, c'était lui, sans nul doute possible.

« Vous arrivez de Paris, n'est-ce pas ? Là-bas, les choses bougent, dit Babiroussa.

— Oui. Badinguet a franchi un nouveau cap dans la folie. »

Hetzel fit un résumé des événements depuis la veille.

« La Lune n'est pas étrangère à cette agitation,

commenta Babiroussa. Là-haut (il pointait sa plume vers le plafond), tous attendent le dénouement de la grande tragédie. Certains de nos amis prussiens parleraient volontiers de "Grand Soir". Laissons-leur la responsabilité de tels propos. »

Hetzel reconnaissait là le « fanatisme modéré » du révolutionnaire bourgeois de 1848. Cette prudence dans ses engagements était paradoxalement le gage de leur pérennité. S'il n'avait pas été le plus fougueux tribun à dénoncer les injustices du siècle, les convictions de Babiroussa n'avaient en revanche pas varié d'un iota, coulées dans l'airain d'un caractère humaniste éprouvé. Bien peu pouvaient se targuer d'une telle constance dans leur combat. Pour un Babiroussa, un Vallès, un Verlaine ou un Rimbaud (le couple maudit avait gagné l'Afrique et animait un trafic d'armes fort précieux pour la résistance européenne), combien de Flaubert, Sand, Dumas, Vigny, Lamartine, Zola même, avaient tourné casaque, et avili leurs plumes et leurs pensées dans l'encre de la réaction, après l'épisode de la Commune ? Tout ce que l'Empire comptait d'auteurs en activité s'était rallié au parti de l'ordre et de la répression. Le réseau avait dû recruter dans les rangs des sans-grade, des obscurs, dans l'armée formidablement indisciplinée des journalistes, poètes maudits, pions, répétiteurs, romanciers pas publiés, sans-le-sou et crève-la-faim, mais le cœur et l'esprit pleins d'idées capables de mettre à bas la société des privilèges. Naturellement, Babiroussa s'était aussi acoquiné avec les agitateurs politiques, disciples de Marx ou de Proudhon. La lutte contre la tyrannie avait relégué au second plan les divergences entre républicains et anarchistes.

L'amitié sincère entre l'exilé de Guernesey et Louise Michel avait scellé l'union des « rouges » et des socialistes.

« Que va-t-il se passer ? interrogea Hetzel.

— Badinguet va devoir abattre ses cartes s'il veut que l'alliance avec les Ishkiss perdure. Nous allons offrir aux extra-humains la possibilité de renégocier les clauses du contrat, de choisir un nouvel associé. À présent, nous sommes suffisamment crédibles. Si tout se déroule comme convenu sur la Lune, dans quelques jours peut-être le pouvoir changera-t-il de mains. Mais d'ici là, le tyran va jouer son va-tout. Les rafles déclenchées à Paris ne sont qu'un prélude. Les dés sont jetés. »

Juliette entra dans la pièce et interrompit le laïus. Elle vint murmurer quelques mots à l'oreille de Babiroussa. Celui-ci fronça les sourcils, qu'il avait assez fournis.

« Il semble que les événements se précipitent. Les dirigeables de l'Empereur sont à Brest, à en croire le délire de votre protégé. Figurez-vous qu'il a fui la cité des corsaires pour venir m'avertir du danger.

— Guernesey n'appartient pas à l'Empire. Un viol de l'espace aérien britannique équivaudrait à une déclaration de guerre !

— Victoria a-t-elle les moyens de s'opposer à Badinguet ? Je ne le crois pas. Lui non plus. Quand je vous disais qu'il s'apprêtait à jouer son va-tout.

— Que faire, alors ? Nous avons encore le temps de gagner l'Angleterre...

— J'ai dit que Victoria n'avait pas les moyens de résister, mais moi, si ! »

Hetzel était abasourdi par l'audace du vieillard.

Comptait-il réellement se battre contre les soldats d'élite de l'Empire ? Il semblait que oui.

« Va mettre le jeune homme à l'abri, ordonna-t-il à sa compagne. Je vais battre le rappel de nos troupes. Suivez-moi ! »

Il n'y avait pas à discuter. Hetzel lui emboîta le pas jusqu'à l'appentis accolé à la baraque, dans le jardin. Babiroussa tira une clé de la poche de sa robe de chambre, déverrouilla la serrure, puis il pria son invité de le précéder à l'intérieur de la cabane de planches.

Une odeur de graisse et d'huile assaillit les narines de l'éditeur. Il ne voyait pas grand-chose, mais l'endroit semblait vide. Babiroussa le rejoignit. Hetzel l'entendit manipuler un objet métallique. Soudain, le sol se déroba sous les deux hommes.

« N'ayez pas peur », fit Babiroussa, qui paraissait beaucoup s'amuser.

Hetzel comprit qu'ils se trouvaient sur un monte-charge en train de s'enfoncer sous terre. Décidément, il n'était pas au bout de ses surprises. La plate-forme s'immobilisa trente secondes plus tard. Babiroussa actionna un interrupteur et la lumière jaillit. Hetzel lâcha un juron.

Ce n'était pas possible ! Il n'était plus à Guernesey ! Il venait de pénétrer dans l'univers merveilleux de son auteur fétiche. Il avait investi les pages d'un roman de Jules Verne. Il n'y avait pas à hésiter sur le titre de l'ouvrage : Hetzel se trouvait au cœur de *L'Île mystérieuse...*

CHAPITRE XI

Nuit sanglante sur la Lune

Les journalistes suivaient le mouvement de la foule vers les galeries conduisant à la tour de transit. Les sélénites obéissaient aux consignes de sécurité édictées par l'administration pénitentiaire. Les civils étaient regroupés sur l'aire de débarquement, encadrés par une escouade de gendarmes, dans l'attente de leur évacuation. Les commentaires allaient bon train. On donnait son sentiment sur les causes de cette agitation. Un mot, parmi d'autres, revenait souvent dans la bouche des hommes et des femmes rassemblés dans la fuite : « émeute ». C'était arrivé, la canaille se révoltait. Ah, qu'on nous donne des fusils, tiens, au lieu de nous parquer comme des moutons, et on verrait ce qu'on verrait...

Isidore jura entre ses dents :

« Flûte, pour une fois qu'il se passe quelque chose... Nous n'allons pas rater ça !

— Qu'y pouvons-nous ? dit Giboulet. Les gendarmes bouclent le périmètre. »

Bautrelet réfléchit. Il parut hésiter, puis se lança :

« Marius, je m'adresse au reporter, à l'homme de terrain. L'événement est trop beau pour que nous le laissions nous échapper. Songez à vos lecteurs, quand ils apprendront qu'une émeute a eu lieu et que vous étiez là, mais que vous n'avez rien vu. Songez à la réputation du *Sémaphore de Marseille*... Quoi, les journalistes du Sud ne sont tout de même pas des lâches ! »

L'argument machiste et chauvin porta. Giboulet bomba le torse, la moustache frémissante.

« Je suis votre homme, collègue. Que faut-il faire ? »

Isidore se tourna vers la doctoresse qui soutenait Ernest. Le photographe avait toujours l'air hébété, mais il avait repris quelques couleurs.

« Madame, il se pourrait que nous ayons besoin de votre aide. Il est des cas où le charme féminin surpasse la force virile. »

La matrone se pâma sous le compliment. Isidore retint un sourire et expliqua ce qu'il avait en tête.

« Vous sentirez-vous capable de jouer cette petite comédie ?

— Assurément, jeune homme.

— Alors, en avant ! »

Mme Stolz prit une profonde inspiration, gonflant une poitrine qui atteignit des proportions impressionnantes. D'un pas décidé, elle fendit la foule, entraînant les journalistes dans son sillage, et se dirigea vers les gendarmes qui fermaient le peloton. Arrivée là, elle donna la pleine mesure de ses talents de comédienne. Portant une main à son front, elle poussa un soupir à faire chavirer un galion. Dans le même instant, elle se laissa choir dans les bras d'un brigadier, qui n'en demandait pas tant. Le gradé n'était pas de taille à assumer seul pareille charge. Il appela :

« Holà, vous autres, à la rescousse ! La bourgeoise se sent mal. »

Deux gendarmes s'emparèrent du colis, chacun par un pied, soulageant leur supérieur. À eux trois, ils écartèrent la doctoresse du passage emprunté par les retardataires, qui accouraient des niveaux inférieurs. Avec ménagement, ils la déposèrent sur la chaussée, le dos contre une fresque représentant les jardins des Tuileries (on reconnaissait le Palais du Louvre, visé par les lignes de fuite de la perspective).

Les journalistes approchèrent. L'incident leur avait permis de quitter le troupeau humain.

« Je suis médecin, mentit Isidore. Laissez-moi l'examiner. »

Sans attendre de réponse, il se pencha sur la digne émule de Sarah Bernhardt.

« Il faudrait l'étendre dans un endroit calme. Elle retrouverait plus vite ses esprits. Ne pouvons-nous pas entrer dans un de ces bureaux ? »

Il désignait l'enfilade de portes découpées dans la fresque. Le brigadier avait l'air ennuyé. La sirène d'alarme continuait de pousser ses hauts cris, encore plus agaçante à présent que le tumulte des fuyards s'était estompé.

« C'est l'affaire de quelques minutes », insista Isidore.

Le brigadier céda, de mauvaise grâce. Il ouvrit la première porte à sa hauteur et s'effaça pour laisser passer Giboulet et le faux médecin, transportant la « victime ». Ernest et les gendarmes entrèrent à leur suite. Mme Stolz fut allongée sur le bureau couvert de paperasses qui occupait la pièce minuscule. Le réduit était encombré par la présence des six hommes. Isidore en profita. Il fit un mouvement, comme pour se diriger vers la sortie, et bouscula le brigadier au passage.

« Excusez-moi. »

Puis il se retourna et braqua le pistolet subtilisé à la ceinture de l'officier sur la petite troupe, refermant de son autre main la porte du bureau.

« À présent, si vous voulez bien vous dévêtir... »

Alors, on entendit Mme Stolz partir d'un grand éclat de rire. La farce était à son goût, semblait-il.

*

Louise sortit la première de l'ascenseur, ses pieds touchant à peine le sol. Son compagnon avait investi chacun de ses muscles, chacun de ses nerfs ; il commandait à présent ce corps étranger mieux que sa propriétaire initiale. Le Ishkiss avait rapidement compris quel parti il pouvait tirer des capacités du cerveau de son hôtesse. Il s'étonnait même de l'usage restreint que les humains faisaient d'un si formidable outil. Il lui avait suffi de quelques minutes pour en explorer les territoires vierges, les zones laissées en friche par Louise, en réveiller les cellules endormies.

Dès le premier contact avec la pétroleuse, il avait saisi l'analogie entre le précieux organe et l'intelligence dont il était l'émanation. Mêmes méandres, même cheminement tortueux qui dirigeaient la pensée consciente à la surface, mêmes échanges rapides d'informations entre les différentes zones, activées au gré d'une volonté secrète. Il avait fait cette incroyable découverte : le cerveau des humains était la reproduction, à échelle réduite, de l'amalgame ishkiss. Un seul cerveau humain suffisait, là où il avait fallu la coopération de centaines, de milliers d'espèces glanées dans tout l'univers, pour développer le potentiel des intelligences incarnées dans chaque vaisseau. Dans leur longue errance intergalactique, les Ishkiss n'avaient jamais rencontré une espèce possédant de telles ressources ; jamais non plus ils n'en avaient rencontré une qui les négligeât à ce point, aussi ignorante, mais tellement attachante, à sa manière.

Bref, il avait été séduit par Louise, comme pouvait l'être un extra-humain. C'est-à-dire qu'il avait adhéré totalement à l'utopie de la Grande Citoyenne. Il avait éprouvé, analysé, disséqué la version de la stratégie proposée par la terrienne, et ce qu'il avait découvert lui avait plu. Son navire avait agréé. L'information avait ensuite été diffusée aux autres intelligences. Depuis, une certaine confusion régnait dans le réseau de communication entre les vaisseaux. On s'interrogeait : Louis Napoléon était-il le meilleur représentant de son espèce ?

On objectait que certains humains avaient élaboré une stratégie différente, plus généreuse dans ses effets, davantage en adéquation avec le grand dessein. Qu'ils se fassent donc entendre, répondaient les intelligences favorables au tyran. Mais ils ne le pouvaient pas. Alors, cela signifiait que leurs idées n'étaient pas bonnes. Le concept de censure était inconnu des Ishkiss. L'ami de Louise avait essayé de le faire partager aux autres navires. Il n'avait fait qu'ajouter à leur désarroi. Comment pouvait-on ne pas être en mesure d'exprimer son opinion ?

Louise avait donc suggéré à son ami d'aller à la rencontre de l'amalgame, de le laisser la sonder pour qu'il fasse à son tour l'expérience de « sa » stratégie. La maladie avait fait avorter ce projet. Son compagnon n'était lui-même plus assez vaillant pour la transporter jusque sur la face cachée. Louise avait adressé un ultime message codé à Babiroussa et celui-ci avait convoqué Jules à Guernesey.

Ainsi, trois jours plus tard, Louise et son protecteur conduisaient-ils la révolte des forçats, qui devait permettre à Jules de joindre les Ishkiss sans être inquiété. Un pari insensé, un plan dément, qui reposait sur la seule conviction de la logique extra-humaine. Les Ishkiss ne pouvaient pas refuser une proposition aussi alléchante que celle faite par les ennemis de l'Empire. L'utopie communiste et humaniste élaborée par les rebelles constituait la solution au problème ishkiss, le ciment fédérateur qui leur manquait.

Les terriens ne seraient pas lésés dans l'affaire, au contraire. Les Ishkiss leur offraient la certitude d'éviter le néant après la destruction du corps, si perfectible, et les moyens de développer certaines capacités de leur esprit sans passer par le long apprentissage de l'évolution : en un mot, l'Association à l'amalgame.

Un présent indigne des ambitions belliqueuses d'un Louis Napoléon. C'est pourquoi Louise se jetait corps et âme dans la bataille, prête à tous les sacrifices. Les forçats la suivaient en chantant des hymnes à la liberté où il était question de faire couler le sang de l'ennemi. Ce n'étaient pas des paroles en l'air. La mort, ils ne la craignaient plus. L'Enfer, ils y vivaient déjà. L'espoir, on le leur avait confisqué. Il ne leur restait que la colère, et c'était suffisant pour les emmener au combat.

Ils avaient surgi dans les galeries du premier niveau par vagues successives, empruntant le puits du monte-charge. Gendarmes et soldats étaient encore occupés à canaliser le flot des civils vers la tour de transit. Ils pensaient alors que l'émeute restait circonscrite à l'extérieur de la Base. La bataille qui opposait matons et bagnards, sur le flanc de la butte où débouchait le passage réservé aux prisonniers, s'était déclenchée peu après que le groupe des insurgés eut franchi le sas de décompression. Déjà, des centaines de corps inanimés, cassés, tordus, démembrés, gisaient dans la poussière, noire de sang frais. Chaque minute perdue était une nouvelle hécatombe. Aussi Louise menait-elle sa meute avec rudesse, pressée de mettre un terme au massacre, qu'elle savait inéluctable.

Depuis que son compagnon l'avait réveillée, à l'heure du retour des forçats, elle n'avait plus en tête qu'une idée fixe : vaincre ou mourir. Pendant l'ascension de la colonne, puis sur le trajet de la chambre froide, elle avait affermi sa détermination et peaufiné les derniers détails de son plan. À présent, elle se contentait de suivre pas à pas les étapes pensées et repensées, au fond de son sépulcre, lors des rares moments de conscience. L'énergie qui coulait dans ses veines n'était pas la sienne, l'acuité de ses perceptions venait d'outre-espace. Mais la force qui animait l'entité Louise/Ishkiss prenait racine dans le cœur de la pétroleuse.

Les forçats atteignirent le deuxième sous-sol sans encombre. Les galeries s'étaient vidées comme par enchantement dès qu'avait retenti l'alarme. L'écurie et la chambre froide avaient été désertées de la même façon. Les consignes d'évacuation de la Base, appliquées à la lettre, facilitaient leur entreprise et évitaient d'allonger la liste des victimes. Mais les gendarmes n'avaient pas abandonné les points stratégiques du complexe souterrain. Une escouade empêchait l'accès à la salle des machines, objectif principal des insurgés.

Quatre forçats avaient revêtu les uniformes des gardes-chiourme estourbis tantôt. Ils approchèrent les gendarmes d'assez près pour pouvoir décharger sur eux leurs arbalètes, profitant de l'effet de surprise. Aussitôt les corps effondrés, le reste de la troupe se rua à l'assaut. Les gendarmes, galvanisés par la peur, épaulèrent leurs armes et tirèrent, sans viser. Les coups de feu claquèrent, le plomb brûlant mordit les chairs, une poignée d'hommes et de femmes s'affaissèrent d'un même mouvement. Mais la nuée s'abattit sur les cognes avant qu'ils aient pu recharger. On se battit au corps à corps, à coups de crosses, de poings, de griffes, de dents, souvent. Bientôt il ne resta plus un seul gendarme debout. Les bagnards valides récupérèrent armes et munitions avant de défoncer la porte de la salle des machines.

Les ouvriers n'opposèrent qu'une résistance de principe. Ils furent rapidement ligotés et bâillonnés. Louise restait fidèle à ses principes : les travailleurs étaient épargnés, car considérés comme des victimes de l'impérialisme. On mit la main sur les outils appropriés et l'on s'attaqua aux câbles métalliques qui soutenaient les cabines d'ascenseurs, suspendues plusieurs dizaines de mètres plus bas. On sciait, tranchait, rognait les fibres d'acier tressé avec hâte, sans méthode, s'infligeant parfois des blessures involontaires, quand les dents d'une lime ripaient sur la bobine et venaient taillader un bras, un poignet. L'odeur du sang montait aux narines, au cerveau, enivrante, mariée à celle de la graisse d'entretien. Un premier câble céda d'un coup. Des hurlements joyeux accompagnèrent la chute de la cabine au fond du puits. Les trois autres subirent bientôt le même sort. Chaque fois, on entendait l'écho d[illegible]pact sur le sol, qui montait des entrailles de la colonne, monstrueusement amplifié. On imaginait alors la débandade des matons, à l'intérieur, la terreur de ces hommes dont la distraction principale était d'abattre les malades alités sur leurs bat-flanc.

« Allons délivrer nos camarades, à présent, ordonna Louise. Il n'y a plus rien à craindre de ce fichu pilier. »

Ils abandonnèrent la salle des machines pour gagner le troisième sous-sol au pas de course. Louise surveillait la progression du cortège sanglant, un peu effrayée par la violence sans entraves des damnés. Le Ishkiss percevait son trouble et lui envoyait des signaux d'apaisement. Elle savait, bien sûr, que le sang coulerait. Elle avait encore en mémoire la « Semaine Sanglante » qui avait porté la Commune de Paris à son apogée dans l'horreur, quand les exécutions des otages s'étaient succédé à un rythme effréné. Pacifisme et révolution ne faisaient hélas pas bon ménage, et ne le feraient sans doute jamais. Soit on refusait de prendre les armes, acceptant de se soumettre, toujours écrasé sous la botte de l'ennemi, soit on faisait taire ses scrupules et on n'hésitait pas à tuer. Voilà à quoi se réduisait pour lors la dialectique des révolutionnaires. Louise avait cependant bon espoir de voir changer les termes de l'insupportable alternative, une fois réalisée l'utopie socialiste à laquelle elle avait voué son existence.

Soudain, au détour d'un corridor, un homme envoyé en éclaireur poussa un cri d'alerte. Prenant ses jambes à son cou, il reflua vers ses camarades :

« Les cognes ! Trois bonshommes et une bourgeoise... Sûrement des égarés. Ils se dirigent par ici. Pourquoi est-ce qu'ils ne fuient pas vers la tour ?

— On a dû se faire repérer, fit une femme. Tant pis, crevons-les !

— Un instant, s'interposa Louise. Laissez-moi en décider. Je vais voir de quoi il retourne.

— Tu es folle, ils vont te tirer à vue. Ces cochons-là n'ont pas tes scrupules.

— Assez de boucherie inutile ! Ne nous montrons pas plus sanguinaires que les bourreaux de l'Empire. La victoire n'en sera que moins amère. »

Il y eut un silence, lourd de sous-entendus. Les bagnards échangèrent des regards coupables. Le Ishkiss parut apprécier l'envolée de son hôtesse ; il se mit à briller plus intensément, envoyant une impulsion joyeuse dans le cerveau de la Grande Citoyenne. La femme enragée reprit :

« Baste, c'est ta peau, après tout... »

La rhétorique avait porté. Les réflexes de l'institutrice républicaine ne s'étaient pas complètement émoussés avec le temps.

« Tenez-vous prêts à réagir, tout de même », dit Louise, prudente.

Elle s'engagea dans le corridor, sous la protection des Lebels braqués dans son dos. Un quatuor incongru avançait dans sa direction. Les deux premiers gendarmes étaient encore des gamins, flottant dans des uniformes trop grands. Les épaules de leurs tuniques retombaient en une avalanche de plis sur leurs poitrines ; leurs pantalons tire-bouchonnés les obligeaient à faire de grandes enjambées, pour ne pas s'empêtrer dans la toile bleu marine et s'étaler. Ils portaient leur fusil avec gaucherie, comme s'ils ne savaient pas trop bien à quoi un tel instrument pouvait servir. Derrière eux venait un couple plutôt bien assorti : un gros et gras gendarme, engoncé quant à lui dans un uniforme étriqué, au bras d'une imposante rombière, qui le lui disputait en volume et rondeurs.

Ils s'immobilisèrent en découvrant Louise. Ils n'eurent aucun geste menaçant, ce qui la conforta dans son impression première : ces gens-là n'étaient guère dangereux. Néanmoins, elle prit garde de ne pas les effaroucher.

« Holà, fit-elle, les paumes levées en évidence, amis ou ennemis ? »

L'un des jeunots écarta les bras en signe de paix. Ses compagnons l'imitèrent. L'accoutrement de l'apparition était révélateur. Louise n'avait sur le dos que l'ordinaire des forçats, usé jusqu'à la corde, et des fragments de « gelée royale » adhéraient encore à sa peau. Pour couronner le tout, le halo qui la nimbait d'une auréole bleuâtre distillait une luisance évanescente. Isidore fit fonctionner ses méninges. Cette silhouette, sèche, nerveuse ; ce regard, ardent ; ce port, altier mais pas orgueilleux... Il connaissait cette vieille femme, une évadée, à l'évidence. Mais où l'avait-il déjà rencontrée ? Certainement pas au bagne, il s'en souviendrait. Elle avait, selon toute apparence, l'âge d'avoir combattu dans Paris révolté, pas du côté des

Versaillais... Alors, dans un éclair, l'identité de la nouvelle venue s'imposa à son esprit. Il avait fait sa connaissance par cliché interposé, dans les archives du journal, ou dans celles tenues par Ernest, quand il s'était documenté pour son premier reportage sur la Lune. On la surnommait entre autre l'« Amante du Devoir » et on la disait liée à l'exilé de Guernesey... Lui-même proche de Jules Verne... Ainsi, en additionnant deux et deux, Isidore commençait d'entrevoir avec clarté les raisons de la présence de l'écrivain dans la Base. Là, dans cette galerie étroite du troisième sous-sol, à proximité des portes de l'Enfer, il comprenait ! C'était fantastique ! Il eut envie d'embrasser Louise et amorça un mouvement équivoque, incapable de refréner son enthousiasme. Vraiment, quel article sensationnel il allait pouvoir écrire !

« Halte, mon garçon ! N'avance plus, malheureux ! »

Louise s'était écartée brusquement. Une armée en guenilles avait fait son apparition, fusils et arbalètes pointés sur les faux gendarmes. Les grimaces imprimées sur les trognes des forçats laissaient deviner leur intention. Marius Giboulet se mit à gémir :

« Ne tirez pas, nous sommes avec vous ! »

Les évadés rirent de bon cœur. Une femme lança ·

« Pardi, mon bonhomme. C'est bien connu, les porteurs d'uniformes nous adorent. Allons, assez plaisanté. Une balle pour chacun ! »

Isidore intervint :

« Il dit la vérité. Nous sommes reporters. Nous portons ce déguisement pour pouvoir circuler dans la

Base librement. Je vais vous montrer mon accréditation et mes papiers. »

Précautionneusement, il porta la main à la poche de son veston, qu'il portait sous la tunique galonnée. Il en sortit son portefeuille et le tendit à Louise.

« Lisez, vous. Vous avez appris à de nombreux écoliers, jadis. »

Louise dévisagea le gamin, étonnée. Il l'avait reconnue. Pourtant, elle avait bien changé. Et puis, il ne devait même pas être né, quand elle avait acquis ses titres de gloire. Tout de même, ça faisait drôle, et drôlement chaud au cœur. Elle parcourut les papiers et les lui rendit.

« Il dit vrai. Il s'appelle Isidore Bautrelet et travaille pour *Le Petit Parisien*.

— Et les autres ? interrogea quelqu'un.

— Ernest, photographe, Marius, du *Sémaphore de Marseille*, et l'épouse du docteur Stolz. À présent que les présentations sont faites, nous sollicitons la permission de vous accompagner, afin de pouvoir relater votre aventure dans nos gazettes. Nous ne vous gênerons pas. »

Louise se tourna vers ses camarades. Après un bref conciliabule, l'affaire était entendue.

« C'est d'accord, Messieurs les journalistes, et vous, Madame. Mais ça ne sera pas une promenade de santé.

— Hourra pour les rebelles ! » lâcha Giboulet, soulagé d'échapper à la balle qui lui était promise.

Décidément, songea Isidore, le Marseillais n'était pas à un reniement près, lui qui, trois jours plus tôt, encensait Louis Napoléon et vouait la « canaille » aux gémonies. La peur de mourir s'avérait un agent de propagande efficace. Vrai, changer en quelques secondes un parfait conservateur en ardent révolutionnaire, quel exploit !

On se remit en route, pour stopper devant le portail qui interdisait l'accès aux cercles de l'Enfer. Isidore prit la parole :

« Nous pensions que l'insurrection avait éclaté dans le puits, c'est pourquoi vous nous avez trouvés là.

— Les camarades se battent au-dehors, fit Louise. Nous sommes venus délivrer les invalides et les malades.

— Et les surveillants ? Ils ont peut-être déjà éliminé tout le monde...

— Nous nous en sommes occupés, jeune homme, trancha Louise. À présent, il faut entrer, à tout prix. Nous avons déjà trop tardé.

— Laissez-moi faire, alors, et promettez-moi d'épargner la vie du gardien. C'est un brave bougre, pas bien malin, qui ne fait qu'obéir à ses supérieurs.

— Si on suit votre raisonnement, personne ne serait jamais responsable de rien. Mais je vous promets qu'il ne lui arrivera rien de méchant, s'il ne résiste pas.

— Merci. »

Louise appréciait l'attitude du petit reporter. Un gamin sensible et intelligent, en plus d'être débrouillard. Elle avait souvent douté des jeunes générations, pas assez remuantes à son goût, trop peu versées dans la critique politique, et qui acceptaient comme un fait acquis, inébranlable, la dictature impériale. S'il y avait eu davantage de Bautrelet, depuis 1871, le cours de l'Histoire aurait été changé, peut-être...

Isidore tira le cordon de sonnette et le guichet s'entrouvrit.

« Qui va là ? Annoncez-vous ou je fais feu. »

Le gardien était visiblement paniqué. On l'entendit remuer un objet métallique, puis menacer :

« Restez où vous êtes ! Je ferai éclater la première sale bobine qui se montrera ! »

Un ricanement sardonique lui répondit. Isidore parla :

« C'est Bautrelet. Ouvrez, vous ne risquez rien. Inutile de jouer les héros.

— C'est vous ? Que se passe-t-il, dehors ? D'abord, cette maudite alarme, et puis, les ascenseurs... Grands dieux, ils se sont écrasés. Depuis, ces fichus démons me menacent. Ah mais, qu'ils se montrent, qu'ils sortent de leur trou ! J'ai de quoi les accueillir...

— Ne faites pas l'idiot et ouvrez. Tôt ou tard, vous serez à court de munitions. Que croyez-vous qu'il arrivera ? Allons, soyez raisonnable. »

Le gardien demeura muet. Les moqueries des forçats repartirent de plus belle. Ils imitaient les ululements lugubres d'oiseaux de proie, contrefaisant horriblement leurs voix. Les nerfs du surveillant étaient près de lâcher. La serrure cliqueta et le portail fut entrebâillé. Isidore se glissa dans l'ouverture, suivi par Louise. Le gardien fondit en larmes en apercevant la vieille femme. Il fut promptement désarmé et mis hors d'état de nuire.

Louise appela alors :

« Montrez-vous, mes arsouilles ! Allez, le Manchot, tu ne risques plus rien. Et toi, Crâne Obtus, ta cervelle est déjà bien malmenée, je m'étonne que tu redoutes un peu de plomb supplémentaire.

— C'est toi ? fit une voix railleuse. Mon égérie, mon maître, ma lumière noire dans la nuit du bagne ? Ainsi, le grand chambardement a commencé ! Ah, quel doux moment. Allez, vous autres, hardi, hardi, camarades, grimpez, escaladez sans crainte, sortez de votre trou ! Adieu l'Enfer des hommes, avec un peu de chance, nous allons bientôt entrer dans celui de Lucifer, où nous rirons bien, je vous le garantis ! »

Une figure hideuse apparut par-dessous la rambarde de protection du puits. Le Manchot se hissa péniblement sur le promenoir de l'Enfer, s'aidant de son bras valide. Puis les autres suivirent, Crâne Obtus, la Goutte, Homère, et les quelques dizaines d'éclopés qui avaient échappé à la corvée de chantier. Le Manchot aperçut Isidore et les autres journalistes. Il eut une moue de dégoût en reconnaissant Giboulet.

« Celui-là, fit-il, je lui crèverais bien la panse, pour le plaisir.

— Je te l'interdis, dit Louise. Réserve donc tes forces et ta bravade pour nos véritables ennemis. »

Le Manchot effectua une révérence grotesque devant la pétroleuse.

« Commande et j'obéis, ma monante, mon petit dardant...

— Assez de simagrées. Combien de fois t'ai-je répété que je ne comprenais rien à ton argot ?

— C'était juste une déclaration d'amour. Hé, tu m'as tout appris de la lutte et des affaires du monde. Tu m'as ouvert les yeux. Si tu avais trente ans de moins, et si tu n'étais déjà pas en main avec un ectoplasme...

— Ça suffit ! tonna Louise. Prends une arme et boucle-la. »

Le bravache obtempéra. Il emprunta sa casquette et son fusil au gardien qui sanglotait dans un coin, pieds et poings liés. Isidore demanda :

« Qu'allez-vous faire à présent ? Vous n'êtes pas assez nombreux pour prendre les défenseurs de la Base à revers. Ce serait du suicide.

— C'est exact. Mais nous pouvons faire peser la balance de notre côté. Pour cela, les Ateliers impériaux disposent d'un bien joli joujou. »

Isidore était émerveillé. Louise Michel avait mijoté un plan diabolique. Il n'y avait bien sûr aucun hasard dans la date choisie pour le déclenchement de l'insurrection sélénite. Le premier navire cosmique né de la collaboration entre Ishkiss et terriens était opérationnel depuis le matin même. Indubitablement un « bien joli joujou » !

Intermède

COUP DE SANG AU PALAIS

« Andrieux ! Il me faut Andrieux ! Où est donc passée cette buse de préfet ? »

La voix de Louis Napoléon ébranlait les tapisseries du petit salon. Les cadres tremblaient sur leurs cimaises, menaçant de s'effondrer. La famille impériale demeurait stoïque, figée par les coups de pinceau des artistes. Les médecins et les ingénieurs, eux, n'avaient pas la constance inébranlable des portraits. Le Prince était hors de lui. Il avait déjà réduit en miettes plusieurs meubles anciens, des compagnons intimes des Bourbons, et fracassé le grand miroir qui faisait face à la rangée de fenêtres. Il ne maîtrisait pas encore parfaitement sa prothèse mécanique et ses gestes prenaient une ampleur démesurée, comme s'il reproduisait les pas d'un dangereux ballet mêlant postures guerrières et gymnastique classique. Dans sa colère, il n'avait pas ménagé son corps. Des liquides troubles et gras s'échappaient de sous la carapace blindée, produisant parfois de minuscules geysers aux jointures des articulations. Les visages et les blouses des techniciens alentour étaient maculés de fluides vitaux et d'huiles, dont l'odeur écœurante donnait la nausée. Cependant, aucun ne bronchait. Un mouvement déplacé, et la main d'acier du Prince s'abattait, fauchant les membres comme des épis fragiles.

« Paris gronde, Paris montre les dents, et mon préfet se cache ! Le peuple construit des barricades, il proteste contre les arrestations effectuées ce soir. Et Andrieux est introuvable ! »

Le secrétaire de Louis Napoléon prit la parole. Le jeune officier, placé à ce poste par le préfet, se sentait responsable des agissements de son Pygmalion.

« Si vous le permettez, Prince, je vais partir à sa recherche. »

Louis Napoléon se calma. D'un pas monstrueux, il franchit la distance qui le séparait du militaire. Il le dominait de deux bonnes têtes. S'il l'avait voulu, il l'aurait envoyé bouler à l'autre extrémité de la pièce d'une simple pichenette.

Mais la machine folle se tint immobile. Le secrétaire eut tout loisir de contempler de près l'étendue des dégâts provoqués par la crise. La pelisse d'hermine qui recouvrait les épaules du Prince était imbibée de sang frais. Son propre sang, ou plutôt celui de malheureux pressurés comme des grappes de raisin pour en soutirer le jus. Sous les médailles et les décorations, à travers les déchirures infligées à la vareuse de généralissime, palpitaient des organes étranges, faits de chair et de rouages de cuivre. Le secrétaire fixait l'endroit où aurait dû se trouver le cœur de Louis Napoléon. Il ne se trouvait pas le courage de lever les yeux vers la figure du souverain. La couleur de sa peau le révulsait, ainsi que son grain grossier, comme une toile de jute tendue sur les os du crâne.

La colère du Prince avait éclaté après l'arrivée des

premières estafettes. Les messagers n'apportaient pas de bonnes nouvelles. Les rafles opérées dans la capitale avaient mis le feu aux poudres de la rébellion. La brutalité des policiers, les exécutions sommaires, la répression exercée par les gardes impériaux, l'orage qui ne s'était pas apaisé et redoublait même d'ardeur, tout avait contribué à exacerber le mécontentement populaire.

« Voilà ce que j'appelle un brave, tonna Louis Napoléon. Un brave ! Va, cours et vole, mon garçon. Je te fais capitaine, non, ce n'est pas rendre assez hommage à ta bravoure... Colonel, te voilà colonel... Quel est ton nom, colonel ? »

Le petit secrétaire était stupéfait. Il parvint à balbutier :

« Barbusse, Prince, Henri Barbusse.

— Eh bien, colonel Barbusse, tu es dorénavant mon agent secret personnel, chef de mes services diplomatiques ! Pars et trouve ce lâche d'Andrieux. Ramène-le-moi dans les plus brefs délais. »

C'était un pur délire. Sans attendre son reste, le tout frais colonel Barbusse plia bagage. Il dévala le grand escalier jusqu'au vestibule, traversa la Cour carrée au pas de charge, franchit les jupons de la tour Eiffel privée du Prince et quitta l'enceinte du Palais.

Les quais étaient déserts. Les nuages chargés d'orage avaient rapproché le ciel obscur des toits, refermant un couvercle de fonte sur Paris. La Seine semblait charrier un sang noir dans son lit rendu tumultueux. De loin en loin s'élevaient les clameurs d'affrontements opposant la troupe à la populace. Henri frissonna dans son bel uniforme. Il était né deux ans après le soulèvement des Communards et n'avait jamais connu le baptême du feu. S'il avait un jour brûlé d'en découdre, comme tous ses camarades de l'École militaire, jamais il n'aurait imaginé se battre contre ses compatriotes. La guerre civile était une abomination, à son sens. Il avait espéré que l'alliance avec les Ishkiss mettrait un terme aux menaces qui pesaient sur l'Empire. Mais il ne se serait jamais douté que le danger pût venir de l'intérieur.

Il pressa le pas, en direction de la préfecture. Des coups de tonnerre résonnèrent soudain, quelque part du côté des Buttes-Chaumont, au nord. Henri attendit la pluie, mais elle ne vint pas. Il comprit alors qu'on faisait donner le canon. La situation semblait empirer d'heure en heure. Henri se mit à courir, le talon de ses bottes claquant sur le pavé. Il ne portait pas d'arme et commençait de le regretter.

Au détour d'une rue, il fit une découverte macabre. Des cadavres étaient affaissés au pied d'une palissade, les planches trouées d'impacts de balles. Les corps étaient encore souples et chauds. La fusillade venait d'avoir lieu. Comble de l'horreur, des femmes et des enfants gisaient, membres épars, des trous dans le ventre, parmi les exécutés. Impossible ! Comment avaient-ils pu ? Tirer sur des enfants ! Henri dut s'appuyer à une devanture pour ne pas défaillir. Il eut un haut-le-cœur et vomit.

Il allait reprendre sa route quand une rumeur confuse lui parvint depuis l'angle de la rue. Comme un grondement mélodieux, le ressac d'une mer en mouvement perpétuel, qui se rapprochait, plus fort chaque seconde. Sans savoir pourquoi, Henri fut tout effrayé. Il eut le réflexe de se dissimuler dans l'encoignure d'une porte cochère. Le sens de ce tohu-bohu lui parut bientôt clair. C'était le chant puissant monté de mille poitrines, qui avançaient vers lui, en cadence. Un chant dont il connaissait les paroles, bien qu'elles fussent prohibées. Il se surprit à marmonner, du bout des lèvres, avec les rebelles :

« *Contre nous de la tyranni-i-ie, l'étendard sanglant est levé, l'étenda-ard...* »

Alors il les vit passer, à quelques mètres à peine de sa cachette, fiers dans leurs oripeaux, armés de simples outils. Il n'en crut pas ses yeux. Ils défilaient comme à la parade, en tenue de travail, joyeux et désordonnés. Étaient-ils devenus fous ? Ne voyaient-ils pas les cadavres qui jonchaient le pavé ? N'entendaient-ils pas pleuvoir la mitraille ?

Henri fut pris d'une impulsion subite. Les combattants marchaient en direction de la préfecture. Quelle meilleure protection que la foule ? Il se dévêtit en hâte, ne conservant que ses pantalons et sa chemise de corps. Puis il se glissa en queue du cortège, entonnant le refrain de *La Marseillaise* à pleins poumons. Pour sa première mission d'agent secret, le colonel Barbusse faisait preuve d'une certaine audace, digne émule du chevalier d'Éon.

Boulevard Saint-Germain, on dressait une barricade. La chaussée roulante avait été démontée et les lattes métalliques s'empilaient pour former des chevaux de trise, devant les amas de pavés et de mobiliers jetés par les fenêtres des immeubles investis de force. On attendait les gardes impériaux de pied ferme, prêt à enflammer les mèches de chiffon qui pendaient des bouteilles emplies d'un mélange détonant, alignées sur le trottoir. Le chœur des insurgés se joignit aux préparatifs. Henri s'éclipsa avec discrétion.

Quelques minutes plus tard, après avoir franchi un barrage policier en montrant patte blanche — il avait conservé ses papiers militaires dans un portefeuille glissé sous sa chemise, contre son cœur —, il pénétrait dans la cour de la préfecture. Presque aussitôt les échos du combat s'élevèrent depuis Saint-Germain, explosions, canonnade, cris et râles. Des gendarmes et un inspecteur en civil montaient la garde. Henri présenta ses papiers à l'inspecteur, qui les parcourut d'un œil soupçonneux.

« Il faut que je voie le préfet, précisa Henri. C'est une question de vie ou de mort.

— Dame, qu'est-ce qui ne l'est pas, ce soir ? rétorqua l'inspecteur. Vous les entendez, ces chiens enragés ? Ils se jettent sous la mitraille en chantant. Je donnerais cher pour être de la fête moi aussi, au lieu de faire le planton ici, et crever le ventre de ces arsouilles. Allez, c'est bon, lieutenant, vous connaissez le chemin. Mais je ne sais pas si le patron est encore là. »

Henri remercia d'un signe de tête, sans prendre la peine de rectifier son grade. Il avait encore du mal à croire à la réalité de son avancement. Il se précipita dans le bureau du préfet. Vide. Il visita tous les étages, forçant les portes qui lui résistaient. Il ne trouva personne. Les policiers se battaient dans les rues, très certainement. Il eut un brusque accès de honte. Sa place n'était-elle pas à leurs côtés ? Il n'en savait plus rien. Errant dans la préfecture déserte, en proie à des sentiments contradictoires, il se retrouva finalement de retour dans le bureau d'Andrieux. Il pleurait et ne s'en rendait pas compte. Il avait accumulé trop d'émotions depuis quelques heures. Surtout, il avait vu ses belles illusions de futur grand officier battues en brèche, son univers de certitudes patriotiques s'écrouler. Il avait suffi pour cela des corps inanimés de quelques enfants, jetés pêle-mêle au pied d'une palissade, abandonnés aux chiens errants et aux rats. Désormais, la vue du sang ou celle d'une arme lui feraient toujours horreur, il en était persuadé.

Le colonel Henri Barbusse, espion spécial de l'Empereur, monté en grade sur un coup de tête de l'homme-machine dément qui avait déclenché les hostilités dans la capitale, était désorienté. Le jeune protégé du préfet Andrieux s'effondra sur le parquet en geignant, sombrant vite dans un sommeil peuplé de cauchemars bruyants où il était question de l'épreuve immonde du Feu.

CHAPITRE XII

On s'est battu sur la Lune

Il fallut enfoncer les portes des Ateliers impériaux à l'aide d'un bélier improvisé. Une poutrelle arrachée au mur de soutènement de la galerie fit l'affaire. Les hommes s'attelèrent à la tâche sous les ordres du Manchot, poussant des « Han ! » vigoureux, tandis que les femmes montaient la garde, prêtes à ouvrir le feu sur quiconque se présenterait dans leur ligne de mire.

Isidore et Marius prenaient des notes, composant les prémices des articles dont leurs journaux respectifs auraient l'exclusivité. Ernest se tenait à l'écart, intimidé peut-être par la fougue des forçats. Mme Stolz, quant à elle, semblait aussi à l'aise que dans son boudoir. Elle papillonnait d'un groupe à l'autre, dévisageant celui-ci, encourageant celle-là, souriante et gaie. C'est dans l'épreuve que se révèle la véritable nature des caractères, songeait Isidore, impressionné.

Louise Michel montrait des signes d'agacement. Elle faisait son possible pour éviter la matrone. Il n'y avait pas plus antithétique que ces deux-là. Elles se tenaient chacune à une extrémité du spectre féminin, l'une, opulente et affétée, l'autre efflanquée et hiératique.

Le portail céda dans un fracas de tôle froissée. Les Ateliers furent investis dans la pagaille. Les ouvriers et les ingénieurs qui n'avaient pas fui au déclenchement de l'alarme s'étaient rassemblés au centre de la gigantesque salle, protégeant le premier-né de la flotte cosmique impériale. Ils avaient consacré plus d'une année de labeur à son élaboration et n'entendaient pas le laisser tomber entre les mains de la racaille.

Les forçats leur firent face et la scène se figea. Les évadés découvraient les lignes du navire, subjugués par leur pureté. C'était, il est vrai, un vaisseau magnifique. De la taille approximative d'un brick, il en avait la silhouette effilée, évasée à sa base. En guise de mâture, il possédait une batterie de canons clinquants, dressés à quarante-cinq degrés vers les voûtes du plafond et disposés en cercle, telle une couronne d'épines coiffant la coque. Sous le blindage poli, étincelant, palpitaient des organes extra-humains, commandés par une intelligence présentement au repos. Un système de pattes articulées assurait la stabilité de l'ensemble et lui permettait de se déplacer au sol, à la manière d'un insectoïde pataud. Que de progrès accomplis depuis les bricolages effectués sur la nef assurant les trajets Terre-Lune ! À l'époque, les ingénieurs s'étaient contentés d'habiller et de consolider le plus vaillant des navires ishkiss, dans l'urgence, avant qu'il ne succombe à l'agression des agents atmosphériques terriens. Depuis, à l'abri de la Base Cyrano, ils avaient eu tout loisir d'étudier la complexion de leur modèle. Le résultat était patent : affinement du galbe, optimisation des capacités techniques, adaptation garantie à son nouvel environnement, le navire cosmique reléguait la nef au rang d'ébauche mal dégrossie.

Les ouvriers, nerveux, paraissaient aux abois. Isidore connaissait la fierté de ces hommes pour leur travail. Ils ne laisseraient pas les forçats s'en emparer sans résister. Il fallait éviter un bain de sang. Le reporter s'interposa entre les lignes ennemies. Il allait prendre la parole quand un mouvement, entre les pattes arquées du navire, attira son attention et celles des belligérants.

Le Ishkiss déploya ses longs membres de métal jusqu'au sol, tombant des entrailles du navire. Il fendit la phalange constituée par les ouvriers et vint se planter près d'Isidore. Louise Michel vint à sa rencontre. Son auréole brillait avec une intensité difficilement soutenable.

Les deux émanations se firent face. L'une, associée à la structure organique de Louise, l'autre coulée dans son armure articulée. Un dialogue s'engagea, que seule la pétroleuse pouvait suivre.

Le hublot ventral du scaphandre irradiait une lueur verdâtre. Peu à peu, le nimbe de Louise s'accorda à cette teinte d'opale. Elle ferma les yeux, s'abandonnant en totalité à l'échange entre les intelligences. Elle sentit le tentacule froid du nouveau venu dans son esprit, qui se mêlait au courant chaud propagé par son ami. Du moins son corps traduisait-il ainsi, en termes de température, l'intrusion des Ishkiss. La « conversation » fut brève. L'interlocuteur sorti du ventre du navire n'eut pas besoin de longues explications pour être convaincu. Il avait sondé Louise et partagé la même expérience que son compagnon. Il avait abouti à une conclusion identique. La terrienne portait en elle un projet favorable au grand dessein. Elle servirait la stratégie ishkiss. On pouvait se fier à elle, mais elle avait besoin d'aide. D'une coopération immédiate, en prélude au processus d'association.

Le scaphandrier regagna le navire, sous le regard médusé des ouvriers. Peu après, une partie du blindage coulissa, révélant sur le flanc du vaisseau une ouverture pareille à une plaie mal suturée. Une langue de chair s'étira jusqu'au sol. Il ne restait plus qu'à embarquer.

Un ingénieur — celui-là même que les journalistes avaient rencontré quelques heures plus tôt — interrogea Bautrelet :

« Mais que se passe-t-il ? Expliquez-moi, si vous y comprenez quelque chose.

— Je crois que l'alliance avec l'Empereur vient d'être rompue, dit Isidore. Écartez-vous, à présent, pas de provocations inutiles. Vous n'êtes pas en mesure de les arrêter. »

Il désignait les forçats qui se congratulaient, se donnaient de grandes claques dans le dos. Eux aussi avaient compris que le Ishkiss s'était rangé de leur côté. Louis se tourna vers eux et fit ses recommandations :

« Nous ne pouvons pas tous embarquer. Manchot, tu vas prendre la direction des opérations. Pas de démonstrations de bravoure meurtrière, tu m'entends ? Contente-toi de tenir les Ateliers. L'endroit est facile à défendre. Je pense que les gendarmes ne vont pas tarder à vous débusquer. Je te rejoindrai dès que possible. Je prends dix camarades avec moi. Toi,

Crâne Obtus, et toi aussi la Goutte. Messieurs les journalistes, vous serez aux premières loges si vous m'accompagnez. Non, Madame, désolé, mais votre place n'est pas dans ce navire. »

La doctoresse se rembrunit. Elle avait fait un pas vers la singulière passerelle et s'était figée quand Louise s'était adressée à elle, sur un ton qui n'autorisait aucune réplique. Un instant, un rictus hideux déforma ses traits. Elle n'insista pas. Mais on devinait qu'elle produisait un effort surhumain pour se dominer et ne pas éclater. L'attitude de la bourgeoise avait de quoi intriguer, songea Isidore. Il n'eut pas le temps de spéculer davantage. Louise venait de pénétrer dans le navire, s'immisçant entre les lèvres de la blessure. Bouillant de curiosité, il la suivit.

Les tissus de la biomécanique n'avaient rien de mou ou de spongieux, comme il s'y attendait. Au contraire, leur contact était doux et ferme, pareil à celui d'un cuir tanné, bien qu'ils appartiennent sans ambiguïté à une créature vivante. En effet, on pouvait distinguer à l'œil nu le réseau de veinules qui irriguait chaque organe. Une sourde vibration faisait palpiter faiblement certains éléments plus sensibles.

Après le franchissement de la blessure, on débouchait sur un espace ovale qui épousait la forme du navire. Une vingtaine d'arceaux métalliques plantés sur toute la longueur maintenaient écartées les chairs extra-humaines, à la manière d'imposants forceps. Ou plutôt, se ravisa Isidore, comme autant de côtes dans le squelette humain, ils constituaient l'armature de la cage thoracique du navire.

Plus surprenant encore, l'aménagement de la salle de commande : des cadrans de contrôle et une théorie de leviers, incrustés dans divers organes, sans qu'il soit possible de repérer les points de jonction entre tissu vivant et métal. Les manettes et les volants crantés semblaient des émanations de la chair du navire, en symbiose parfaite avec elle.

Louise indiqua aux forçats où ils devaient se placer, traduisant en paroles intelligibles les recommandations de son hôte.

« Un homme devant chaque rangée de cadrans. Il faut veiller à maintenir à température constante les parties mécaniques du navire. Utilisez les leviers pour injecter les fluides régulateurs. Attention à ne pas laisser s'échauffer les machines ! Une brûlure pourrait avoir des effets désastreux. Deux hommes pour diriger la tourelle aux canons. Ouvrez l'œil et le bon, mes cocos ! Pivotez à l'aide de ce volant, visez dans le périscope, et actionnez ces pédales pour faire feu. Pour le reste, nous nous en remettons à l'intelligence ishkiss qui nous accueille à son bord. C'est elle qui nous dirigera. Je m'occuperai de lui indiquer où aller. »

Un siège de chair rosée se gonfla au milieu de la salle dc commande et Louise s'y installa. Isidore s'assit à ses côtés, fasciné par la magie dc l'endroit.

« Êtes-vous en communication avec l'extra-humain que nous avons aperçu dehors ? » demanda-t-il.

Louise acquiesça.

« Il me transmet directement les images de l'extérieur. Je peux les voir par-dessus celles qui s'impriment plus ordinairement sur mes rétines. Ce qu'on pourrait appeler le don de double vue. »

Elle rit, puis ajouta :

« Pour le pilote humain de ce genre de vaisseau,

point de gouvernail. Le cerveau seul commande. C'est une sensation de puissance assez formidable. Imaginez un peu ce qu'en feraient les capitaines de Badinguet. »

Isidore frémit.

« Avec de tels engins, rien ne pourrait leur résister. Ils soumettraient le monde entier avec facilité, fit-il.

— Et ensuite l'univers, pourquoi pas ? Je sais qu'il existe d'autres planètes peuplées d'êtres intelligents. J'ai accès à une part de la mémoire ishkiss, depuis que mon ami m'a investie. Badinguet partage lui aussi les connaissances des extra-humains. Il connaît en conséquence les points faibles des autres espèces disséminées dans les étoiles. Les Ishkiss lui ont délivré ces informations en toute innocence. Il a évidemment pris garde de leur dissimuler ses ambitions.

— Il faut à tout prix l'empêcher de nuire. Ce serait trop affreux s'il parvenait à régner sur plusieurs mondes.

— Nous nous y employons, jeune homme. En avant ! »

Le navire se mit en marche. Ses multiples paires de pattes se levaient et s'abaissaient en cadence, adoptant un rythme bien chaloupé qui reproduisait les effets du roulis et du tangage. Il traversa les Ateliers, accompagné par les sifflements de joie des forçats qui couraient derrière lui. Les ouvriers voyaient quant à eux le navire faire ses premiers pas avec un mélange de fierté et de dépit. Mais ils n'osèrent ni protester, ni se joindre à la liesse des forçats. L'apparition du Ishkiss avait refroidi leur ardeur.

Une galerie creusée sous le désert conduisait à la verticale des aires d'envol aménagées sur le chantier.

Tandis qu'il crapahutait dans le sous-sol lunaire, Louise reprit ses explications :

« Outre la douzaine d'hommes d'équipage, cinquante soldats peuvent prendre place à bord. Sous nos pieds se trouve une chambre de conservation, composée de cocons où se glisser pour dormir. Il s'agit d'une sorte particulière de sommeil, qui met en suspens certaines fonctions vitales, économisant ainsi un précieux oxygène. Après des mois, voire des années de voyage, nos hommes débarquent frais et dispos sur une planète lointaine.

— Seulement, objecta Isidore, on ne conquiert pas un monde avec cinquante soldats.

— Non, bien sûr. Mais ce navire n'est que le premier de la flotte. Badinguet en a voulu cinq cents. Soit un total de vingt-cinq mille combattants. C'est suffisant pour enlever toutes les forteresses d'un continent.

— Les Ishkiss sont donc assez nombreux pour permettre la construction d'autant d'engins ?

— De beaucoup plus encore. La face cachée de la Lune abrite plusieurs dizaines de milliers de nefs et autant d'intelligences extra-humaines.

Isidore laissa échapper un hoquet de surprise.

— C'est énorme ! Je comprends que l'Empereur ait tenu à cacher leur existence. S'ils se rendaient compte de la puissance d'une telle armada, les Anglais et les Américains pourraient se sentir menacés et prendre les devants dans une offensive contre l'Europe.

— Badinguet n'y est pour rien. Mais le tyran a vite su tourner ce handicap à son avantage. Il a suivi le même raisonnement que vous. Vous remarquerez que depuis 1889, il s'est arrangé pour apaiser les relations avec la reine Victoria et le président McKinley[1]. Ce n'est pas par bonté d'âme. Il a su amadouer les deux autres personnages les plus influents de la planète pour qu'ils ne lui glissent pas de bâtons dans les roues. Victoria est gâteuse, et McKinley préoccupé de conquérir les Caraïbes. Les bonnes dispositions de Louis Napoléon les ravissent pour l'instant. Le réveil risque d'être douloureux. »

Isidore s'émerveillait d'une telle analyse géopolitique. Qui aurait pu se douter que Louise venait de passer près de trente années au bagne ? Elle se montrait plus lucide que la plupart des journalistes qui spéculaient sur le même sujet dans les alcôves douillettes de leurs bureaux ! Les relations épistolaires avec ses amis de même obédience avaient alimenté ses cogitations solitaires, en Nouvelle-Calédonie. On devait avoir le temps de penser, enfermé dans un cachot.

Louise s'interrompit quelques secondes avant de continuer ses commentaires :

« Nous arrivons dans le sas de décompression. Nous respirerons dès lors sur les réserves contenues dans ce qui nous tient lieu de poumons. Voilà, nous nous engageons dans le puits ascensionnel qui mène en surface. Nos pattes se replient dans leurs logements et nous décollons. »

Quand le navire fit irruption sur le champ de bataille, il y eut un instant de flottement chez les

1. Président des États-Unis à l'époque qui nous intéresse. Réélu en 1900, il sera assassiné quelques mois plus tard par un anarchiste ! Strictement véridique...

belligérants. L'engin volant produisit son petit effet dans les esprits. Il avait surgi du sous-sol, comme craché de la bouche même de la Lune. Sa silhouette menaçante, tout en pointes nickelées, évoquait celle d'un destrier paré pour un tournoi de l'âge moderne.

Le combat entre forçats et matons avait tourné au carnage. Louise eut une grimace en visualisant la scène de boucherie. Elle avait encore en mémoire la répression des Versaillais, plus de trente mille exécutions sommaires, les fosses communes aux allures de charnier. Elle chassa ses mauvais souvenirs pour se concentrer sur l'horreur présente.

Les surveillants s'en donnaient à cœur joie. Inaccessibles et invulnérables sur leurs insectoïdes, ils brisaient les membres des bagnards à coups de matraque, défonçant crânes et os. Les coléoptères n'étaient pas en reste. Ils balançaient leurs rostres de droite à gauche pour se frayer un passage dans la cohue des damnés, éparpillant hommes et femmes comme autant de quilles en bois. Des centaines de blessés et de tués gisaient déjà dans la poussière, tout le long du coteau qui séparait le chantier de la Base. Les plus valides montaient à l'assaut par vagues successives, armés de leurs seuls poings. Les matons maintenaient leur position sur la butte, protégeant l'accès au corridor menant à la chambre froide. Ils se contentaient d'empêcher les insurgés de s'y introduire, comptant vraisemblablement sur l'épuisement de leurs réserves d'air. L'asphyxie menaçait de réduire les efforts des rebelles à néant si on ne leur prêtait pas main-forte.

« Balayez-moi ces porcs ! » fit Louise à l'adresse des canonniers, l'œil rivé à leurs périscopes.

Ils ne se le firent pas répéter. Un des artilleurs

improvisés tourna son volant de plusieurs crans, alignant sa mire sur l'objectif. Puis il actionna la pédale de tir. Un obus jaillit en silence du tube d'un canon et vint percuter un bloc de rochers saillant au-dessus de la cible. L'explosion muette arrosa les gardes-chiourme d'une pluie d'éclats de roc qui les fit refluer dans le corridor. Le second canonnier entra dans la danse, procédant de la même manière que son collègue, mais avec davantage de précision. Son tir fit mouche, en plein dans le mille. Trois équipages demeurés en couverture pour défendre le repli des surveillants furent catapultés en l'air, dans un nuage de poussière. Ils retombèrent au pied de la butte, où une nuée de forçats les dépouilla de leurs armes.

Les impacts avaient fait s'écrouler une partie de la galerie, emprisonnant les gardiens qui y avaient reflué. On ne pouvait plus se faufiler à l'intérieur que par une brèche dans les décombres d'acier tordu et de rocaille. Sans attendre que la poussière soulevée se fût dissipée, les bagnards se coulèrent dans la fissure, plus déterminés qu'une colonne de fourmis attaquant une colonie adverse.

Louise parut soulagée. Les canonniers lancèrent des vivats.

« Ils sont entrés ! Ce n'est plus qu'une question de temps avant d'investir toute la Base.

— À condition que les Ishkiss n'interviennent pas, tempéra Louise. Désormais, eux seuls peuvent encore faire capoter la mutinerie. Notre sort est entre les mains de M. Verne.

— C'est donc ça ! fit Isidore. Il est venu sur la Lune au titre d'ambassadeur de votre cause.

— Pas seulement, et à son insu, notez-le bien. »

Un canonnier se manifesta soudain, d'un ton inquiet :

« J'aperçois quelque chose qui arrive droit sur nous, là-bas, sur la crénelure du cratère ! »

Une boule d'angoisse comprima la poitrine des forçats et des journalistes. Les Ishkiss ! Les extra-humains arrivaient à la rescousse de leurs alliés. Tout était perdu !

« C'est encore trop loin pour que je le distingue parfaitement. On ne dirait pas que ça vole. Non, il ne s'agit pas d'autres navires. Ça ressemble plutôt à des insectoïdes ! Mais sans cavaliers... »

*

Jules avait dépassé les limites de la fatigue. Sans l'exosquelette qui le maintenait debout, il se serait effondré sur place. Il ne savait pas où il puisait l'énergie nécessaire pour continuer d'avancer. Il répétait les mêmes mouvements, un pas après l'autre, avec la constance mécanique d'un automate. Autour de lui, le paysage lunaire avait sombré dans un crépuscule fait d'ombres grises, figées sur la nappe sans fin du désert. Il se trouvait encore dans le *no man's land* qui partage les deux faces de la Lune. Cette zone en demi-teintes serait son tombeau. Le sable millénaire ferait un lit acceptable pour ses os. Il se demandait combien de temps mettrait son corps à se décomposer, dans cet environnement particulier. Peut-être serait-il préservé pour l'éternité ? L'idée lui plaisait, en tout cas. Il suffirait d'attendre quelque explorateur de l'ère moderne pour être découvert, comme les momies des anciens pharaons de l'Égypte. On exposerait sans doute sa dépouille dans un musée du futur. Un écriteau avertirait les promeneurs sélénites des risques encourus à braver les rigueurs du climat local. Il serait le triste exemple de l'inconséquence des hommes de son temps. Il avait vaguement conscience de céder progressivement au délire, à mesure que les images de ses divagations se faisaient plus précises dans son esprit. Un problème dans le réglage du débit de la distribution d'oxygène. Une si agréable rêverie, toutefois, qu'il ne chercha pas à y remédier. Mourir pour mourir, autant le faire comme il avait toujours vécu, avec dans la tête des visions d'ailleurs et de demain. Les hallucinations lui plaisaient. Il voyait à présent le *Saint-Michel*, ballotté par des flots invisibles, qui flottait dans l'espace. Son cher navire ! Mais que lui était-il arrivé ? Il devait avoir essuyé un grain d'une force terrible, car il avait perdu ses mâts. De longs tubes d'acier couvraient son pont à nu et sa coque avait pris la texture du métal, elle aussi. Quel apaisant mirage ! Jules était heureux de s'éteindre après avoir retrouvé le *Saint-Michel*, même si son cerveau malmené l'affublait de parures fantastiques. Va, mon beau voilier, fais-moi franchir le Styx des Anciens, à ton bord je ne crains plus la mort...

Intermède

LA FOUDRE APRÈS LA TEMPÊTE

Hetzel n'en revenait pas. La petite installation de Babiroussa avait dû coûter une fortune et mobiliser une armée d'ingénieurs. Le vieil homme s'était installé devant le clavier d'une espèce d'orgue construit en cuivre. Il avait passé des gants de caoutchouc et mis en route les puissants générateurs qui alimentaient l'instrument.

« Un clin d'œil à Personne, expliqua-t-il.

— Personne ? Ah oui, Nemo. »

Hetzel tentait de rassembler les mots qui se pressaient à ses lèvres pour former des phrases cohérentes. Il y parvint au terme d'un violent effort :

« Comment cela est-il possible ? »

Il fit un geste ample pour désigner le bric-à-brac encombrant la salle souterraine. Outre l'étrange orgue de Babiroussa, des milliers d'ampoules électriques habillaient les murs, leurs filaments luisant faiblement. Il y avait là de quoi illuminer les rues d'une ville de province. Un crépitement s'élevait de sous le sol couvert d'un treillage métallique. Babiroussa consentit à fournir quelques éclaircissements :

« Ceci est l'œuvre de M. Thomas Edison. Vous avez

sans doute eu connaissance des travaux de ce brillant cerveau ? L'électricité est son dada. Nul mieux que lui n'en maîtrise les applications, depuis que Franklin a eu l'idée géniale de faire voler un joujou sous l'orage. Cette formidable machine est une version élaborée de l'attrape-foudre de ce bon vieux Benjamin. L'électricité brute fournie par les éléments déchaînés est stockée dans les accumulateurs mis au point spécialement par Edison. À l'aide de ce clavier, on peut la redistribuer... En choisissant sa cible, et en dosant la quantité d'énergie à projeter.

— C'est tout bonnement... C'est, heu...

— Vous ne trouvez plus vos mots, Monsieur l'éditeur ?

— Impressionnant. Mais comment Edison a-t-il rejoint Guernesey ?

— Vous ne devinez pas ? Songez à notre ami commun.

— Oh, je vois. Ainsi, les voyages du *Saint-Michel* aux Antilles n'étaient pas de pur agrément.

— Les soutes du voilier ont transporté le matériel nécessaire, et M. Edison partageait la cabine de son capitaine. »

Babiroussa actionna un levier, à la droite du clavier. Le tube coudé d'une lunette descendit du plafond.

« Si vous le voulez bien, vous allez m'être utile. Avec l'âge, j'ai perdu beaucoup de mes capacités visuelles. Vous serez mes yeux, Hetzel. Venez vous asseoir à mes côtés.

— Vous semblez vous amuser, mais l'heure est grave. Les troupes aéroportées de l'Empereur ne sont pas constituées d'enfants de chœur.

— Évidemment. J'ai presque cent ans, Hetzel. Autant dire que je ne crains plus grand-chose. Je ne vous en voudrais pas de partir. Il est encore temps. Les pêcheurs n'ont pas encore tous quitté l'île. Allez rejoindre Juliette et notre courageux libraire, mon garçon.

— Il n'est pas question de fuir. Je voulais seulement m'assurer que vous aviez conscience de, eh bien, de ce que...

— ... nous allons jouer notre peau dans cette aventure ? Oui, à coup sûr. Ils ne nous laisseront aucune chance. Mais je compte bien décimer ma part des Zeppelins de Badinguet avant de tirer ma révérence ! »

Hetzel sourit. La verdeur de l'exilé le ravigotait.

« Comptez sur moi, j'ai une vue d'aigle ! Jouez votre mélodie au tyran, et que la foudre frappe droit au but ! »

Sur cette déclaration, ils se turent et attendirent l'ennemi. Hetzel se familiarisa avec le maniement de la lunette d'observation. Une minuscule croix, gravée sur le verre grossissant, figurait le point de mire des décharges électriques. Il n'avait qu'à promener l'innocent signal sur ses cibles et indiquer à Babiroussa le moment de plaquer ses fulgurants accords sur le clavier pour libérer la foudre emprisonnée par Edison.

Il vit les chalutiers des Guernesiais quitter le port, emportant la population de l'île à l'abri, quelque part du côté de Plymouth. Le soleil se levait sur la Manche. Hetzel braqua son objectif sur les côtes normandes. Les dirigeables de l'Empereur formaient un chapelet sinistre dans le ciel embrumé.

« Ils arrivent », dit l'éditeur.

Babiroussa fit craquer ses doigts, tel un virtuose avant un concert.

« Quand ils seront à moins d'un mille, nous leur jouerons un hymne de bienvenue, fit-il.

— Tu me laisseras t'accompagner, alors. »

Les deux hommes sursautèrent. Juliette était là, sur la plate-forme du monte-charge. Le crépitement des accumulateurs avait couvert le bruit de son arrivée.

« Ensemble, jusqu'au bout, n'est-ce pas ? » fit Babiroussa.

Juliette vint se blottir contre lui. L'image était touchante. Hetzel écrasa une larme au coin de son œil, puis reprit son observation. Les Zeppelins avançaient rapidement Bientôt, les premiers appareils avaient atteint le périmètre de tir du canon à foudre.

Babiroussa réalisa une interprétation à faire pâlir Chopin de jalousie. L'orage de la veille était loin, à présent, mais on entendit craquer la foudre jusqu'à Cherbourg et Saint-Lô. Dans le ciel de Manche, on put assister à une véritable féerie pyrotechnique. Les ballons gorgés d'hydrogène s'enflammaient et se consumaient en quelques secondes. Leurs carcasses s'abîmaient dans les flots en poussant des râles de bête fauve. Les soldats transformés en torches vivantes se jetaient à l'eau et la plupart mouraient avant d'être engloutis. Les grands éclairs bleus et jaunes qui montaient du point culminant de l'île se succédaient sans interruption et frappaient sans relâche.

Mais les dirigeables étaient nombreux et les soldats farouchement déterminés à prendre Guernesey. Ceux qui réchappèrent de la combustion et de la noyade prirent bientôt pied sur la plage de galets. La matinée était bien avancée quand, séchés et remis de leurs émotions, ils partirent à l'assaut de Saint-Pierre.

CHAPITRE XIII

Le cerveau de la Lune

« Il respire. Il revient à lui. Nous sommes arrivés juste à temps. Les fioles de sa combinaison sont presque vides », dit Isidore.

Jules ouvrit les yeux et découvrit un cercle de visages penchés au-dessus de lui. Il en reconnut certains, ceux des journalistes et celui, facilement identifiable à cause de son bandage, de Crâne Obtus, compagnon d'infortune du Manchot. Il comprit que les autres appartenaient à des bagnards : les gueules déformées ne trompaient pas sur l'origine de leurs propriétaires.

« Sommes-nous en Enfer ? » demanda l'écrivain.

La question fit sourire.

« Au bagne..., précisa Jules.

— Non, nous sommes en route pour le campement des Ishkiss, indiqua Isidore. Vous aviez atteint les franges de la face cachée, mais votre équipement vous a lâché. Il a apparemment subi de sérieux chocs. Si nous n'avions pas été alertés par la subite apparition d'un couple d'insectoïdes, nous n'aurions pas lancé cette expédition de secours. Nous avons trouvé les corps des gendarmes en suivant leurs traces, puis nous avons remonté votre piste. Par bonheur, votre gabardine est hors d'usage. Si vous vous étiez envolé, nous aurions pu vous rater.

— Alors, la grande évasion a bien eu lieu », fit Jules.

Il se releva, appuyé sur l'épaule confortable de Giboulet, et considéra le décor environnant. Dans la lumière rougeâtre qui inondait la salle de commande, les silhouettes plantées devant les appareils de contrôle semblaient dégouliner de sang. Les forçats tiraient sur des manettes, poussaient des leviers, à cadence régulière, sans quitter des yeux les aiguilles en mouvement perpétuel dans les cadrans des manomètres. La tâche, répétitive et monotone, pouvait parfaitement figurer quelque damnation éternelle. Même libres, ces hommes ne s'affranchissaient pas de l'ingratitude du labeur. Ils étaient et resteraient les rouages d'un mécanisme qui les dépassait. Néanmoins, d'autres hommes avaient choisi de compromettre la sécurité de leur existence pour briser le cercle vicieux de la fatalité. Jules était de ceux-là.

« En ce moment, les évadés investissent la Base Cyrano, reprit Isidore. Ils affrontent, à mains nues le plus souvent, les soldats et les gendarmes. C'est une véritable hécatombe. Mais leur nom est Légion. Ils sont résolus à vaincre ou à mourir. Il en tombera dix pour un ennemi mis hors d'état de nuire, cent pour qu'un seul entre en triomphateur dans une galerie déserte. C'est une tactique de désespérés. »

Bautrelet avait l'air maussade. Il faisait son apprentissage de l'absurdité et de la cruauté des choses, pensa Jules. Quoi qu'on construisît, tout plongeait ses racines dans le malheur, y compris les rêves les plus beaux, les utopies les plus idylliques. S'il y existait une règle applicable aux entreprises des hommes, c'était celle-là. Mais ce ne serait peut-être plus le cas avec les Ishkiss, au sein de l'association.

Isidore se tenait à côté d'une proéminence de chair aux formes évocatrices, érigée au milieu de la salle. On pouvait reconnaître, moulée en creux, une silhouette humaine, imprimée dans la boursouflure. Le jeune reporter invita Jules à s'y installer. Il commenta :

« Cette place vous est réservée. Elle revient de droit au capitaine que vous êtes. Louise Michel l'a inaugurée, avant de rejoindre ses camarades en première ligne des combats. La Grande Citoyenne ne pouvait pas abandonner ses frères et sœurs à un instant aussi crucial. Sans elle, peut-être leur formidable détermination s'émousserait-elle. Vous souvenez-vous de votre expérience de communication avec l'intelligence de la nef ? Oui ? Bien. Vous allez la réitérer avec celle du navire à bord duquel nous nous trouvons. Seulement, pas de blague, cette fois ! Nous sommes près du camp ishkiss et vous allez devoir parlementer. Louise m'a tout expliqué, les raisons pour lesquelles Babiroussa vous a choisi et le but de votre mission. J'avoue avoir été impressionné. J'avais échafaudé plusieurs théories, mais là, je suis dépassé : la Commune sur la Lune, avec les Ishkiss, quel tour de force ! Il ne reste plus qu'à les convaincre de l'adéquation de leur grand dessein et du vôtre. Je dois reconnaître que vous êtes l'homme de la situation : le rêveur qui a su faire partager ses rêves à des centaines de milliers de lecteurs, le maître d'empires imaginaires pourtant bien vivants dans les mémoires de tout un peuple. Vous êtes parvenu à séduire des générations de lecteurs, jeunes et moins jeunes. Si vous ne pouvez reproduire un tel exploit avec les Ishkiss, personne n'en est capable. Je vous cède la place, avec tous mes encouragements, Monsieur l'écrivain. »

Après un tel éloge, Jules pouvait-il faillir ? Hélas oui, songeait-il, effrayé à l'idée de la responsabilité qui pesait sur ses épaules. Il se débarrassa de son équipement, désormais inutile, recouvrant avec plaisir sa mobilité coutumière. Il ne vit pas l'éclat de satisfaction qui alluma une fraction de seconde la pupille d'Ernest quand il déposa le matériel à ses pieds. L'aurait-il aperçu, quelle conclusion en aurait-il tiré ? Certainement pas la bonne.

Jules s'allongea sur le fauteuil de chair, éprouvant son moelleux. Isidore et Marius se rapprochèrent, calepins et crayons brandis, prêts à recueillir ses impressions. Crâne Obtus et les autres forçats veillaient sur leurs appareils, attentifs à ne pas compromettre la solennité du moment par leur inadvertance. Ernest profita de l'occasion pour ramasser le harnachement de Jules et gagner le fond de la salle. Personne ne lui prêta attention. Surtout pas les autres reporters, concentrés sur la conversation qui venait de s'engager entre Jules et l'intelligence ishkiss, dont ils ne percevaient que des bribes.

Jules éprouvait une sensation de paix et de bien-être fort agréable après les épreuves subies dans le désert. La conscience du navire accueillit très favorablement le contact avec le terrien. Jules ne ressentit pas la curiosité de la nef, ni son désarroi. L'entité extra-humaine lui était par avance acquise. Elle avait, il est vrai, vécu plusieurs mois parmi les humains, côtoyant ouvriers, ingénieurs, officiers et bourgeois en visite aux Ateliers impériaux. Elle avait pu se faire une opinion de leur mentalité, de leurs aspirations, de ce qu'elle et ses pairs nommaient une stratégie. Pour finir, elle avait assisté à la rébellion des bagnards et avait donc eu l'occasion d'éprouver à chaud la sensibilité des différentes classes constituant la société alliée à son espèce.

Ce n'était pas le cas de ses congénères. Jusqu'à présent, ils avaient seulement eu affaire à Badinguet et ses séides. Et voici que s'avançait parmi eux une intelligence subvertie par l'ennemi. Jules exprima ses doutes, ses craintes, envoyant au Ishkiss un message mental qu'il traduisit ainsi pour ses amis :

« J'ai peur de ce qui risque de se produire si nous ne sommes pas crus. »

La conscience du navire se voulut apaisante. Elle ne craignait aucune menace de la part des siens. Dans le pire des cas, s'ils ne se rangeaient pas du côté des rebelles, ils pourraient intervenir auprès de Louis Napoléon pour améliorer les conditions de vie des détenus, et éviter des représailles « définitives ». Un compromis inacceptable pour les damnés prêts au sacrifice ultime.

Jules allait rétorquer quand une image se forma dans son esprit. Il en eut le souffle coupé et se raidit dans son fauteuil. Isidore et Marius réagirent instantanément.

« Que se passe-t-il ? Au nom du Ciel, parlez !

— C'est... c'est indescriptible... », fit Jules, d'une voix blanche, incapable de trouver les mots justes. En avait-il pourtant décrit des lieux magiques, en avait-il brossé des portraits fabuleux ! Fonds sous-marins, Indes secrètes, profondeurs de la Terre, villes du futur, il n'avait jamais reculé devant la difficulté. Mais ce qu'il découvrait par l'intermédiaire des sens du navire vivant dépassait l'entendement. Jules fit toutefois une tentative :

« Les nefs ishkiss sont là, par centaines, par milliers, un nombre impressionnant, quoi qu'il en soit. Oubliez celle que vous connaissez et qui assure les trajets entre la Terre et la Lune. Elle est déjà sur le chemin de l'évolution vers la symbiose avec notre technologie. Imaginez plutôt une méduse fantastique, parée d'excroissances osseuses, avec un ventre gonflé d'entrailles visibles à travers la peau, parcourues d'éclairs lumineux jetant des flèches bleues dans toutes les directions à la fois. Ensuite, multipliez cet être autant qu'il vous sera possible, jusqu'à ce que, inextricablement mêlés, lui et ses semblables forment un substrat organique à l'échelle d'un continent. Cette mosaïque démesurée est en mouvement, c'est un océan dont la surface s'agite de millions de vaguelettes, d'un ressac incessant accompagné de scintillements fulgurants. Quand vous aurez ceci en tête, Messieurs, vous approcherez à peine de la réalité. Car vous ne percevrez pas les sensations exquises d'effroi et d'ensorcellement que procure une telle vision quand elle ne passe pas par le filtre de la raison. »

Marius et Isidore ne perdaient pas une miette du discours, fascinés par l'expression de béatitude qui étirait les traits de l'écrivain. Jules continuait à parler.

« Nous sommes parvenus à destination. Je peux sentir la curiosité qui émane de l'amalgame. Notre présence intrigue. Des palabres sont en cours, où chacun est impliqué. L'intelligence de notre navire doit y prendre part, et moi avec elle. Je vais être sondé par des milliers de consciences plus vieilles que notre civilisation, plus que notre planète, peut-être. Nous nous posons à la surface du maelström vivant... »

Jules retint son souffle. Les reporters n'osèrent pas remuer le petit doigt. Crâne Obtus et ses pareils cessèrent de s'activer. Dans la salle ovale, plus rien ne troublait le silence presque parfait. Seul Ernest ne partageait pas l'émotion des autres passagers. Avec mille précautions, il achevait de revêtir l'exosquelette abandonné par Jules. Celui-ci reprit, sur un ton neutre, comme parlent les somnambules et les hypnotisés :

« Ils sont avec moi, maintenant, ou plutôt je suis avec eux, associé à la méta-conscience de l'espèce entière, partie prenante de la stratégie ishkiss. Je connais leur histoire, je partage leur savoir, je puis parcourir dans l'instant la trame entière du réseau. Chacun est dans le tout, le tout est dans chacun. Autant de connaissances a de quoi rendre fou... Désirez-vous que je vous livre les secrets de l'univers ? À coup sûr je le peux, mais ils sont décevants... Voulez-vous révéler à vos lecteurs ce que les plus grands sages n'ont jamais osé penser de peur de déclencher la fin du monde ? Ces sages étaient des sots qui ne comprenaient rien. Les secrets de l'univers sont bien inoffensifs. Inutile de gâcher de l'encre et du papier pour divulguer ce que tous les enfants et les idiots savent déjà. »

Isidore et Marius échangèrent un regard où la terreur le disputait à l'émerveillement. Verne délirait-il, ou était-il sérieux ? Aucun n'avait le courage de chercher à répondre. Émus, ils écoutaient.

« J'ai plus de souvenirs que si j'avais mille siècles, fit Jules à voix basse. C'est un pouvoir exorbitant, supérieur à celui que les hommes ont jamais placé entre les mains des dieux. Mais cette puissance n'est rien car elle est menacée de disparition. Je suis terrifié à l'idée de m'éteindre. »

Il avait prononcé ces derniers mots dans un murmure à peine audible. Isidore approcha son oreille des lèvres qui remuaient faiblement. Le visage de Jules avait viré au gris. Sous ses paupières closes, ses globes oculaires s'agitaient. On aurait pu croire qu'il dormait et faisait un cauchemar. En un sens, c'était le cas. Jules était devenu le porte-parole du mauvais rêve des Ishkiss. Par sa bouche s'exprimait la méta-conscience de toute l'espèce. Isidore et Marius étaient les premiers humains à entendre la voix des maîtres du vivant, transmise par l'interface d'un cerveau d'exception, le seul, peut-être, capable de supporter la fusion avec l'expérience du peuple ishkiss sans sombrer instantanément dans la folie. Louis Napoléon et ses sbires communiquaient eux aussi avec les extra-humains, grâce aux appareils construits dans les caves du Louvre et de la préfecture de Police. Mais ils ne partageaient pas la psyché de l'agrégat lunaire, ils ne s'associaient pas véritablement à la super-conscience. Malgré tout, les effets dévastateurs du savoir ishkiss avaient fait leur œuvre dans l'esprit du Prince, fragilisé depuis la disparition d'Eugénie et du Dauphin. Plus que jamais, Isidore se rendait compte de l'excellence du choix de Babiroussa. Jules Verne était celui que les Ishkiss attendaient pour jeter les bases de l'association avec les terriens, sans ambiguïté de part et d'autre. Rien de moins.

« Je suis la stratégie, ce qui régit l'existence et protège de la fin, reprit le syncrétisme ishkiss. Je suis ce qui est depuis toujours. En moi vivent ceux qui ont jadis régné sur des mondes disparus. Je suis la mémoire de l'univers. Je ne peux pas ne plus être. Mais j'ai perdu beaucoup de mes souvenirs dans mon errance. Mon dernier voyage a duré plus que le temps lui-même. La vigueur d'étoiles jeunes a causé des dégâts importants dans ma structure physique. Je n'avais pas encore affronté la furie de soleils si ardents. Je ne pouvais plus m'en protéger efficacement. J'ai beaucoup perdu après l'agression de cette part sauvage de l'univers. Alors je suis parti en quête d'un peuple capable de me secourir. Je suis la stratégie, je sais que rien n'est impossible, tant est vaste ce qui est. Je vous ai trouvés, une éternité plus tard. Votre puissance est sans limites. Vous avez appris à vaincre le monde et ses dangers. Vous possédez pour ce faire l'outil le plus performant, qui fait de chacun d'entre vous sa propre stratégie. Mais vous êtes comme les soleils qui m'ont dépossédé de mes souvenirs, trop peu maîtres de vous-mêmes. Dans l'alliance conclue, nous apprendrons à corriger nos défauts respectifs, dans l'association à venir, nous serons éternels. Mais vous n'avez pas réussi l'association de votre peuple. Le guide que nous avons rencontré n'est pas celui de toutes vos intelligences. Sa stratégie est pourtant bonne pour la préservation de l'ensemble. »

Isidore frémit. Le « super-cerveau » ishkiss appréciait selon toute évidence la politique de Badinguet. En ce cas, il était illusoire d'escompter le détourner de ses choix. Les insurgés étaient perdus. Il suffirait à quelques intelligences extra-humaines d'entrer dans la bataille pour reprendre le contrôle de la Base et aider à réprimer la révolte des forçats. Louise

Michel s'était trompée. Le Ishkiss qui l'avait sauvée ne possédait pas la vue d'ensemble des siens, il avait réagi sous le coup d'une émotion personnelle, ou bien...

La « voix de l'univers » reprit, interrompant le cours des tergiversations du reporter :

« Une stratégie différente est à présent soumise à la réalisation du grand dessein. J'ai exploré les souvenirs transmis à l'intelligence qui me revient, métamorphosée, plus forte et résistante. J'ai souffert avec elle quand j'ai reçu ma part de votre douleur. Comme vous, j'ai connu le déchirement, l'humiliation, la peine, la séparation, la peur, autant de sentiments que j'ignorais. J'ai appris avec vous ce qu'était espérer et rêver, imaginer et projeter. Je sais maintenant qu'il existe au-delà de la mémoire un futur riche de potentialités. Je sais que certains d'entre vous ont bâti les fondations d'une possible association et qu'on les persécute pour cela. À présent, je dois prendre une décision. »

Tout le monde retenait son souffle, dans l'attente du verdict des Ishkiss, et guettait les mouvements sur les lèvres de Verne.

« Gare ! »

Crâne Obtus avait lâché l'avertissement dans une éructation rauque. Isidore et Marius relevèrent le nez d'un même mouvement. Ernest se tenait tout près, séparé d'eux par le fauteuil et son prestigieux occupant. Il avait dû se glisser jusque-là pendant que Jules parlait, sans faire de bruit. Plus pâle que jamais, il tremblait de tous ses membres, comme sous l'emprise d'une violente fièvre. Les muscles métalliques de l'exosquelette l'emprisonnaient. Il avait levé un bras au-dessus de l'écrivain, brandissant une fiole de gaz. Isidore comprit qu'elle allait s'abattre dans l'instant et fracasser le crâne de Verne. Il assista aux événements qui suivirent paralysé par la stupeur.

Crâne Obtus bondit sur Ernest. Une fabuleuse détente le propulsa droit dans le dos du photographe, au moment précis où la fiole fendait l'air. L'objet contondant manqua de peu l'occiput et s'écrasa sur l'épaule de Jules. Celui-ci ouvrit de grands yeux effarés et poussa un cri. Ernest et le forçat roulèrent, enlacés dans une furieuse embrassade, jusqu'à la base d'un arceau. Crâne Obtus, en dépit des privations du bagne, était un gaillard nerveux, solidement bâti. Dans des circonstances ordinaires, il n'aurait fait qu'une bouchée du petit photographe. Mais l'exosquelette décuplait les forces d'Ernest. Il se releva sans effort apparent, Crâne Obtus accroché à son col de veste. Un sourire mauvais déformait le pli boudeur de ses lèvres d'enfant gâté. Le bagnard jura, étonné par la résistance du gringalet. Un coup de tête magistral l'envoya bouler à l'autre extrémité de la salle.

« Ernest, qu'est-ce qui te prend ? Tu es fou ! lança Isidore. Aidez-moi à le maîtriser, vous autres. »

Bautrelet s'avança vers son ami à pas prudents, flanqué par les autres forçats. Courageux mais pas téméraire, Giboulet resta au chevet de Crâne Obtus, qui voyait trente-six chandelles et récupérait lentement.

« Tu n'es pas dans ton état normal, mon pauvre vieux », fit Isidore.

Il avait remarqué l'éclair qui incendiait le regard du photographe, une espèce de brasillement qu'il ne lui connaissait pas. Pour qu'Ernest le débonnaire cédât à la violence, il fallait pour le moins qu'il fût possédé par un démon. Isidore ne se doutait pas à quel point cette folle hypothèse était juste.

Le filet se resserrait autour d'Ernest, acculé à la paroi du navire. Soudain, il partit d'un rire féroce et chargea. Les forçats, pas assez vifs pour s'écarter, valdinguèrent de tous côtés. Ernest fondit sur Jules, qui reprenait ses esprits, l'épaule meurtrie, déboîtée peut-être. Il referma ses mains autour du cou de l'écrivain et se mit à serrer. Ce faisant, il proférait un lot d'injures, une litanie digne des tribuns du Parlement :

« Canaille, crève donc, ganache scélérate, communeux, barricadier, anabaptiste ! Ami du peuple ! »

Isidore n'en revenait pas. Plus que le brusque accès de démence du photographe, son vocabulaire le sidérait. C'était celui des publicistes des pires torchons, des frères Goncourt et autres Daudet.

Jules se débattait comme un beau diable, le rouge aux joues, congestionné. Il fallait intervenir avant qu'il ne soit trop tard. Les forçats malmenés revinrent à la charge, saisissant Ernest par les biceps, deux hommes pour chacun. Agacé, Ernest lâcha prise, relevant violemment les bras pour se débarrasser des gêneurs, ce qui l'obligea à faire un pas en arrière. Alors Crâne Obtus, qui n'avait jamais tant mérité son surnom, s'élança de toute la vitesse de ses guiboles noueuses, front baissé. Il percuta Ernest de plein fouet et, agrippé aux lamelles de l'exosquelette, le repoussa de toutes ses forces pour l'éloigner de sa victime.

Dans sa colère, le forçat n'avait pas bien dosé son élan. Ernest tituba puis partit à la renverse, l'entraînant avec lui. Un craquement sinistre se fit entendre.

Un membre obscène avait poussé en plein milieu de la poitrine du photographe, qui contemplait, hébété, le trou béant entre ses côtes d'où s'échappaient des flots de sang. Le manche d'un levier brisé net saillait de la blessure telle la pointe d'un pal.

« Je ne voulais pas, il m'a obligé, dans ma tête... », balbutia Ernest.

Sa tête bascula vers l'avant et il mourut, tirant une langue démesurée, violette. L'appendice se mit à frétiller et tomba de son logement, sur la nuque de Crâne Obtus, affalé contre le cadavre. Horrifiés, Isidore et Marius observèrent l'espèce de vermisseau qui rampait sur le col du forçat. L'immonde bestiole avait un vague air de famille avec les animalcules des équipages insectoïdes. Son origine extra-humaine ne pouvait faire aucun doute.

Jules se redressa soudain, furibond. D'un revers de son bras valide, il balaya le ver, puis il le piétina jusqu'à le réduire en bouillie sous ses bottes.

« S'il fallait une preuve de la duplicité de vos alliés, la voici », vociféra-t-il, pointant un index accusateur sur la pulpe sanguinolente à ses pieds. Il s'adressait à l'intelligence du navire, et, par son intermédiaire, à la méta-conscience ishkiss. Il enfonça le clou, superbe dans sa harangue :

« Voyez de quelle manière les ingénieurs de l'Empereur ont perverti votre science. Voyez quel usage pernicieux ils ont fait des connaissances que vous avez mises à leur disposition en toute bonne foi. Ils ont conçu ce monstrueux parasite, capable de contrôler l'esprit des malheureux à qui on l'inocule de force. La manipulation est l'arme favorite du tyran. Ce jeune homme, encore un enfant, n'était qu'un instrument, dont la vie importait peu. Vous avez enfin compris que vous n'êtes rien d'autre pour Louis Napoléon. Quand vous ne lui serez plus d'aucune utilité, quand ses ingénieurs auront exploité toutes les ressources de votre mémoire, il n'hésitera pas à vous faire subir le même sort. À présent, vous ne devez plus avoir la moindre hésitation. »

Ayant plaidé sa cause — la Cause —, il regagna le fauteuil de chair pour rétablir le contact avec le super-cerveau de la Lune. Ses camarades aidèrent Crâne Obtus à se dégager de l'étreinte du mort. Il s'effondra à son tour. La pointe du levier était fichée dans l'orbite de son œil gauche, profondément enfoncée.

« Assez de sang, assez, fit la voix de Jules. Il est temps de réparer les erreurs commises. Ma décision est prise. L'alliance est caduque. L'association se fera sur la Lune avec les partisans de la concorde et de la paix. »

Isidore acquiesça en pleurant. Il se jura de ne pas laisser impuni le meurtre de son ami. Si celui qui l'avait « envoûté » lui tombait dans les pattes, il le lui ferait regretter.

Intermède

DUEL AU PALAIS

Andrieux fut secoué par un spasme qui le fit trembloter de la tête aux pieds. Il eut l'impression d'avoir été propulsé hors du fût d'un canon géant. Le contact fut immédiatement rompu. La dernière image aperçue par le photographe restait imprimée dans la mémoire du préfet : le crâne enturbanné de chiffons sales du butor qui l'avait proprement embroché. Un drôle de viatique, pour un drôle de trépas. Assassiné pour avoir obéi, à son corps défendant, à la volonté d'un esprit étranger, agissant dans l'ombre à quelque trois cent quatre-vingt mille kilomètres de distance. Le photographe n'avait pas eu une belle mort, d'autant qu'il était demeuré jusqu'au bout conscient de ce qui lui arrivait.

Avec l'aide de la machine amplificatrice d'ondes cérébrales — un nom barbare pour un jouet aussi fameux —, il pouvait commander au ver infiltré dans son bonhomme, et la bestiole titillait les zones idoines du cerveau de la marionnette. Les Ishkiss eux-mêmes ne soupçonnaient pas le potentiel de la technologie mise à la disposition de leurs alliés. Ce qu'ils considéraient comme un simple appareil de transmission, au demeurant des plus efficaces, était devenu une arme terrifiante après quelques adaptations. Mais Andrieux n'avait droit qu'à un seul essai de manipulation, car il n'avait pas pu loger plusieurs vers dans la caboche de Jaume. Et, à présent qu'Ernest avait succombé, l'espèce de larve était perdue et par la même occasion, le contact avec Jaume irrémédiablement rompu. Fiasco sur toute la ligne...

Le préfet s'extirpa de la cabine de communication en maugréant. Il s'était trouvé à deux doigts d'en finir avec Verne ! Si ce stupide bagnard n'avait pas joué les héros (il était maintenant bien avancé, l'imbécile), il aurait étranglé l'espion envoyé par Babiroussa et peut-être fait capoter le plan des rebelles. Le temps que ces derniers parviennent à dégoter un autre agent capable de fusionner avec la méta-conscience ishkiss, il aurait coulé beaucoup d'eau sous les ponts. Et encore, pour peu qu'un tel oiseau rare existât : Babiroussa lui-même ? Les commandos aéroportés devaient lui avoir réglé son compte, à l'heure qu'il était ; ces fous de poètes aux mœurs contre nature qui traficotaient en Afrique ? On était sans nouvelles depuis belle lurette.

Non, l'Empire ne devait pas compter un seul autre esprit de cette envergure... Et il n'avait pas pu l'empêcher de nuire aux intérêts de Louis Napoléon, et par là même aux siens propres. Pourtant, ç'avait été une fameuse idée d'infiltrer dans les rangs ennemis un pantin contrôlé depuis la Terre. Jaume avait reconnu l'ingéniosité de la manœuvre, trop heureux d'être débarrassé du parasite qui colonisait sa boîte crânienne. Il avait un peu regimbé à l'idée de déposer un baiser fougueux sur les lèvres du photographe, mais il fallait aider le ver à s'introduire dans son nouvel hôte. Ça n'avait pas dû être une partie de plaisir pour Ernest ! Jaume, lui, avait eu droit à une anesthésie et ne s'était rendu compte de rien.

À présent, le préfet ne voyait pas ce qui pouvait encore compromettre l'entreprise des insurgés, dès lors qu'ils bénéficiaient de l'appui des Ishkiss. La Commune sur la Lune ! S'il s'était attendu à pareille incongruité... Quand le Prince l'apprendrait, il ne ferait pas bon se trouver dans les parages. Louis Napoléon travaillait déjà pas mal du chapeau, Andrieux était bien placé pour le savoir, depuis le temps qu'il assurait les affaires courantes de l'Empire en sous-main. La nouvelle de la trahison ishkiss allait définitivement le faire basculer dans la folie, bon pour Charenton. En conséquence de quoi, le moment était peut-être venu de tirer sa révérence.

Quelle déveine ! Être arrivé si haut, si vite, pour devoir finalement lâcher le morceau à deux doigts de la victoire. Andrieux se montrait trop fin stratège pour ne pas connaître à l'avance la suite des événements. L'Europe était une sainte-barbe bourrée de barils de poudre et les autocrates vaincus par Louis Napoléon attendaient l'occasion d'allumer la mèche. Le Tsar Nicolas, le Kaiser Guillaume, François-Joseph et tout ce que le vieux continent comptait de potentats humiliés par les traités d'armistice léonins imposés après l'écrasement de leurs armées, tous guettaient leur heure, un œil sur Paris, un autre sur la Lune. Or la capitale s'était enflammée ce soir, et la Base Cyrano allait vraisemblablement passer sous le contrôle des forçats évadés. Avec le revirement des Ishkiss, la déconfiture ne manquerait pas d'être complète.

Andrieux ne voulait cependant pas partir comme un voleur, du moins un voleur malchanceux, privé de butin. Il gardait dans le coffre de son bureau des liquidités et des titres, de quoi voir venir et s'assurer une retraite confortable, loin des vicissitudes du pouvoir. S'il ne traînait pas, il pouvait embarquer avant la soirée pour les tropiques, avec armes et bagages, sous une identité d'emprunt ; les faux papiers ne manquaient pas à la préfecture !

Avant de quitter, peut-être définitivement, la cave de la préfecture, il resta un moment à contempler le paysage lunaire, derrière la cloche de communication. Les spectres ne dansaient plus dans le désert, comme à leur habitude, quand le préfet les contactait. Ils étaient présentement trop occupés à sonder la mémoire de Jules Verne et à découvrir certaines vérités pour batifoler sous forme de corps astral. Dieu seul savait quelles insanités ils pouvaient tirer de l'écrivain, ce mauvais patriote, adepte du cosmopolitisme... Dieu seul savait, mais Andrieux s'en doutait. Comme tantôt, alors qu'il étranglait l'apatride, la rage lui noua les tripes. Il s'empara d'un tréteau qui traînait par là et frappa de toutes ses forces contre la cloison de verre de la cloche. Le bois pourri par l'humidité s'effrita entre ses doigts. Alors, il tira son pistolet de l'étui passé à sa ceinture, et vida le barillet. Dans un fracas épouvantable, la cloche éclata en mille morceaux, répandant le gaz qu'elle contenait dans toute la cave, où se dilua le reflet du désert lunaire. Suffoquant mais satisfait, Andrieux détala.

Une surprise l'attendait dans son bureau. Il crut d'abord qu'un révolté s'était introduit jusque-là pour piller et dévaster les locaux. Andrieux s'étonna tout de même que les émeutiers eussent pu déborder les barrages de police installés aux frontières avec les quartiers populaires et que celui-ci ait pu tromper la vigilance des plantons. Puis il reconnut « son » secrétaire du Palais, l'officier qu'il avait introduit au Louvre, le petit Barbusse. Que faisait-il ici, dans cette tenue, débraillé, recroquevillé sur le parquet ? La situation était-elle aussi catastrophique, au-dehors ?

Andrieux le secoua pour le réveiller. Henri sortit à regret de son cocon de sommeil. Il parut surpris en apercevant le préfet.

« C'est vous ? fit-il.

— Pardi, qui voulez-vous que ce soit ? C'est bien mon bureau et ma préfecture, non ? »

Henri acquiesça. Andrieux lui faisait peur, avec sa barbiche en bataille, ses vêtements froissés et son pistolet à la main. Il n'avait qu'une envie, fuir à toutes jambes, mais il se contint et délivra son message :

« L'Empereur souhaite votre présence à ses côtés, dans les délais les plus brefs.

— Comme c'est joliment dit. Le toqué veut me voir ? Et si moi je ne souhaitais pas l'écouter pérorer, si je ne souhaitais pas contempler sa sale gueule, moi, si je ne souhaitais pas faire semblant d'approuver sa folie ? Hein, que dirais-tu de ça, Barbusse ? »

Henri ne savait plus que penser. Un vent de démence soufflait ce soir sur Paris. Andrieux n'était pas dans son état normal. Ses certitudes s'étaient-elles effondrées, elles aussi ?

« Mais ne t'en fais pas, fidèle secrétaire. Je vais aller trouver ton seigneur et maître. Il va avoir droit à une dernière entrevue, oh oui, il va y avoir droit. Je m'en voudrais de partir sans lui dire ce que j'ai sur le cœur.

Depuis le temps que je me tais, que je n'ose plus le regarder en face. Il me dégoûte. Mais on va s'expliquer, tous les deux ! »

Andrieux, tout en parlant, avait ouvert son coffre, dissimulé derrière un portrait du Prince, datant du coup d'État. Il emplit les poches de sa redingote de liasses de billets.

« Tu en veux, soldat ? Ne te gêne pas et sers-toi. Fais comme moi, prends tout ce que tu peux emporter. Ils n'auront pas tes états d'âme, va, les communaux, quand ils débarqueront. Ils voleront tout pour le donner aux gueux et ces cochons-là se vautreront dans nos tapis, ils copuleront dans nos soieries, ils bâfreront sur nos marqueteries précieuses. Tu peux me croire, je les ai déjà vus faire, ces sagouins. Mais tu n'étais pas né, tu ne peux pas savoir comme ils sont dégueulasses. De l'ordure, et rien d'autre, de l'ordure à deux pattes avec une panse prête à engloutir nos biens, de la fange humaine. Les Versaillais ont été trop miséricordieux, ils en ont trop épargné. Le bagne, c'était trop bon. La mitrailleuse pour tous, voilà ce que je préconise. Maintenant, c'est trop tard. On les a laissés se réorganiser, épandre leur saleté partout dans la société, sournoisement. La Lune est pourrie par la faute du cinoque qui nous gouverne. Il n'en fait qu'à sa tête avec son jouet fabuleux. Mais sa tête est fêlée ! Que ne se l'est-il pas fait sauter quand il avait encore un peu de raison, après l'attentat... Mais je m'en vais arranger ça, tu peux compter sur moi. »

Ce disant, Andrieux rechargea son pistolet, puis vida ses tiroirs à la recherche d'une seconde arme, qu'il glissa à sa ceinture. Il était devenu fou, ça ne faisait aucun doute. Henri s'éloigna à pas mesurés. Il estimait que sa collaboration avec le préfet et le Prince était parvenue à son terme. Il tourna les talons et disparut dans le couloir obscur.

Andrieux cracha dans sa direction.

« Décampe, belle jeunesse, prends tes jambes à ton cou ! Laisse faire les vieux briscards. Tas de bons à rien ! Dorlotés dans vos casernes dorées... Ah, vous me dégoûtez presque autant que les anarchistes, avec vos uniformes impeccables et vos méthodes progressistes, modernes. Ne me faites pas rire ! Une balle pour tous les salopards, voilà la vérité ! Rien d'autre. »

Puis il sortit à son tour, dévala les escaliers et bouscula l'inspecteur de faction.

« Ha, vous étiez là ? bredouilla le policier. Vous avez vu le lieutenant ?

— Y a-t-il encore un véhicule disponible dans cette baraque ? demanda Andrieux.

— Heu, je ne crois pas. Tous réquisitionnés pour les opérations spéciales de ce soir. Avec le couvre-feu, les émeutiers...

— La barbe avec votre émeute ! éructa Andrieux. Une balle pour chaque salopard, et hop, c'est réglé. Vous n'êtes pas de mon avis ? »

L'inspecteur échangea un coup d'œil inquiet avec les gendarmes qui le secondaient. Le patron semblait avoir reçu un fameux coup.

« Oui, certainement », répondit-il, prudent.

Mais le préfet ne l'écoutait plus. Il avait déjà traversé la cour centrale et atteint la rue. On ne devait jamais plus revoir Andrieux dans l'enceinte des bâtiments officiels.

Les chaussées mécaniques ne fonctionnaient plus,

vraisemblablement sabotées par les émeutiers. Andrieux s'en fichait. Il avançait d'un pas rapide et chaque mètre parcouru accroissait sa fureur. Il scandait, entre ses dents, au rythme du claquement de ses semelles sur le pavé :

« Une balle pour chaque salopard, plusieurs pour le plus grand d'entre eux, une balle pour... »

Un bruit de cavalcade monta dans son dos, alors qu'il approchait de l'île de la Cité. Il ne se retourna pas, ne ralentit pas. Bientôt, deux insectoïdes l'encadrèrent, montés par des gardes impériaux.

« Alors, bourgeois, on ignore le couvre-feu ? fit celui de droite.

— Peut-être Monsieur cherche-t-il le chemin des barricades ? » insinua celui de gauche.

Andrieux porta nonchalamment les mains à sa ceinture, feignant de remonter son pantalon.

« Arrête-toi et montre-nous tes papiers », reprit le garde de droite.

Le préfet s'immobilisa et brandit ses pistolets, tout en s'écriant :

« Une balle pour chacun, ça vous ira ?! »

Les gardes reconnurent le second personnage de l'Empire au moment où il appuyait sur ses gâchettes. Ils s'effondrèrent de concert, un trou en plein front, parfaitement égaux dans la mort. Andrieux était un vrai ambidextre, en plus d'un fieffé gredin. Les coups de feu n'impressionnèrent pas les coléoptères, rompus aux exercices de tir. Le préfet enfourcha une des montures providentielles et piqua des deux.

Deux minutes plus tard il entrait dans la cour du Louvre, après avoir décliné son identité aux gardes qui barraient l'accès par le Pont des Arts. Personne ne s'étonna de l'arrivée d'un tel équipage, puisqu'il semblait acquis, une fois pour toutes, que cette nuit-là ne ressemblait à aucune autre.

Andrieux stoppa sa monture sous les fenêtres des appartements impériaux. Il appela à tue-tête :

« Montre-toi, Louis Napoléon, je suis là ! Vieille baderne toquée, automate extra-humain, fais-moi voir ta sale gueule défaite ! Sors de ton lit, pour une fois, viens voir le monde qui croule par ta faute. Quitte les portraits de tes chers disparus. Eugénie et le Dauphin ne sont plus que des charognes puantes, tu m'entends ? C'est pour ces deux macchabées mangés par les vers depuis belle lurette que tu as abandonné l'Empire ? Tu espères peut-être les retrouver dans les étoiles ? Sur d'autres planètes ? Dans ce cas, j'ai une mauvaise nouvelle pour toi, pitre grotesque : les Ishkiss marchent désormais avec la racaille socialiste ! Qu'en dis-tu ? »

Un croassement lugubre s'éleva de derrière une fenêtre. Qui vola en éclats la seconde suivante. Louis Napoléon s'était jeté sur le balcon, arrachant au passage boiseries et maçonneries. Le raffut attira aux autres fenêtres tout le personnel du Palais. La Cour carrée du Louvre fut bientôt une arène bordée de gradins bien achalandés.

« Tu voulais me voir ? Me voici. Viens me rejoindre, cuistre prétentieux, monstre ! »

Andrieux exultait, ses pistolets levés vers le ciel couleur ébène, point de convergence de tous les regards des spectateurs. Le Prince râlait, soufflait tel un taureau furieux, poussait ensuite des couinements pitoyables. Le petit médecin viennois l'avait suivi sur le balcon, tentant de le raisonner.

« Ne cédez pas à la provocation. Ne réduisez pas à néant toutes ces années de travail, je vous en supplie... Oh, *mein Gott* ! »

Louis Napoléon avait saisi le médecin par le col de sa cravate et l'avait soulevé de terre pour l'amener à hauteur de son visage de bête fauve.

« Garde ta salive, charlatan, je t'ai assez entendu. »

Il lui fit réintégrer le salon de manière peu conventionnelle, mi-courant, mi-volant. Dans la cour, Andrieux riait à gorge déployée.

« Tu es guéri, mon Prince ! lança-t-il. Viens affronter tes démons comme un homme véritable, à présent. J'ai un aveu à te faire. Sais-tu pourquoi ma police n'a jamais pu mettre la main sur les assassins de ta famille ? Parce qu'elle aurait alors dû se mettre elle-même en prison ! N'est-ce pas cocasse ? »

L'Empereur lâcha un feulement à fendre l'âme. Il enjamba la balustrade et se laissa tomber dans la cour, lourdement. Le choc ébranla toute la façade du bâtiment. Andrieux avança vers la carcasse de la machine fracassée, qui perdait sang et huile, et pleurait.

« Tu as toujours cru que c'était un coup des anarchistes, pas vrai ? Tant mieux, ça m'a permis de leur mener la vie dure avec ta bénédiction. Mais comme je ne t'amenais pas la tête des meurtriers sur un plateau, tu m'as limogé. Je t'en ai voulu, mais je savais que mon successeur n'aurait guère de succès dans ses entreprises et que tu me rappellerais bien vite. J'avais raison, naturellement. Que veux-tu, c'est que j'avais pris goût au pouvoir, moi. Il ne fallait pas m'en confier les rênes pendant que tu te lamentais dans tes draps de soie. Je me voyais déjà à ta place, pour de bon, mais il a fallu que les Ishkiss nous tombent du ciel. Ils t'ont remis sur pied et te voilà, tout en rouages et en bel acier poli, un peu cabossé pour l'heure. Tu te voyais déjà régner sur d'autres mondes. Je ne l'aurais jamais permis, mon Prince, ah non ! C'est à moi que le ciel devait revenir. À moi, tu entends ? Il a donc fallu que je me débrouille, une fois de plus. J'ai veillé à entretenir une certaine vivacité dans les rangs de l'opposition. J'ai toléré dans Paris certains agissements, certaines réunions de tes ennemis, tout en les infiltrant et amassant un maximum d'informations. Je pensais que leur acharnement te serait fatal. J'imaginais une version plus subtile de l'attentat de 1871. Une machine infernale psychologique, si tu préfères, qui imploserait dans ta cervelle. J'ai presque réussi. Mais le Viennois et les Ishkiss ont ruiné mes efforts. J'ai moi aussi été victime de mon obsession à te détruire. Alors ce soir, avant qu'il soit trop tard, nous allons en finir, une bonne fois pour toutes. En combat régulier. Ici, dans ce cadre grandiose qui s'y prête parfaitement. Je sais que les duels ont été prohibés par un imbécile de mes prédécesseurs, mais je lève exceptionnellement l'interdit, puisque j'en ai l'autorité. Allons, debout, Prince ! »

Un grincement d'articulations faussées accompagna le mouvement de l'Empereur. Andrieux conduisit sa monture à l'autre extrémité de la cour, puis il fit face à son adversaire, redressé, menaçant.

« Nous combattrons à armes égales, moi avec mes pistolets, toi blindé et plus résistant qu'un mastodonte, fit encore Andrieux. Je te laisse prendre l'initiative, pour une fois. »

Un silence de mort retomba sur la cour. Puis Louis

Napoléon chargea, tête baissée, homme-machine bélier, hurlant le nom de l'Impératrice.

Andrieux éperonna le coléoptère et s'élança, pistolets en avant.

On n'avait pas vu pareil affrontement depuis la disparition des Titans. On n'en verrait pas d'autre avant longtemps.

CHAPITRE XIV

La lutte finale

Que pouvaient quelques centaines de gendarmes, gardes-chiourme et soldats, même puissamment armés, contre la déferlante humaine qui s'abattit sur eux cette nuit-là ? Le plomb brûlant craché par les fusils n'a jamais empêché d'avancer ceux qui n'ont pas peur de la mort. Les forçats étaient partout. Ils avaient investi chaque galerie, chaque puits, chaque bureau, chaque chambre, abandonnant derrière eux des monceaux de cadavres. Dix tombaient et vingt autres prenaient le relais, grignotant mètre après mètre, forçant l'ennemi à reculer, pour finalement se replier au cœur de la Base Cyrano, dans la tour d'alunissage où s'amassaient déjà les civils.

Le Manchot et Louise marchaient en tête du cortège triomphant, un foulard noir en bannière. Derrière eux venait la légion des damnés, une armée en guenilles, composée d'éclopés, de souffreteux, de presque morts, de plus tout à fait vivants, mais qui chantaient à s'en arracher les cordes vocales des airs joyeux et entraînants. On entonna le répertoire d'Aristide Bruant avec dans le cœur un peu du Paris perdu. Quand résonnèrent dans les galeries les vers gouailleurs d'*Ah les salauds !*, bourgeois et aristocrates frémirent d'une peur commune :

Des gens comme eux y en a des tas,
Des fils de race et de rastas
Qui descendent des vieux tableaux,
Ah les salauds !
Après y s'en vont vadrouiller,
Picter, pinter, boustifailler,
Et pomper à tous les goulots,
Ah les salauds !
Ensuite y vont dans les endroits
Ousqu'i va les duc' et les rois,
Là où y a qu'les volets d'clos,
Ah les salauds !
Quand on les rapport' le matin
I's sentent la pisse et la putain
Qu'i's ont bu dans les caboulots,
Ah les salauds !

Puis, naturellement, un chœur improvisé enchaîna sur *À la Bastille*. Un message on ne peut plus clair. Le moral des troupes impériales, tombé assez bas depuis l'amorce de la retraite, dégringola encore de quelques crans. Pour atteindre le fond quand des choreutes vindicatifs attaquèrent un couplet de *Casseur de gueule :*

D'abord moi,
J'ai pas l'rond,
J'suis meule,
Aussi,
Rich's, nobl'

Eq'çaetara,
I'faut leur-z-y
Casser la gueule...
Et pis après...
On partagera.

La panique régnait chez les civils. On se voyait déjà pendu au gibet, égorgé, éventré ou violé, selon les cas. Alors on se concerta entre gentilshommes et honnêtes marchands, pour envoyer une délégation à la rencontre des meneurs de l'insurrection. Les officiers qui avaient échappé à la vindicte des forçats renâclèrent bien un peu, pour la forme, mais au fond d'eux-mêmes ils étaient ravis de la décision prise par ceux qu'ils devaient protéger. On accrocha un mouchoir blanc à une canne et on alla trouver la terrifiante vieillarde auréolée de feux follets qui dirigeait les opérations. Les pseudo-Bourgeois de Calais furent accueillis par des rires et des quolibets.

Les pourparlers furent brefs. Louise Michel se montra intraitable. Elle exigea une reddition totale, sans conditions, en échange de la garantie pour les femmes et les enfants d'être rapidement évacués sur Terre. Pour les hommes, on verrait, on ferait le tri, on séparerait le bon grain de l'ivraie. Oh, pas d'inquiétudes, on ne procéderait à aucune exécution sommaire, même si l'envie n'en manquait pas. Non, on n'était pas des brutes, ni des assassins, on ne s'abaisserait pas au niveau d'abjection des impérialistes et des conservateurs. Mais on ne pardonnerait pas aux profiteurs, aux exploiteurs, à ceux qui s'étaient engraissés sur la peine des bagnards et faisaient leur beurre avec l'Empire. Ceux-là seraient jugés par un tribunal pour une fois impartial Les verdicts consisteraient en périodes de travaux forcés, sur la Lune, avant un rapatriement dans leurs foyers terriens. On serait clément, pas de perpétuité. Et puis, une fois le dernier condamné dans ses pénates, on abolirait définitivement le bagne. La Commune sélénite ne s'avilirait pas à entretenir pareille institution.

Heureux de s'en tirer à si bon compte, les émissaires s'en retournèrent. Une heure plus tard, la victoire était complète, l'ennemi désarmé, et la nef ishkiss s'envolait vers la Terre avec à son bord quelques-unes de ces dames et leurs rejetons, qui allaient servir de monnaie d'échange. Le Manchot faisait également partie du voyage, avec quelques camarades.

La nef ne ferait pas le voyage de retour à vide. Les membres du réseau de Babiroussa avaient gagné leur ticket d'embarquement pour la destination de leurs rêves : l'utopie de la Lune noire, en hommage à la teinte du drapeau qui flottait désormais sur la Base Cyrano. En premier lieu, à tout seigneur tout honneur, les exilés de Guernesey recevraient la visite de la nef. Le compagnon extra-humain de Louise s'était entretenu avec l'intelligence du navire biomécanique, et celle-ci avait vite compris ce qu'on attendait d'elle.

Sur ces entrefaites, Jules, Isidore, Marius, Crâne Obtus et les autres forçats avaient regagné la Base. Ils retrouvèrent Louise et le Manchot dans la salle de restaurant de l'hôtel Cyrano, transformée pour la circonstance en prétoire. On n'avait pas chômé et les premiers prévenus comparaissaient déjà, à la queue leu leu, sous les lazzis de la foule passablement enivrée. Néanmoins, on ne rendait pas une parodie de justice. Un avocat général avait été désigné pour défendre les commerçants, militaires, fonctionnaires qui défilaient à la barre. Louise écoutait ses plaidoiries et adaptait les sanctions en conséquence, moins sévère pour les civils que pour les porteurs d'uniforme.

Elle suspendit la séance en découvrant les journalistes dans l'assistance. Jules lui fit un résumé de son expédition. Un incontestable succès. Mais les cadavres amoncelés dans les galeries empêchaient de se réjouir pleinement.

« Il faut procéder à leur enlèvement dans les meilleurs délais, conclut Jules. Les Ishkiss sont prêts à les accueillir au sein de l'association, mais il ne faut pas traîner. Les cerveaux sont assimilables pendant quelques jours après le décès, pas plus.

— Le transport des corps dans la chambre froide a déjà commencé, dit Louise. Je vais annoncer que le navire est de retour, et qu'on peut les acheminer à présent vers la face cachée. Nos camarades ne sont pas morts en vain. Ils vont connaître ce qu'aucun humain n'a connu avant eux. Je les envierais presque. Ce doit être merveilleux...

— Ernest est déjà associé, avoua Jules. Nous l'avons laissé là-bas, en bonne compagnie. Il se chargera de l'accueil et de l'accompagnement des nouveaux venus. Revenir du néant et dissoudre son esprit dans l'amalgame ishkiss doit être une expérience troublante, mais le gamin l'a plutôt bien supporté. Il semble heureux désormais. »

Jules était exténué. Les épreuves affrontées l'avaient entraîné au-delà des limites de sa résistance.

Il prit congé et alla s'effondrer sur son lit, où il dormit près de trente heures d'affilée.

*

Isidore vint tambouriner à sa porte, le lendemain.

« Levez-vous et habillez-vous en vitesse, la nef est de retour. Elle arrive tout de droit de Guernesey, après un détour par Paris. Nous allons enfin avoir des nouvelles de la situation sur Terre. Et revoir des amis chers. »

Jules s'exécuta en hâte, émoustillé. Cinq minutes plus tard, fringant, requinqué, il serrait chaleureusement la main du reporter.

« Babiroussa doit se trouver à bord. Je me réjouis de retrouver le vieux forban. Sans ses manigances, nous ne nous serions jamais rencontrés.

— Oui, admit Isidore. Tout de même, je suis un peu inquiet. Il doit se passer de drôles de choses, là-bas. Le service de correspondance des lucioles est interrompu depuis hier. »

Le hall de l'hôtel était encombré par les bagages des civils autorisés à évacuer la Base de la Lune Noire — il fallait s'habituer désormais à cette nouvelle appellation. Des femmes, pour la plupart, venues récupérer leurs effets à l'annonce du retour de la nef. Parmi elles, la doctoresse Stolz, le chignon de travers, robe froissée, des cernes sous les yeux. Comme les autres sélénites, elle avait passé une sale journée suivie d'une non moins sale nuit, recluse dans la tour d'alunissage qu'elle venait tout juste de quitter. Quand elle aperçut les journalistes, elle se mit à pousser des cris d'orfraie.

« Monsieur Bautrelet, Monsieur Verne ! Par ici, je vous prie. Ah, tirez-moi des pattes de ces soudards. Je leur ai pourtant dit que j'étais avec vous, mais ils n'ont rien voulu entendre, les saligauds, et ils m'ont parquée comme une malpropre. »

Jules fit un signe aux forçats — lavés, rasés de frais, vêtus de linge propre « réquisitionné » dans les malles des clients de l'hôtel — qui encadraient ces dames. Ils laissèrent la rombière rejoindre les reporters.

« Merci à vous. Ah, les cochons ! Me faire ça à moi. Enfin, c'est de bonne guerre, j'imagine. Je dois être rapatriée sous peu. Puis-je vous tenir compagnie d'ici là ? J'en ai plus qu'assez d'attendre sous l'œil de ces coquins. »

Isidore acquiesça. Ce n'était, après tout, qu'une question d'heures. La nef s'envolerait dès qu'elle aurait récupéré et Mme Stolz devrait se contenter d'embêter son docteur de mari.

Le nombre de sélénites présents dans la tour d'alunissage avait diminué. Les hommes jugés par Louise avaient été conduits en Enfer. Les autres patientaient dans la salle de restaurant. Ne restaient que les femmes et les enfants, les jeunes gens, des vieillards, rassemblés sur le pourtour de l'aire de transit. Marius Giboulet était présent, occupé à interroger les futurs rapatriés pour fignoler son reportage. Il adressa un salut lointain à Jules.

La nef venait de se poser. Ses pattes articulées refermaient leurs pinces sur les poutrelles entrecroisées au sommet de la tour. Puis le cylindre d'acier fut expulsé du ventre de la machine, suspendu à son cordon ombilical de chair élastique.

Louise arriva, essoufflée, au moment où la porte

étanche du compartiment s'ouvrait. Elle avait couru pour ne pas manquer le débarquement. Le feu follet qui l'enveloppait brillait moins intensément qu'auparavant. Louise n'avait pas pris de repos et ne comptait pas en prendre avant d'avoir jugé tous les impérialistes. Aussi, avec la fatigue, les forces du Ishkiss s'épuisaient. Il devait lutter contre la maladie qui rongeait le corps de la pétroleuse et lui-même n'était plus guère vaillant. Il savait qu'il avait atteint et dépassé le point de non-retour. Il ne pourrait pas regagner l'abri de son vaisseau, sur la face cachée. Il avait dépensé toute son énergie pour susciter son émanation, la transporter jusqu'à la Base, protéger et secourir Louise, l'animer, enfin, pendant les combats. Il avait agi en vertu de l'intérêt des siens, œuvrant pour le grand dessein. Alors, il pouvait bien disparaître, cela lui était égal. Fondu dans l'amalgame, son navire ne serait pas perdu. Bien entendu, il n'avait pas averti Louise de sa fin prochaine. Inutile d'inquiéter la terrienne. Simplement, au moment opportun, il lui signifierait qu'il était temps pour elle de procéder à l'association. Elle comprendrait.

Le Manchot sauta hors du cylindre. Avisant Louise et Jules, il courut vers eux, des larmes plein les yeux. Il tomba à genoux devant celle qui avait été son mentor et enfouit son visage dans sa robe de toile.

« Louise, ah, ma Louise, si tu savais..., se lamenta-t-il. Nous sommes arrivés trop tard dans l'île. »

Jules sentit son cœur se glacer. Il se rua dans le compartiment, ses camarades sur les talons. Giboulet s'était joint au petit groupe, griffonnant toujours sur son calepin. À l'intérieur du cylindre, l'odeur du sang et de la mort était prégnante. On avait arrangé tables et banquettes de moleskine, mises bout à bout, pour former d'acceptables châlits sur lesquels reposaient plusieurs dépouilles. Les deux premières n'avaient plus d'humain que l'ordonnancement général des membres. Jules se pencha sur elles, retenant son souffle. Un homme dans la force de l'âge et une vieille femme, le corps lardé de blessures, les traits brouillés par une expression d'horreur sans égale. Hetzel et Juliette.

Le cœur de l'écrivain cessa de battre dans sa poitrine. Hetzel, son ami, son second fils... Il ne retint pas les larmes qui lui montaient aux yeux.

« Ils étaient déjà morts quand nous avons pris le village d'assaut, après avoir dispersé les Zeppelins qui rôdaient au-dessus de l'île, expliqua le Manchot. Nous avons bataillé ferme pour chasser les soldats. La présence de la nef les a dissuadés de s'en prendre à nous et ils sont partis sans demander leur reste. Hélas, le mal était déjà fait. Mais lui vivait toujours... »

Il désignait la troisième silhouette, allongée à l'écart, près du bar. Jules, Louise et les autres s'approchèrent, pleins d'espoir. Babiroussa les salua d'un sourire timide. Sa barbe était en désordre et son œil moins vif qu'à l'accoutumée. Ses jambes étaient recouvertes d'un drap écarlate.

« Hachées par l'explosion de mes instruments, fit Babiroussa. Quand il fut avéré que tout était perdu, nous avons décidé de faire sauter la maison et nous avec. Nous avons attendu que les soldats aient forcé l'entrée du souterrain où nous nous cachions. Ils ont été réduits en charpie. Moi, j'ai reçu mon orgue sur les jambes. Ça m'a protégé, et proprement amputé, aussi. D'autres soldats sont arrivés et ont déblayé les décombres. Ils venaient achever leur sale besogne. C'est alors que la nef est apparue dans le ciel, chassant les dirigeables épargnés par mes éclairs. On m'a sorti de mon trou et j'ai pu constater l'étendue des dégâts. Ils avaient rasé le village, incendiant et pillant tout. J'ai voulu mourir, je trouvais injuste d'en avoir réchappé, alors que ce valeureux garçon et Juliette avaient succombé. Et puis, quand j'ai compris qu'on m'amenait sur la Lune, où le soulèvement avait porté ses fruits, et que j'allais te revoir, Louise, et toi aussi, mon bon Jules, j'ai repris confiance. »

Babiroussa eut un soupir et se tut, épuisé. Le Manchot continua le récit à sa place :

« Nous sommes repassés par Paris, pour embarquer d'autres camarades. Nous y avons trouvé des barricades dans chaque rue. Mais les combats avaient cessé. La troupe est indécise, les généraux s'entre-déchirent pour le pouvoir. Car la nouvelle court les rues : Badinguet aurait cassé sa pipe ! On n'en est pas très sûr, le Palais reste inaccessible. Mais des rumeurs circulent. La plus folle prétend que c'est le préfet de Police lui-même qui lui a réglé son compte. Il aurait cédé à un coup de folie. Il ne s'en serait pas sorti indemne, dit-on, mais je n'en sais pas plus. Quoi qu'il en soit, on ne se réjouit pas trop, en bas. Les Prussiens et les Autrichiens guettent l'occasion de leur revanche depuis 1870. Les camarades n'ont guère envie de revivre le siège de Paris. D'un autre côté, Victoria pourrait intervenir.

— Il faut organiser le transfert des camarades sur la Lune dans les plus brefs délais, fit Babiroussa. La guerre est inévitable, une guerre totale, contre toutes les puissances bafouées du vieux continent. Cette guerre n'est pas la nôtre. Nous avons gagné notre combat. Aujourd'hui, nous avons conquis un pays de liberté où faire vivre notre idéal. Ceux qui nous ont soutenus dans la clandestinité ont le droit d'y vivre dans la paix et la sécurité, à l'abri des appétits de conquête des souverains.

— Oui, dit Louise. Nous disposons de deux navires cosmiques. Cela devrait suffire, si la guerre n'embrase pas Paris trop vite. Nous allons échanger les otages dont nous disposons ici contre les camarades. Tu as raison, qu'ils se débrouillent entre eux, qu'ils s'étripent pour cette Terre qui n'en mérite pas tant, qu'ils imbibent son sol de leur sang. Nous avons mieux : la Lune et l'éternité. »

Les correspondants enfin réunis échangèrent un sourire. Il leur avait fallu une vie entière et plus de malheur qu'on ne pouvait en supporter dans cent autres vies pour en arriver là, mais ils avaient réussi à concrétiser leur rêve commun. Qui pouvait en dire autant ?

Louise apposa un baiser sur les joues puis les lèvres de Babiroussa. Les deux enfants ensemble âgés de plus de cent soixante ans versèrent des larmes de bonheur. Jules et Isidore s'écartèrent, par respect pour l'intimité des vieux amoureux qui se rencontraient pour la première fois.

Marius Giboulet les bouscula soudain, en glapissant et en agitant son crayon.

« La doctoresse ! Mme Stolz ! »

Les reporters suivirent la direction indiquée par la mine du crayon. L'exclamation du Marseillais n'était pas destinée à déclarer sa flamme à la dame de ses pensées. Et pour cause. La dame n'en était plus une ! Médusés, les journalistes contemplaient la matrone débarrassée de sa robe. Sans frous-frous ni perruque, elle apparaissait sous son véritable jour, moins flatteur.

Exit la doctoresse : ne subsistait qu'un bonhomme joufflu et pansu, l'air tourneboulé, qui tenait un pistolet et roulait des yeux de fou. Il se présenta, contrefaisant la voix aiguë de la virago dont il avait endossé l'identité :

« Inspecteur principal Jaume, de la Police de Sûreté. Aux ordres du préfet de Paris. Je devrais dire du défunt préfet. »

Il lâcha un gloussement, une sorte de rire hystérique.

« Je brûle la cervelle du premier qui approche ! » tonna-t-il avec sa voix naturelle, alors que le Manchot tentait de le prendre à revers.

Le forçat au bras en écharpe se le tint pour dit.

« Soyez raisonnable, inspecteur, temporisa Jules. La Lune est perdue pour vous. Posez votre pistolet et nous vous renverrons sur Terre. Nous ne vous ferons aucun mal.

— Sapristi, c'est qu'il cherche à m'embobiner, le bon vieillard ! ironisa Jaume. Revenir sur Terre, peuh ! Pour m'y faire lyncher par les enragés des barricades ? Des clous, oui. Je vous tiens à ma pogne, à présent, mes petits amis. Ah, vous avez cru pouvoir rouler l'inspecteur principal Jaume dans la farine, n'est-ce pas ? Je vais vous faire voir, moi, ce que c'est que la police secrète de l'Empereur. »

Il leva son pistolet, la lippe tordue en une grimace démente.

« Je vais vous régler votre compte une fois pour toutes, scélérats. Vous avez voulu la Lune ? Vous l'aurez pour la nuit des temps. Elle sera votre tombe.

— Vous ne pourrez pas vous en sortir, essaya Isidore. Lorsque vous aurez vidé votre barillet, vous serez pris. Si nous ne sommes plus là pour retenir leur ardeur, les ex-bagnards vous feront mourir à petit feu. Épargnez-vous donc la plus horrible mort qui soit.

— TA GUEULE, FOUTRIQUET ! Graine de socialiste, corrompu jusqu'à la moelle, comme tous les journaleux... J'avais prévenu Andrieux, mais non, cette cloche disait qu'il contrôlait l'opposition ! Que vous pouviez bien écrire ce que vous vouliez dans vos torchons, il avait ses ciseaux. Ça l'amusait même de lire vos articles, avant d'y trancher les passages équivoques. Il jouait un drôle de jeu, pour sûr. Ça l'a bien avancé, tiens. Mais je ne suis pas de son espèce, moi. On ne me la fait pas. Il a cru qu'il pouvait me manipuler, comme vous autres. Il m'a fourré ce fichu ver dans la tête, sans rien me dire, le salaud. Mais je m'en suis débarrassé. C'est ton copain le photographe qui en a hérité, d'ailleurs. »

Isidore s'empourpra. Les aveux du policier ravivèrent sa haine. Il avait devant lui le responsable de la mort d'Ernest.

« Je vais commencer par celui-là, il est la cause de tous nos malheurs, fit Jaume en pointant le canon de son arme sur Babiroussa. Voyez donc le grand homme, le poète, l'écrivain, le dramaturge, le révolutionnaire... Cacochyme et grabataire, celui qui a fait trembler l'Empereur. Tu vois, vieille carne, moi aussi, j'ai des lettres. Recommande ton âme à Robespierre, tu vas le rejoindre bientôt. »

Babiroussa s'était péniblement redressé sur sa couche. Il toisait Jaume sans ciller, défiant la Camarde. Tout se passa très vite. Isidore, bouillant de rage, s'élança. Jaume pressa la queue de détente à trois reprises. Louise s'interposa entre le policier et sa cible. Babiroussa jeta un cri au moment où la première balle le frappa. Isidore ceintura Jaume, qui se débattit et vida son chargeur en l'air. Louise s'affaissa dans les bras de Babiroussa, la poitrine percée par les deux autres balles. Isidore fit basculer le policier et le roua de coups de poing, à califourchon sur son gros ventre.

Alors seulement les témoins de la scène intervinrent. On sépara Jaume et Bautrelet. Le visage du travesti était remaquillé de rouge et de pourpre. Les phalanges du reporter saignaient. Jules et le Manchot se dépêchèrent au chevet des blessés. Louise agonisait, et Babiroussa ne valait guère mieux. Jules sentit les larmes couler sur ses joues. Le Manchot s'arrachait les cheveux de sa main libre. Louise remua les lèvres.

« Associez-nous... La nef... Ensemble, toujours... », murmura-t-elle. Des bulles sanguinolentes éclatèrent à ses commissures.

Jules comprit ce qu'elle avait en tête. Il passa derrière le bar, fouilla le meuble à la recherche de l'appareil de connexion qu'il avait utilisé pendant le trajet aller jusqu'à la Lune. Il fit coulisser la trappe dans le plancher, introduisit le câble, plaça sa figure sur la pelote d'épingles sensibles.

La nef sut immédiatement ce qui s'était produit.

Elle indiqua à l'écrivain la marche à suivre pour procéder à l'association des mourants. Ils fusionneraient ensemble, apportant leur tribut à l'intelligence ishkiss du navire. La nef assura Jules de la fierté qu'elle éprouvait à devenir l'hôte des deux terriens qui servaient au mieux le grand dessein. Avec leur apport, ajouta-t-elle, la stratégie se bonifierait.

Jules coupa le contact.

« Sortons », dit-il.

Il ne laissa à personne d'autre le soin de transporter Louise et Babiroussa. Il étendit la Grande Citoyenne sur celui qu'elle aimait, avec des gestes doux. Puis il glissa ses bras sous la banquette qui les supportait et, dans un effort surhumain, les souleva. Pas à pas, il traversa le compartiment. Ses muscles endoloris tremblaient, mais il ne faiblissait pas. Bercée par le mouvement, Louise ferma les yeux, s'abandonnant à l'étreinte de Babiroussa.

Les forçats rappliquaient en masse sur l'aire de transit, bouleversés par la nouvelle. La plupart sanglotaient, incapables de se retenir en apercevant Jules et son sinistre fardeau.

La nef déploya un tentacule de chair souple jusqu'au sol, depuis une ouverture dans sa coque. Délicatement, le membre démesuré s'enroula autour des faux amants réunis. Babiroussa et Louise entamèrent leur ascension vers le ciel prosaïque, à mesure que le tentacule se rétractait.

Le Manchot et Crâne Obtus, qui n'avaient pas de chants sacrés dans leur répertoire, se mirent à fredonner *Nini peau d'chien*, aussitôt imités par les gorges des centaines de gaillards qui se pressaient autour d'eux. La chorale impie rendit au couple un hommage plus magnifique que tous les requiem jamais composés. Jules et Isidore reprirent avec elle :

À la Bastille on aime bien Nini peau d'chien,
Elle est si bonne et si gentille...

Mozart et Beethoven pouvaient aller se rhabiller, avec leurs messes sacrées ! Bruant seul, une fois de plus, seyait aux circonstances.

Enfin, Babiroussa et Louise furent avalés par la nef. Morts, ils allaient revivre pour toujours. Un formidable « Hourra », retentissant, tumultueux, salua l'association des parents spirituels de l'Utopie de la Lune Noire.

Tout allait pouvoir commencer.

Épilogue

Et voilà. Ainsi s'est achevé le siècle qui a vu les humains sortir des limbes de l'obscurantisme, accéder à un niveau de connaissances techniques inégalé sur la plupart des autres planètes habitées, et faire la rencontre la plus décisive de leur histoire. On pourrait penser, dès lors, que l'humanité avait atteint son acmé dans la course au progrès et à la folie. On se tromperait, bien sûr. Seulement, avant de me taire, il me faut encore conter une anecdote, consécutive à cette histoire. Un fait bien anodin pour ceux qui l'ont vécu, et que nul ne prit la peine, plus tard, d'associer à la grande catastrophe qui s'abattit sur la Terre... Mais, une fois de plus, je m'avance inutilement.

Plusieurs années ont passé depuis que Louise Michel et Babiroussa ont connu l'Association. Pour l'Utopie de la Lune Noire, des années heureuses et sans histoires. Les camarades du réseau de résistance ont fait le voyage — aller simple... — jusqu'à la Base, les travaux d'aménagement ont été achevés par des ouvriers libres, d'autres navires ishkiss ont été carrossés d'acier, le super-cerveau a recouvré sa vigueur, enrichissant l'Association au gré des disparitions iné-

vitables, et participant à la gestion de la colonie au même titre que ses autres usagers. Les liaisons avec la Terre se sont réduites au strict minimum — prélèvement de réserves d'oxygène dans la haute atmosphère, surtout. Bref, la Commune sélénite s'est organisée, dans le respect des règles édictées par Louise et transmises à ses « disciples », le Manchot en tête.

Pour la Terre, en revanche, et l'Europe en particulier, ce furent des années de terreur et de misère. La Guerre Totale, prévue par Babiroussa, s'est effectivement déclenchée, quelques semaines après le décès brutal de Louis Napoléon. Les fronts se sont multipliés, de l'Atlantique à la mer Noire, plongeant les peuples dans le chaos. Après avoir décimé leurs populations, les autocrates se sont entendus pour un partage équitable des territoires. Ils ont procédé à un découpage des frontières hâtif, sans prendre la peine de consulter ceux qu'ils séparaient ou réunissaient arbitrairement. Chaque coup de crayon sur la carte d'état-major posait les bases de haines futures.

À ce moment-là intervient mon anecdote. Le nouveau siècle est né vingt ans plus tôt et a grandi dans la guerre. Nous sommes dans la capitale d'un pays neuf, qui s'appelait autrefois la Prusse. Plus exactement, dans une brasserie des faubourgs, où viennent s'enivrer ceux qui se sont battus contre l'armée impériale. Parmi eux, un jeune homme fluet — on ne mange pas à sa faim dans ce pays neuf — arbore fièrement les décorations obtenues pour actes de bravoure pendant ce qu'il appelle « sa » guerre. Il parle avec exaltation et boit plus que de raison. On l'entoure, on l'écoute, on l'admire et il aime ça. Son discours est souvent incohérent, mais l'alcool annihile les facultés de jugement de son auditoire, et il remporte de fréquents succès. Il sait qu'il possède un talent certain pour subjuguer la foule qui se presse à sa table, et dans la salle de la brasserie pour venir l'écouter, lui, le petit caporal de la Guerre Totale. Ce soir-là, il a ce qu'il désignera plus tard comme une intuition géniale. Il se lève sur son banc, sa chope à la main, et se tourne vers la fenêtre qui découpe une tranche de nuit dans le mur. Derrière la vitre sale, on aperçoit un croissant de lune bleuté.

« Nos ennuis viennent de là, pensez-y, clame-t-il haut et fort. Pendant que nous souffrons et mangeons notre pain noir, ici-bas, ils se gobergent là-haut, vautrés dans la richesse. Les sélénites se moquent bien du sort des victimes de la guerre qu'ils ont pourtant contribué à déclencher. »

On l'approuve, on tape sur les tables, on frappe dans ses mains. Le jeune héros de guerre chasse la mèche rebelle qui retombe sur son front. Excité, il reprend, martelant chaque mot :

« Mais un jour, il faudra bien qu'ils payent. Un jour, nous viendrons leur réclamer notre dû. Et ce jour-là... »

Ce jour-là est une autre histoire. Fin de l'anecdote. Cela n'a l'air de rien, pas vrai ? Pourtant, quelques années plus tard, le petit caporal se présentait aux élections, dans son pays neuf, et... Mais je préfère m'interrompre, car cette autre histoire nous entraînerait trop loin, infiniment plus loin que vous ne l'imaginez.

Avant de vous quitter, je vais répondre à la question que vous vous posez. Comment se fait-il que j'en sache autant sur l'histoire des humains et des Ishkiss ? Si j'ai pu raconter la fondation de l'Utopie de la Lune Noire *dans ses moindres détails, c'est que je l'ai vécue, et que les souvenirs des autres acteurs principaux sont dans ma mémoire. Louise et Babiroussa n'ont été que les premiers à fusionner avec moi. Jules, Isidore, le Manchot, Marius et tant d'autres ont suivi, depuis.*

Mais chut ! C'est, définitivement, une autre histoire.

DU MÊME AUTEUR

Aux Éditions Denoël

OBSIDIO

Aux Éditions Mnémos

LA LUNE SEULE LE SAIT, prix Rosny aîné 2001 (Folio Science-Fiction n° 149)

RECONQUÉRANTS

FAERIE HACKERS

LA LUNE N'EST PAS POUR NOUS

Aux Éditions du Bélial'

PANDÉMONIUM, prix Graham Masterton 2003

Aux Éditions Imaginaires sans frontières

LA HARPE DES ÉTOILES

Composition IGS,
Impression Société Nouvelle Firmin-Didot
à Mesnil-sur-l'Estrée, le 2 octobre 2003.
Dépôt légal : octobre 2003.
Numéro d'imprimeur : 65232.

ISBN 2-07-042190-2/Imprimé en France

6420